胡不归

孤胆时代

郎的诱惑

二〇一二年冬天的爱情

猜火车

胡不归

小说·映象

侯波 著

陕西新华出版传媒集团
太白文艺出版社·西安

图书在版编目（CIP）数据

胡不归 / 侯波著. -- 西安：太白文艺出版社，2021.2
（小说·映像）
ISBN 978-7-5513-1776-4

Ⅰ.①胡… Ⅱ.①侯… Ⅲ.①中篇小说－小说集－中国－当代 Ⅳ.①I247.5

中国版本图书馆CIP数据核字(2021)第012237号

小说·映像
胡不归
HU BU GUI

作　　者	侯　波
责任编辑	蔡晶晶
封面绘图	张瑜娟
封面设计	郑江迪
版式设计	新纪元文化传播
出版发行	陕西新华出版传媒集团 太 白 文 艺 出 版 社
经　　销	新华书店
印　　刷	西安市建明工贸有限责任公司
开　　本	880mm×1230mm　1/32
字　　数	214千字
印　　张	10.875
版　　次	2021年2月第1版
印　　次	2021年2月第1次印刷
书　　号	ISBN 978-7-5513-1776-4
定　　价	58.00元

版权所有　翻印必究
如有印装质量问题，可寄出版社印制部调换
联系电话：029-81206800
出版社地址：西安市曲江新区登高路1388号（邮编：710061）
营销中心电话：029-87277748　029-87217872

目　录

胡不归　　　　　　　　　　001

孤胆时代　　　　　　　　　076

猜火车　　　　　　　　　　111

郎的诱惑　　　　　　　　　171

二〇一二年冬天的爱情　　　247

胡 不 归

腊月二十吃过早饭，薛老师照例提了个小马扎到村里的广场上去。广场这块地儿过去曾是口池塘，村人俗称"涝池"。在这个地处旱塬的乡村里，每到夏季，每下大雨，大路上四面八方的水就会汇聚到这里来，把涝池填得满满当当的。有了水，就有了生机。倘是中午，那些学生娃就会偷着来这里洗澡；每日下午，婆姨们会在此洗衣服，捶打衣服的沉闷声音此起彼伏；到了傍晚，归来的牛羊则会低了头猛喝这些污浊的水。前几年，村里修路，涝池就被填掉了，池畔的几棵老柳树也被锯掉了。涝池填起来被铺上了水泥，乡文化站又配了几件简单的运动设施，这里就成了村里的活动广场。有了广场，广场舞大行其道，这个离城十五公里的世宁村的婆姨们当然也都不甘落后，一群一伙就天天下午在这里跳广场舞。春夏秋冬，不管有没有人看，这群婆姨都跳得不亦乐乎。当然，这些人水平也参差不齐：有跳得好的，就像"红鞋"，生来就有舞蹈天赋，举手投足都协调，摇来扭去也都顺眼；也有一些跳得差的，动作不连贯，顾了手顾不了脚。但整体来说，这些婆姨跳起舞来个个都非常认真。

薛老师去的时候，阳光照在广场上，暖融融的。虽是冬季，天气却并不寒冷。广场里的几个婆姨正在跳一曲《祖国你好》，他站着观察了半天，发现这些人跳舞没人管歌词是什么，似乎只要是那种节奏感很强的、叮叮咚咚声音较大的舞曲都受大家欢迎。一遍跳完，再跳一遍，如此反复，乐此不疲。

薛老师将小马扎在一旁的柳树下放好了，打开盒子，拿出二胡来拉，当然他拉的也是《祖国你好》——在这样的情况下是没法拉别的曲子的。

薛老师名叫薛文宗，就是本村人。早年他不知怎么得了乙肝，长年累月吃药。因为这个病，前年他还在县医院住了一段时间，检查结果是早期肝硬化；后来又转院到西安，差点要了命；再后来，病是治好了些，但身体却虚弱了许多。因了这病，他便提前退休了。他本来在县城也是买了房子的，可去年娃娃结了婚，占了房子，这样他就和老婆回到老家住了。好在他们结婚早，当初一结婚，老婆户口就落在了村里，世宁村分地时给他分了两口人的地。这些年，他一直在外当教师，地里都由老婆折腾着，四五亩果园，每年收入虽说不多，但再加上他的工资，一家人也能确保过上无忧无虑的日子了。

薛老师的业余爱好是拉二胡，20世纪70年代，他当民办教师的时候，村里成立文艺演出宣传队，他就是拉二胡的。后来，改革开放，文艺队解散了，加之当教师工作忙，老婆没工作，娃娃要上学，生活压力大，他也就没有这份闲情逸致了。二胡被封存起来，束之高阁了多年。现在他退休没事了，正如一段河流，惊险处都过去了，到了平缓地带，也应了一句俗话：年年难过年年过，事事无成事事成。到了现在，那些操心的问题都有了着落。先是娃娃考上了大学，顺利毕了业，被招到了县农业局的一个下属部门。接着，娃娃又谈了对象，去年顺利地结了婚。虽说现在还要还房贷，但他感觉已经没什么压力了。他有退休工资，家里还有几亩果园，照目前看，收益还是不错的，所以多年紧绷的生活这根弦就松了下来，日子清闲了许多，也自在了许多。这样，他又翻出了当年的那把二胡，开始吱吱呀呀地拉上了。

薛文宗的老婆叫李彩霞，高个子，红脸膛，说话粗声大气，干农活一个可以顶他两个。现在冬天地里没啥活了，她也没啥爱好，不会打麻将，也不爱跳舞，整天就是串串门子，做点闲活。现在在她眼里，最要紧的，就是等着儿媳妇赶紧生个孙子，自己就可以抱到东家串到西家了。薛老师在家拉二胡，她嫌吵得慌，就常常去串门子。在她看来，全世界的音乐都是噪音，她弄不懂这二胡究竟有啥好的，凭什么就拉得那么起劲，吱吱呀呀，还不如枝头上喜鹊乌鸦的叫声好听。

薛文宗知道老婆嫌他拉得烦，就想到了个办法，每天到广场上去拉。拉了几次，他发现自己的水平长进了不少，一是会拉的二胡曲子多了，二是也能跟上节奏了。他拉二胡的时候，起初间或有三五个人听，但后来也就没人听了，大家从这里路过时，顶多跟他点点头，算是打一声招呼。唉，算了，现在流行音乐那么多，晚会那么多，大家天天玩手机、看电视，欣赏水平都高了，就像吃饭一样都吃馋了，谁还爱听他这个半路出家的二把刀拉二胡呢？

但在老婆眼里，他可不是简单地在拉二胡，老婆固执地认为他就爱在女人堆里混。女人，女人，就这一点，老婆一辈子对他没放心过。

今天这六个妇女跳的一直是《祖国你好》，翻来覆去放这一首曲子，薛文宗也就这样翻来覆去地拉。

拉得时间长了，就娴熟了，也就不用多动脑子了，手指只管惯性地运动着。那几个跳舞的偶尔停下来,舞跳得差的自然就成了大家批评的对象。但说归说,差的人自是知道自己差,也就悄悄的,不敢吭声,说罢了,就放曲子重新跳。

薛文宗的手自然动着,看着妇女们跳,他的脑子也不知道想到哪里去了。就在这时,身旁有一个人开了口,说:拉得好哩,越拉越好了。

薛文宗抬起头,思绪一下子回到现实中来了。来人是世宁村的老支书薛智忠,多天不见,他瘦了许多,脸上的肉皮发灰,满脸的老年斑,眼睛与脸颊深陷,嘴呈O形,眼见有了几分要下世的光景。见他这个样子,薛文宗赶紧起身将小马扎让给他坐。薛智忠坐了下来,将手中的龙头棍放到地上,先是咳了一阵,接着说:你拉得好哩,好多年都没听过了。你在生产队时拉过的,那时天天唱戏,红红火火的,村里还排了许多节目参加文艺演出。

薛文宗知道老支书病重,去年到延安、西安大医院看过一阵,也听说他可能治不好了,村里许多人都到他家里去看望他。薛文宗一直没去,一是在外边工作,和村里人打交道少;二是和老支书虽是同宗,但离得远了,就一直没去看望他。现在见了他,薛文宗不禁吓了一跳,看来他真是离下世不远了。听见老支书这么说,他就敷衍着说:瞎拉哩,闲下来了,没啥事干。

老支书说:当年,你可是咱村的秀才哩,演的那些小品都是你编的,也拉得一手好二胡。

粉碎"四人帮"的时候,薛文宗在村里当民办教师,村里要组织文艺队,他这个文化人自然就成了组织者。那时村民读书的不多,更别说写东西了,他也只算是半瓶子醋,编过几个小本子。比如说,编一个小伙子贩柴油,结果在回家的路上被人抓住了。这个小品在公社调演的时候演出过,也拿了奖,但现在想来好没意思,那都是图解当年政策的,只是起个宣传作用而已,艺术性当然谈不上。他记得当年还给广播站写过通讯稿,画过一些漫画。那时他没有绘画功底,画"四人帮"怎么都画不像,他想了个办法,在模仿的画像上画了许多方格子,然后再在自己画纸的格子上画,这样就画得有模有样了。

现在支书提起这些,他都觉得脸红,那已是多年前的事了,恍若隔世。他不愿意说起这些,想换个话题,就说:你的病咋样了?看起来气色还不错哩。

老支书说:唉,我对这事看得开,瓜熟蒂落,人终究都要死的,没什么。只是这些天我老想起一件事,想起那时候的岁月,那才叫红火呢。大家成天有使不完的劲,白天地里活忙完了,晚上一群人就围在一搭儿排练、演出,那些日子可真叫人怀念哩。有一年你编的本子还让咱们拿了县上会演的一等奖哩。

看来,只能和老支书在一起聊这个话题了。薛文宗想反正也没啥事,就索性和他多聊几句吧。老支书打开了话匣子,说:现在这个年头,人有吃有喝了,但就是没个精气神,死气沉沉的,其实人不是活吃活喝哩,人是活一份儿精神哩。那时的农业学大寨、大会战,夜夜提着马灯平地,人就像台机器,不觉得累,总有出不完的力、使不完的劲。

这时那群跳舞的婆姨也停歇下来了,个个都过来围着老支书问长问短。这些婆姨也都四五十岁了,个个都是从那种日子过来的,听到他提起那些岁月,便都有了共同的感慨。

老支书看到"红鞋"也在这群人中,就说:当年"红鞋"演出完,早晨起来又穿着演出服在村里跑了一圈,到最后红鞋也没有交上来，跟我说弄丢了。那个时候可不像现在啊，一双鞋也是集体财产呢。我们几个队干部就撵到她家里搜了一圈，结果在她被子里翻出了一双红鞋，为这事她妈还打了她一巴掌哩。她这个外号就是这么来的。

"红鞋"今年已五十多岁了，听他提起这件事，也不觉得难为情，只是说：那时候年轻，就看见红鞋好，晚上睡觉都舍不得脱哩。

旁边一个婆姨说：该不会穿着鞋在被子里睡吧？

"红鞋"说：我倒想来着，只是我妈不让。

几个人围着这个话题说着，又感叹了一会儿现在的人虽然不缺钱了，可活得没了精神，死蔫蔫的。男的成天喝酒打牌，女的就领着娃娃打麻将，日子过得有气无力的，和行尸走肉差不多。

几个人正说着，个子高高的薛文宗婆姨背着一小袋米，胳肢窝下夹着个簸箕就来了。她的个子高，走起路来两个肩膀左右摇晃着。薛文宗看见了，就问：你该是碾糕米去了，咋又回来了？——马上要过年了，家家户户都要碾点软糜子，用来做年糕。

李彩霞粗声大气地说：石碾坏了，没法碾。

老支书听到了，说：当年天天用，都用不坏，现在用得少了，反倒坏了。

"红鞋"说：不关用的事，主要是坏了没人修。你看看村里现在是群龙无首，人心涣散，各顾各、各忙各的，连个像样的村主任都选不出。

另一个婆姨说：可不是嘛，我窑背上被雨打了个大窟窿，眼看要塌了，也没人管。

咱们村，当年可是县里的大寨队，是县里的观摩点，天天有车载着人来参观，为了让车在路口好掉头，还专门修了一个转盘哩。现在转盘依然在，转盘中间栽的松树长得也有几人高了，但红火热闹的场面却没有了。老支书感叹道。

是啊，连个村主任都选不出，这样的村子哪儿来的希望啊！有婆姨附和着他的话。

世宁村地处塬面上，是由上下世宁两个自然村组成的，塬面平坦，在20世纪70年代是远近有名的大寨村。后来分开单干了，上世宁村发展苹果产业，这几年家家户户都有钱了，大都在县城买了房子，开上了小轿车，然而集体的事情却越来越没人管了。村里现在连个村主任都没有。本来这个上世宁村是有村主任的，也姓薛，但是村子出了一些事，他就撂了挑子不干了，出外打工去了。当初上世宁村在分地的时候村里有个林场，有一百多亩地，后来分地时其他地分了，这些地一直没动，按村集体的地承包给了家户。到了今年，第一批承包给群众的地到期了，有六十多亩，村主任打算再将这些地承包出去，结果被村里一些人挡住了，他们的理由是当初承包这六十多亩地时，还有其他未到期的四十多亩地，没有经过村民小组会讨论，是由当时的村支书与村主任私下定的，所以不允许再往出承包。不只这些到期的地不让承包，那些未到期的地，村民也吵着要收回来。开了几次会，每次都吵，这些地一直包不出去，就空撂了一年。村里的一些人占着这个由头到处上访告村主任、告村支书，说村主任与村支书两人当初吃了人家的、喝了人家的，私下把地包给农户了。村主任着了急，就说，当年包地时自己是在村里通知了的，由于是一次性交十五年或二十年的钱，许多家没钱，包地时就没有到地里来，地当然只能包给那些情愿掏钱的人。再说，收入多也罢少也罢，都归到村里了，自己没有多拿一分钱，也没多喝过一瓶酒。双方争论不休,就翻看会议记录,可是十多年了,记录又找不着,于是双方就各找证人,而证人各自都有小利益算计,一人说一套,说来说去,又牵扯了村里许多事,就越发说不清了。最后吵来吵去,村里就有一大批人到市上上访,市上让把人接回到县上,县上就督促镇上处理,镇上就协调,但众人七嘴八舌,达不成个统一意见。后来镇上建议村群众通过司法解决,可是又没有人愿意当原告、愿意打官司。大家只是上访,只是到处告村主任、告村支书。后来村主任嫌麻烦,就辞职不干了。因为没有人管理,这六十多亩的果园也就荒废了下来,好好的苹果园,不到一年,地里荒草疯长得足有一人多高了。那些苹果没有摘花掐果,又结得繁,一个个黄蜡蜡的,有乒乓球大小,结得满树都是。再说村里,自打这事发生后,矛盾就公开了,无论谁主持开会,大家都各说各话,个个恨不得把地分了自家种着才行。至于公家,公家又是谁呢?没有一个人会在意了。所以,现在别说石碾坏了没人修,就是路塌了,大家也都是拐个弯绕远点走而已。

薛文宗此刻见老婆碾不成米了,就说:要不,我去修一下?

老婆说:你又不是木匠,咋修得了?还是别修吧,现在你修好了,有些人就不愿意了,村里有许多人成天等着看笑话呢。

薛文宗问:那咋办?

老婆说:我明天到城里去,看城里哪里能碾糕米不。说完了,就拉着老薛回家。

一旁的老支书瞅见了,咳嗽了两声对薛文宗说:老薛,你先别走,我跟你说个事,我看你还有这份闲心,你能不能给咱村里组织组织?

薛文宗不明白他的话,正要问啥意思。"红鞋"在一旁说:就是把大家组织起来,让村里热闹热闹。

原来这老支书虽是垂老之人,但这些天老想着过去村里的热闹劲儿,今天见薛文宗在这里,就动了心思,想让他组织组织,大伙儿一起热闹热闹。

几个妇女的脑子净在广场舞上,心里也早想着显摆哩,纷纷附和着说:就是啊,给我们组织组织,让我们好好表现表现。

薛文宗说:我闲着也只是拉拉二胡,又没个职,哪里能组织得了?

老支书说:话不能这么说,能组织起来更好,组织不起来也没什么。一个人活着可不能只想着自己,要想着更多人哩。你想着大家,为大家做事,大家都能看得到哩。

老支书的话说得有些大、有些突兀,一时间气氛多少有点尴尬。但很快,这群妇女就明白老支书的意思了,都来劝薛文宗说:你又能跳又能拉的,在学校里组织过多少台节目了,还不给咱村里组织组织,让年过得也红火些?

薛文宗脑子从来没想过这些事,他面软,架不住一大堆妇女的劝说,就说:那容我想想再说吧。

老婆李彩霞在一旁觉得他似乎要答应了,当即就不愿意了,她顶看不惯的就是一个大男人成天跟女人混在一起,说是拉二胡哩,鬼才知道他是瞅啥哩,她可不愿意自己的男人成为这些女人的中心。她张口就说:我家老薛还要修石碾哩,还要过年哩、碾米哩、炸糕哩,我儿子儿媳还要回来哩,他可顾不上。

这群女人一听李彩霞这么说,就不说话了,纷纷交换了一下眼神,个个收拾东西,忙着回家去了。

老支书看到这情景,就说:我是年龄大了,气上不来了,不然我还不服气这世事哩。我现在算是想清楚了，这活在世上，不只是活自己，而是要想着大家哩。不然的话，你埋在地下也没有人记得你了。那些做了好事的人，大家都能记得哩。就像你老爷薛耀堂当年捐地修了一所学校，后来在党湾桥那儿还立了石碑，县志里还有记载哩。

那最后还不是被冤死了？李彩霞说。

听到这句话，老支书扭头看了看她，就不说话了。他站起身来，薛文宗要扶他，他不让扶，只是不满地瞅了瞅李彩霞，然后把挂着的棍子在小凳子上敲了敲，缓缓地离开了。薛文宗明显地感觉到了老支书对他的失望，以及对他老婆的不满。

薛文宗祖上薛耀堂在这座县城是赫赫有名的，县志里边也多有记载。当年他家里捐地在乡上修了一所学校，后来薛耀堂本人还曾出任过国民党的教育局局长。在他任教育局局长的那段时间，由于族人安心务农，非常看不起那些挑着担子做生意的人，所以都很贫穷。他就教导后人不要把目光只局限在土地上，要经商，要多赚钱，并且身体力行，在县城设立了"田德元号"，主营染布、纺织、房地产等。这样过了没多久，他们家就成了远近有名的大户，家族的一些人在他的带动下，也开始涉足商业。接着这个家族也有钱了，发了。没想到田德元号兴盛了一些年，就遇到了社会动乱。国民党剿匪，派来了长官陈诚，还领着一大群兵。当时正值田德元号扩张之际，因为军队要军费，陈诚便召集县里的大户，规定每户出一千两银子供军队开销，但田德元号当时的流动资金并没有那么多，这可把薛耀堂愁死了。好在陈诚在县城只住了两天就走了，薛耀堂便寻找地方驻军的头儿，行贿私人，最后缴了三百两银子了事。当然田德元号也就不敢再扩张了。紧接着发生了匪乱，薛耀堂的父亲及小儿子被匪首曹老九绑架了，土匪又开口限三天内拿一千两银子赎人，否则就撕票。薛耀堂没办法，就卖了所有田地，开始赎人，最后花了八百两银子赎回了儿子的遗体与他颤巍巍的老父亲。经历了这两场风波，田德元号的资金所剩无几。不久，薛耀堂这个教育局局长也去世了，田德元号从此一蹶不振，族人没了靠山，也都回村里种地了。接着，新中国成立了，土改了，薛家剩余的地又都被分了。至此，薛家红红火火的事业、红红火火的光景，就只剩一个看起来还算光鲜的四合院了。

新中国成立后，因了他爷爷，薛文宗家被定成了地主成分，影响得他爸爸没法招工。再到薛文宗这里，没法考学，初中毕业就一直在村里当民办教师，后来进修了，转成正式的。从此以后，他的日子才安定下来，靠教学养家糊口了。

薛文宗在学校里担任过副校长，曾多次组织过文艺晚会，按理说，目前组织村里人也不是什么难事。但说起来，他户口不在这个村，也不是村委会成员，组织活动当然也有几分名不正言不顺。

这一晚上，薛文宗脑子里有了事，坐卧不安。老支书、薛耀堂，还有"红鞋"这些婆姨今天说的话都印在他脑中了。大家都盼着他来组织活动，这些信任，让他心中暖烘烘的。他倚在炕头盘算了一下，村人热情高，有一些会跳广场舞的人做铺垫，组织起来应该不成问题。想着想着，薛文宗就有些跃跃欲试了。恰巧这时，老支书与"红鞋"又都打来电话，问他对今天这事的想法，他话里就有了暧昧，虽然没有明确表示干，但也没有明确表示不干。双方说了半天，就挂了电话。他对老婆说：你看看，今晚这两人都打电话哩，都要闹秧歌哩，都有热情哩。大家信任我，都要我组织哩。

老婆望了他半天，然后说：即使全村人让你闹，我也不让你闹。

薛文宗说：看你这话说的，这是人心所向嘛。赵匡胤陈桥兵变，黄袍加身，他也不是为了个人利益，而是为了全民族的利益。你没听老支书今天还说了，心眼不要这么小，时刻要想着为大家做点贡献哩。

老婆呸的一声说：你看看，这村里都是些老虎、豺狼、黄鼠狼，个个鬼心眼，说人话不做人事。村里的事就是个火坑，别人躲哩，你却要往进跳哩。

薛文宗说：不怕，我点子多着哩，我又不是憨憨，我只组织一台晚会，又不参与其他事。

老婆说：你哄鬼哩！你那心里的小九九，我还不知道吗？薛文宗早年在一所乡镇学校曾和一个女教师传出些风流话，女教师的男人撵到学校大闹了一场，这个事大家都知道。这件事也影响了薛文宗的前途，致使他到退休也没当上校长。老婆此时看他态度坚决，就拿这茬敲打他。

经过一夜酝酿，薛文宗还是下了决心不负众望组织一台晚会，日子就放在大年初一。这一晚他没睡好觉，想一阵就起来写一阵，老担心想到的事又给忘记了。

说干就干，村里其他人靠不住。第二天一大早，他就与老支书薛智忠、"红鞋"三个人一起商量，他们也就成了这台晚会的发起人。

几人一起商量，根据村里群众的实际情况，初步确定了几类节目：一类是广场舞，这些婆姨都熟悉，都会跳，要多少有多少；另一类是唱歌；还有其他一些节目。薛文宗就围绕"春节与欢庆"这个主题，从众多的节目中挑了四个：一是《祖国你好》，反映热爱祖国主题的；二是《常回家看看》，大过年的，热闹红火；三是《财源滚滚》，是大家的最爱；四是《九九艳阳天》，一首怀旧的老歌，其他的就不考虑了。为了让节目再丰富些，由"红鞋"挑选了一些可添的节目，一是村里的建安子婆姨，据说当年在小剧团学过一段戏，能唱《花木兰》选段，这也算一个。另外，老支书建议组织个大合唱，唱首老歌，提了几首歌让大家选，一时没定下来。薛文宗考虑这首歌的解说词应该是感谢所有祖祖辈辈为世宁村发展付出心血的人们，就选了大家熟悉的《山丹丹开花红艳艳》。村里有一班唢呐，可以登个台，算作一个节目。薛文宗说尽可能方方面面都考虑到，"红鞋"就建议薛老师表演一个节目，可以是独唱，也可以是其他，要不就来段二胡独奏，这个节目用来表扬世宁村在外工作的人们对世宁村发展所做的贡献。村里有个男的唱民歌还可以，平常最爱唱的是《三十里明沙二十里水》，就暂时定了下来。"红鞋"建议，最后用大秧歌来收尾。反正放到最后，愿意扭的都可以上台去扭。几个人说着说着，薛文宗就想着把村里一些上了八十岁的老年人也请到台子上来，让他们说说话，但放到节目中，不知他们说得了不，该说什么才好。"红鞋"就提议干脆别让他们说话，给每人赠条红围巾，也有个过年的氛围。大家都觉得好，只是买红围巾的钱从哪里出呢？老支书就说，他愿意捐一千元，薛文宗听了这话一时冲动，就说他也愿意捐一千元，"红鞋"这时也提出要捐五百元。薛文宗知道她上有老下有小，说这话得咬半天牙，就说：钱到时再看吧，我们现在想着如何把这事给弄成。

经过一整天的讨论与沟通，节目就有了大样子，由老支书担任本次晚会的总顾问，薛文宗担任总负责，"红鞋"担任节目总导演。"红鞋"爱张扬，得了这个任命，就打电话确定一个个节目。薛文宗考虑参加晚会的人年龄普遍偏大，琢磨着能不能动员村里的小媳妇也参加。"红鞋"就挨家挨户去问，结果有几个小媳妇在一起商量后，竟然愿意来个小合唱《走进新时代》。薛文宗一听就更高兴了，说：这下好了，加上小媳妇们这个节目，我们的晚会就饱满了。薛文宗一时心里有些激动。

节目有了谱，大家就分头准备去了，确定腊月二十八、二十九两天彩排，大年初一演出。第二天，拿着初次排定的节目单，薛文宗开始写串词。串词写好了，他给联欢晚会取了个名：金鸡迎丰年，美丽世宁村。经过一天的努力，串词的方方面面都写到了，有世宁村的历史，有对祖国的热爱，有对世世代代世宁人付出的感谢，当然也写到了春节的欢乐，写到了对在外工作的人的感谢。方方面面的考虑使薛文宗觉得这不亚于一台中央电视台的晚会。至于主持人，也是现成的，村里有一个在城区教学的女生，据说曾多次主持晚会，就让她来当女主持。男的呢，大家议了一下，村里有一个大学生在外打工，这个小伙子长得帅气，普通话也标准，就联系他来主持。电话打通了，这个小伙子一听也同意了，说他无论如何要赶在腊月二十九回来参加彩排。随即薛文宗就通过QQ把串词给他发过去了。

薛文宗是总负责，"红鞋"是文艺狂热者，也是这台晚会的总导演。这台晚会激发了大家的热情，第二天由"红鞋"总导演排练大秧歌，其他节目，大家也三个一帮五个一伙地忙碌地准备着。

村里永堂的婆姨叫秀兰，平常脾气怪，个性也强，和"红鞋"她们一直有矛盾，村里许多婆姨都不待见她。"红鞋"私下挑人时就将她排除在外了。这永堂婆姨听说大年初一要演出哩，就闹着非要参加不可。她个子高，身材还算苗条，但两脚往外撇，腿呈罗圈样。她见"红鞋"挂着个哨天天在排练，就来找"红鞋"，也要参加跳舞。"红鞋"不想让她参加，但又不想惹人，就说：这几个广场舞及人数都是薛老师敲定的，他是总负责，你去找他吧。一面她又私下给众人呼吁，让大家拧成一股绳，千万不要让秀兰参加。

秀兰跟"红鞋"说了半天，没个结果，就来找薛文宗，问为什么不让她跳广场舞。薛文宗知道她脾气怪，个性也强，当初是自己没想到，如果想到的话就会照顾一下她的。但现在他和"红鞋"共事，当然要以"红鞋"的意见为准，就说：那你跟着扭大秧歌吧。在薛文宗看来，大秧歌多一人少一人都没问题，衣服一穿戴，几乎谁也认不得谁了。

但这秀兰不扭大秧歌，偏要上台跳广场舞，薛文宗被逼无奈，就说：这些节目与人数都是事先定好的，现在我一个人说了不算。

秀兰听了，就说：我就知道你们是合起来欺负我哩。薛文宗只好装作没听见。

紧紧张张排了几天，这群妇女也个个铆足了劲，她们在家里练，在台上练，个个非要露一手不可。马上到年关了，家里也不蒸馍了，不碾米了，不炸糕了，都让别人在城里顺便买点，一门心思扑在了联欢会上。

腊月二十八走了一遍过场，这时主持的那两个人也都回来了，个个抄了小卡片握在手心，男穿西装，女穿旗袍，打扮起来蛮像那么回事。一个个节目，都在有条不紊地如期进行着排练。

彩排终于完了，薛文宗就讲了几点意见：一是节目还看得过去，但不紧凑，幕都报了，许多人却没有时间观念，半天上不了台。二是家家户户要管住孩子，别让孩子到处乱跑。尤其是在演出时，有孩子竟然上台来把当妈的腿抱住了，要吃奶。三是把自己收拾利索,别演着演着把红围巾、红绸子掉到地上了。四是真正到大年初一,各家各户要通知亲戚尽早来观看。自己村的节目,不管好坏,大家都要鼓掌,要营造整体氛围。他正在这里说着,老婆李彩霞来了,跟他招着手。薛文宗不知道她要干啥,就招她过来。结果过来后,老婆李彩霞竟然说她也要参加演出。薛文宗说:你没扭秧歌基础,也没跳舞基础,一辈子也没听过你哼一句歌,只是下苦能行,哼哧哼哧的,现在到这节骨眼上了,参加什么呀?当场就拒绝了。

这李彩霞听了,满心的委屈,当即就说:我就知道你嫌弃我了,看见那些年轻婆姨眼红哩,你巴不得跟她们一起鬼混哩!

薛文宗听了这话,顿时火冒三丈,想说她两句,但当着众人面,也就不吭声了。

李彩霞一个人待着,见他不说话了,就大声说:我都知道了,你还要捐款哩。你不要我参加,你休想从我这里拿出去一分钱。

她说这话倒不算是威胁,薛文宗的工资卡老婆全权保管着,他要花一分钱都要经过老婆手的。

这时,"红鞋"过来了,她一听就明白了,说:让彩霞来跳广场舞吧,《财源滚滚》动作简单,虽说没跳过,但练上一两天就能跳了。

原来,这"红鞋"见薛老师这么热心,跑前跑后的,还要捐钱,说不定花上一大摊还要他想办法哩,就临时和稀泥,满足了彩霞的要求。反正就那么回事,六个人是跳,七个人也是跳,大不了前排三个人,后排再多个人嘛。反正各跳各的动作,又有什么了不得呀。现在是箭在弦上,不得不发,可不能半路上因这些小事再退了坡啊。人家是总负责,像这么点小问题,是应该得到解决的。

李彩霞听了，一时就在一旁墙角跟着众人去学《财源滚滚》。但她什么也不会，跳起来胳膊腿都不连贯，一个动作做多少遍也做不到位，有时管了腿就管不了胳膊了。她先前还不服气，结果学了一会儿，她就服气了。薛文宗看到她笨手笨脚的样子，暗暗叹气，但不忍心说她，只是期盼她尽早知难而退。谁知这一切反倒激起了李彩霞的热情，她不学是不学，学倒是学上了劲，根本没有退缩的打算。其他人跳了两遍，就都说家里有事，先回去了，李彩霞就缠着要"红鞋"一遍遍地教。到了这份儿上，看着老婆完全投入的样子，薛文宗就只有苦笑的份儿了。

但就在"红鞋"正给李彩霞教舞的当儿，秀兰却来了，她径直走到台子边上来，找到了薛文宗，问：你不是说人早就定好了，咋又加人了？

薛文宗干着急说不出话来，他擦着脑门上的汗哼哼唧唧地说：你也可以参加演出啊，我都说了你可以跳秧歌舞啊。

秀兰说：我总该比你老婆跳得好吧，她能上广场舞，我咋就不能上？

薛文宗吭哧了半天，说：那我叫老婆下来吧。

秀兰说：我知道你们看不起我，合起伙来欺负我一个。我昨天琢磨了一夜，当年，你祖上就欺负我娃他老爷，趁我们家倒霉的时候把我家的地全买走了。后来，"文化大革命"的时候还落井下石，硬说娃他老爷偷了你们家的葫芦南瓜，还教学生娃娃画了许多漫画，有画偷猪娃子把鞋丢了的，有画喝人家的水把罐砸了的。多少年了，你们竟还这样！

秀兰的一席话，一下子把薛文宗说得目瞪口呆。秀兰的老爷叫薛德政，过去也是有钱人家子弟，但后来不务正业，整天赌博，欠了人许多账，就将地卖给薛耀堂了。后来在国民党统治时期，这个薛德政的儿子薛建帮当过保长。搞阶级斗争那阵子，这个薛建帮就属于"四类分子"，成了大家批判的对象。薛文宗当时在学校当民办教师，为了配合村里的批斗，他曾组织学生画过多幅漫画。当然有些事他没有考究，也是道听途说，他总以为这件事过去就过去了，谁知多少年了，这个秀兰还记得，现在还翻出来了。看来这仇结大了啊。这可该咋办哩？

薛文宗想了下就说：秀兰，你不要说得这么远，咱们都是一个村的，谁跟谁呀。你要参加就参加吧，《财源滚滚》还差一个名额呢，你上吧。

哼，我跟你说，你让我参加，我还不参加哩！秀兰说。

这回轮到薛文宗吃惊了，他说：你不是要参加吗？"红鞋"那头我跟她说。

秀兰说：这是我争来的，我稀罕吗？是我吵来的，我稀罕吗？我就不参加，我只是把话跟你说明白了，让你难受着。

说完秀兰就雄赳赳气昂昂地挺着胸脯走了，把薛文宗独自扔在台子边。薛文宗一时呆若木鸡，看来这世上真是百人百性啊，办个晚会还能牵扯那么远吗？平白又得罪一个人，到了现在，他真后悔自己不该蹚这浑水了。

大年初一，晚会取得了空前的成功，村里男男女女几百人全都集中到广场来了，还有一些走亲戚的。有些嫁出去的女子本来是大年初二才回门的，但听说有秧歌可看，就都跑来了。周围的村子也来了不少人，人群将台子全部围了起来。由于先前进行了两次彩排，再加上村人唱的歌老跑调，就临时叫了一个会弹电子琴的人来现场伴奏。当然这些伴奏也都是跟着唱歌的走。这样就遮了不少丑，也热闹红火了几分。晚会演到最后，无缘无故地多了一些节目，有几个从县城上来看热闹的人非要让自己的孩子表演一下不可，本来薛文宗就觉得没有孩子的表演不够全面，这下刚好多添了三个节目。一个是两个儿童表演了一段舞蹈，另一个是一个半大的孩子表演了一段街舞，还有一个是弹电子琴的娃娃上台表演了一段魔术。这些精彩的节目，也成了这台晚会的意外收获，一下子引起了大家极大的兴趣。尤其是演到魔术时，大家把手都拍红了，个个睁大了眼，实在弄不懂明明看见那个小纸盒里是空的，咋会一下子冒出来那么多的东西呢？

联欢会结束了，大家久久不愿离去，所有参与的演员一块儿合影留念。村里许多未演出的人也都上了台子拍照。化了装的演员们更是舍不得离开，合影再合影，两个人合，三个人合，四个人合……这个年过得，值了。说起这台晚会，大家都伸出了大拇指。

大家称赞薛文宗：在外边工作过的人就是不一般，做事有板有眼，办了一台和电视上一样的晚会。老支书薛智忠是被儿子搀扶着上台的，他围上了红围巾，原本要讲几句话的，可到了台子上反倒什么也说不出来了，他想起了当年的红火岁月，喜极而泣，眼泪不断串地掉了下来，一下子惹得台下许多老人都哭起来了。

尽管大家都喜欢这台晚会，但薛文宗还是隐隐感到不安，前天秀兰吵了几句，平白无故地惹了人不说，最终自己的老婆也没有上场。因为她跳得实在不像样子，个子又高，排队就只能排在前边，那场面实在是惨不忍睹。最后薛文宗就毅然决然地拒绝她上这场"春晚"了，这让已经做好准备的李彩霞实在是伤心透了。这不，大年初一，她连家门都没出。

收拾完东西，薛文宗回到家，彩霞红着眼，看到他也没有什么好声气。薛文宗故作不在意地说：晚会好哩，来了一些年轻娃娃，表演得不错，有了意外的收获。

李彩霞不吭声，他又说：把薛支书都看哭了，眼泪一串一串的。村里人也配合，掌声从头到尾都不断哩。

哇一声，彩霞似乎委屈透了，一下子哭了起来。薛文宗着了忙，忙去哄她：大过年的嘛，不哭不哭。

我不会跳舞，大家不要我，可我不会学吗？我这两天只学这几个动作还不行吗？她红鞋绿鞋的还不是一点点学的嘛。答应让我跳，又不让我上台，故意让我丢人现眼……老婆哭诉着。

薛文宗听她这么说，有几分心疼，又有点心酸，这台晚会说到底只是村里人一场自娱自乐的表演嘛，何苦呢！倒惹得老婆这么不高兴，大过年哭哭啼啼的。

想到此，他就说：你要跳你就去跳，一过得年，天天就跳，你个子又高，又有闲工夫，跳上一年，不比村里哪个人跳得好？只是今年嘛，该有个特殊情况嘛。

我就知道你是怕惹人。我告诉你，你就是个软面皮，我算把你看透了，一辈子屁事也办不成，想法多，但担不得责任。胆小怕事，到处充好人，直到最后把自己弄得左右都不是人了。老婆埋怨道。

薛文宗故意逗她说：你把我看透了，也没看出我能把这事弄成吧？

老婆这时顾不得哭了，说：你也就是弄个秧歌罢了，软面薄情的，别的你试试看。

薛文宗说：弄这么个节目就不错了，你没看见，许许多多的人拉着我的手都不放哩。

老婆瞧着他的得意劲，擦了擦眼泪，说：那你就好好嘚瑟吧。可我还是那句话，从我这里一分钱你都别想拿到。

薛文宗说：这么一大摊事，我发起的，钱总该我想办法吧？

老婆说：你去想你的办法吧，和我有什么关系呢？

薛文宗办晚会时是热闹，到一场晚会完了，才知道这场晚会可真不是好办的。喷了个底幕，搭了钢塑架子，找的熟人，算起来得一千五百元。所有演出的服装都是借的，有向先前学校借的，有向文化馆借的，基本没有花钱。但录像洗照片得一千多元钱，大家参与了一次，不拿钱，留张照片做纪念总是应该的吧？音响呢，租的，五百元。红围巾，村里老人十五位，每条五十元，得七百五十元，还有其他，结果算起来整体花销近六千元。

老婆把包捂得严实，不给钱，这些钱该从哪里出呢？好在刚过年，所有债主都不好意思向他要钱，这件事就暂时先缓了下来。但薛文宗的脑子可没闲着，一直在打转，从哪里弄这些钱呢？

到了大年初六，薛文宗的同学聚会。这些是师范同学，当初是县教育战线的主力，如今多少年过去了，一个个都谢顶了，有些甚至有了孙子，大部分都退居二线了。只有转到行政上的，还在忙碌地工作着，其中有住建局局长、文化局副局长什么的。大家坐到一桌来，有人就翻出手机，说上世宁村大年初一的晚会挺不错的，网上到处都有视频哩。薛文宗就说这个晚会是他办的，自己还做了个网上的宣传页，政府网站也转了，后来转到新华网上，点击量已达到五十万人次了。只是做这个介绍的时候他很低调，只有一些节目介绍，关于自己竟一点也没介绍。

听他这么说，大家都恭贺他，觉得他了不得。现在农村人虽然有钱了，但人心涣散，像一盘沙子，互相之间不服气，又和村干部矛盾突出，组织一次肯定挺难的。

一起聊着天，薛文宗就苦笑着说：唉，你们不知道，各有各的苦处哩，组织得红红火火，但花销一大摊却没处报销哩。

大家就问有些什么支出。

薛文宗就拿出一张单子来给大家传阅。有同学就说：你拿你的钱报了不就行了，不就一个月工资吗？

薛文宗准备说老婆的坏话，但想老婆和这些同学都是认得的，传出坏话可不好，就低了头只顾夹菜，不说话了。

这时同学中有一个叫赵文平的，在中学当德育主任，他说：我觉得办晚会是集体的事，掏自己的钱不合适，毕竟给大家办的嘛。再说了，村里人都觉得在外的人有能耐哩，结果这么点钱还让自己出了，这不只是给自己，也是给别人难堪哩。

这句话一时倒提醒了大家，当时有个叫崔云的同学说：那就让张局长掏了，张局长他在住建局当局长哩，手里每天不知要过多少钱哩，这么点钱，塞牙缝都不够。一语点醒梦中人，大家纷纷说好，一时就都瞅着这位叫张志峰的同学。

张局长正忙着给同学倒酒，听到崔同学的话，就说：亏你们还干公家事哩，这住建局的钱倒是多，多得花不了，可也都是花在应该花的事上。这种没名堂的事，是没法子报的。

大家一听，就觉得这个张局长真是拿捏，这么点小事都不办。崔云同学不服气地说：共产党不是讲究为人民服务哩，办节目难道不是服务人民吗？钱又没装到自己腰包，怕什么？

张局长哈哈笑了，说：话不是这么说，共产党的钱一个榫子一个卯。要我说啊，你们不如向镇政府要去，在那儿支出要简单得多。

薛文宗说：我在镇学校教学多年，咱们现在的镇书记与镇长都是年轻娃，都不认识，我哪能要得了？

张局长说：我给你打电话安排就成。当下张局长就给镇书记打电话说钱的事。镇书记在电话中说，他知道这回事了，给镇上争光，给点钱应该的，要薛文宗等收假了过去就成。

打完了电话，张局长说：我估计他也给不多，最多三千，少了两千。要不这么着吧，你们村和哪个单位还有联系哩？

薛文宗说：好像县残联包的我们村。

张局长就又翻开三星手机，当着同学的面，给残联的头儿赵伟打电话说钱的事。这赵伟正在麻将场里，当下就应承了。只是又说：村里举办这样的活动，应该先和我们单位联系的，大年初一我们也可以派人上去的，这也算是我们的一点工作成绩。一时间，就这样两个电话，经费问题全解决了。

一会儿，张局长出门接电话了，其他同学继续喝酒。这时薛文宗说：这同学和同学可真不一样，局长的威力可真大，几句话问题就全解决了。

赵文平主任说：我倒觉得不是他威力大，而是看找着门路了没有。有门才能进人，没门任你费再大的事也面对的是墙啊。要我说，如果你年前把这个事给镇上说了，给包村的说了，弄这点经费应该不成问题的。他说这话，大家都觉得有道理。

吃罢饭，薛文宗想到钱的事不用老支书与"红鞋"捐款了，也不用跟老婆要了，心情自然就好了许多。正月初八，单位开始上班，到了初九，薛文宗就去找镇政府与残联，这两家单位的工作人员对他很热情，大家都说在微信上看到了他们村在大年初一的节目,说这在全县可是首创。至于钱,开个增值税发票就可以拿到手了。

薛文宗只得再去开票,开了票又返到镇上来。领钱时,镇上的郭副书记来了,对他说:你村里现在是个烂摊子,村民天天上访,连个村主任也没有,拖镇上的后腿,去年给县上、乡镇上奖的几万元资金也都泡汤了。你能组织这么个活动,说明你有人缘、有能力,干脆你把村主任给咱们兼上。

薛文宗哪里会想到这件事,这阵只想着钱哩,就说:我哪里行啊?村主任那可要能行人上哩,能干得动事。

郭副书记说:你放在过去,就是乡绅。年前年后我读了几本书,说解放前农村的事都是靠乡绅来协调处理的。

薛文宗听到乡绅这个词,觉得别扭,就说:你可别这么说啊,哪儿来的乡绅,都是些土豪劣绅。

郭副书记笑了,说:你别这么紧张。咱们镇这几年主抓文化旅游,我查过不少资料,当年你祖上可就是实实在在的乡绅,给村里办过许多事哩。县志上都有记载哩。

薛文宗听他提祖上,就说:得得得,你还是别提这事,再提我就要掉脑袋了。薛文宗没见过太爷,但对爷爷还是有印象的。那是1957年,地点在他祖上捐建的小学的操场上,那时捐钱盖的房子依旧在,还是方圆几十里最好的学校。岁月流逝,先前灰色的瓦成了黑色,长出了许多瓦苔。墙面也斑驳了,先前充满温情的黄灰色石头,经过岁月的洗礼,成了褐色;石头中间长出了一些纤细的青草。教室门口铺的石台阶明光发亮,爷爷被众人揪着站在台阶上。正是中午,他低着头,那些黑得发光的石头都可以照出他的影子了。爷爷在阳光下被批斗了一中午。批斗结束后,他走出学校,抬起那颗刚刚被按在地上踩得青肿的头颅,睁开模糊的双眼,看到残阳如血,鲜血从他口中涌出,他大叫一声,栽倒在地上。

这是薛文宗记忆中的场面,但这个场面他应该是没经历过的,因为他爷爷挨批那阵他才一两岁。这个场面是母亲给他说的,说了不知多少遍,后来就印在他脑子里了。一提到他爷爷,他就会想到那个场面。母亲还说那时她挺着大肚子,爷爷在烈日下被批斗着,脑门儿直滴汗。后来,人们押着他走的时候,她递给了他一块汗巾。

这件事的高潮是那天批斗以后,他爷爷回到家又开始吐血了。照母亲的说法,先是恶心,吐出来的东西带着血丝,淡颜色的,非常不起眼,接着吐血间隔越来越短,开始吐血块了,黏稠的那种。每次吐了,大家扶着他躺下来,把嘴擦净,喂点水给他喝。吐一次,大家总以为没事了,但他过一会儿又开始吐,家人用毛巾擦他的嘴,毛巾上就沾了大量的血。后来毛巾没法用了,就用枕巾擦他的嘴。就这样,他吐了几天血后,死掉了。母亲说,她怎么也忘不掉他爷爷那无助的眼神。母亲还说,那些毛巾、枕巾她在小河里洗呀洗呀,那些血丝就在小河上不断地漂着,漂着,最后漂向远方了。

现在,镇上的副书记提到了乡绅,薛文宗马上就紧张了,赶紧说:你可千万别这么说,再说弄不好我也掉脑袋了。

郭副书记哈哈笑了,说:没有人会要你的脑袋的。你看看,古时候,农村就没个村干部,都是靠乡绅治理的,乡绅也是办了许多事的,像你太爷,你问问,这方圆多少里,大家都知道的,当初在党湾桥那儿还立有碑子呢。

可现在都哪里去了呢?薛文宗问。

这个，咱们就不讨论了。只是我问你，你家在农村，农村什么情况你不知道吗？这几年，村里人钱多了，可也变得极为自私了，就如同打开了一个潘多拉魔盒，牛鬼蛇神都出来了。一些人事不关己，高高挂起；一些人等着看笑话；还有一些人，不说正经话，纯粹就是捣乱。大家都没有是非观，什么礼义廉耻，什么文明道德，全都被忘记了。开会不来，来了乱吵，会后乱讲，这样下去可如何得了呢？

薛文宗想着村里的事情，觉得他说得对，但也不全对，就说：我倒不这样看，人有钱了，就追求地位、追求话语权哩。我觉得老百姓也是这样的，他们有钱了，就追求一种地位，就想着如果什么事情他们能说了算就行。要我说，他们只是想活得更体面一些，更被人看得起一些，想在众人面前有更多的尊严。只是很多人又没见识，他们不知道该怎样追求体面罢了。

郭副书记听了，说：你这个看法倒挺特别，也很正面。你这样一说，我有了一些新的想法，那些大学生"村官"有热情有知识，但拥有的知识和农村是脱节的，单靠热情却没有经验、不了解情况是解决不了问题的。我这几天脑子就在考虑呢，是不是可以派一些像你这样在县里有一定工作经验的出自本村的人再到村里去任职呢？不过这些都是后话了，重要的是你们村现在就没个村主任，我希望你能考虑一下。

薛文宗等着用钱，看着郭副书记签了字，然后说：不在其位，不谋其政。

薛文宗把钱领了，把欠账还了，为这场村级晚会画上了圆满的句号。因为这钱是从上面争取到的，一下子让村里人对他有了新的看法，觉得这从外边回来的人可真是有能耐啊。在这几天里，他无论到哪儿,村里人都待他蛮热情的,也毕恭毕敬的。薛文宗因此也有几分得意了,毕竟干成了一件事嘛,心中有了一种成就感,走起路来脚步也就轻快了。每到一个地方,他都会打开手机调到网络页面,给大家看人家的评论。他老婆起先不愿意让他逞头的,但看到村里人对他的尊敬,这心里也甜滋滋的,便把先前给薛文宗的难堪全忘在脑后了。

有一次薛文宗跟她说:你不给钱嘛,但我还不是全解决了?

老婆说:我不给你钱,你自己争取的,这才叫能耐。要是我把钱给了,你还会去争取吗?这说来说去,你还得感谢我呢。

哼哼!薛文宗气得说不出话来了。

事情就这样过去了,到了正月底,镇上的包村干部袁芙蓉下乡来了,由于他和薛文宗的儿子薛光胜是同学,所以就没到别家去,直接到薛文宗家,薛文宗招待他吃了一顿轧饸饹。

吃完了,袁芙蓉说:镇上给每个村下达了建沼气池的任务,咱们村子是五个,这管子、砖、水泥等材料都由镇上贴,可咱村里连个村主任也没有,这该咋办哩?

李彩霞听到这话,就觉得他这是要和薛文宗讨主意哩,这不把他当成村里管事的了吗?就说:沼气池没人愿意弄,虽说钱由镇上出,但这下苦挖坑的事还得自己做,再说以后管理麻烦太哩。

袁芙蓉年轻,是刚毕业的大学生,血气方刚,他说:县上的专家、领导都说建沼气池是好事,能点灯,能做饭,沼渣上到地里还能做肥料哩。平常管理也简单,喂上两头猪,把猪粪倒进坑里就行了。据说附近县里都全面推广开了。

薛文宗说:建沼气池是好事,但村里人嫌喂猪麻烦,现在都不喂了。大家做饭烧火，现在用的是剪掉的苹果枝，多得烧也烧不完。

袁芙蓉就觍着脸求薛文宗明天了解一下，看村里哪些人愿意建沼气池，镇上布置了任务是要考核的，自己完不成，要扣工资的。

由于袁芙蓉和自己儿子是同学，薛文宗碍于情面，第二天就对村里众人说了建沼气池一事，他还临时恶补了一些这方面的知识，但说了一大圈没有一个感兴趣的。年轻人嫌麻烦；老年人则说，原来农业学大寨的时候村子里是折腾过沼气池的，后来都失败了。建的沼气池，有的能产气，有的不能产，点的火太小，做饭可麻烦，管理也麻烦，有时往进添了许多粪便都产不出来气。

过了两天，袁芙蓉又来了，这次他是和薛文宗的儿子薛光胜一同来的。

儿子回来了，当妈的也高兴，李彩霞做了两个菜，大家一起喝了几杯。中间又说到沼气池这个事，薛光胜就劝他爸能不能做一个，再和其他本家说一下，给小袁把任务完成了。但这个建议一下子就被他妈给拒绝了。李彩霞说：家里成天用电做饭哩，哪里用得着沼气啊？这薛光胜就求他爸想想办法，帮帮芙蓉，说他刚参加工作，一心想给领导留个好印象哩。几个人说来说去，后来薛文宗想出了个办法，对袁芙蓉说：镇上不是有土地员吗？明天你和他商量着一块儿来，丈量一下去年新建房子的那几家的地基，哪家多占了不要罚钱，让他建个沼气池就成。

袁芙蓉一听，觉得这个办法好。但又质疑道：村人有多占地基的吗？

薛文宗说：你把绳子拉紧点不就行了？村里地基原来批的是五分，现在批的是三分，新建的人家都嫌三分太少，能多占一点是一点,家家户户看样儿,你多占一点,我当然也就多占一点。

得了这句话,第二天,袁芙蓉就和镇上的土地员一起来到了村里,一是清查多占宅基地的,二是落实沼气池示范点。清查宅基地针对的是去年新批新建的六户人家,一家挨一家地过。土地员用绳子在房前屋后拉了,然后记录在案。结果这六户无一例外,都多占了一点地。这些人家只当是镇上统一的大行动,见了土地员个个点头哈腰,笑脸相迎,好烟好酒招待,反正只要不罚钱就行。商议到最后,袁芙蓉就出面了,说只要大家签建沼气池协议书,这罚款就可免了。众人一听这话,个个恨不能掏出四支笔来签,签的时候手都颤抖得不成样子了。这六家乖乖地与袁芙蓉签了协议,反正钱由公家掏,自己不外乎多下一点苦罢了。再说建起来说不定还真有好处呢。袁芙蓉的任务就这样完成了,他回到镇上把这事给包片领导郭副书记汇报了。郭副书记听了也很高兴,叮嘱小袁今后凡有事解决不了,就先和薛文宗商量。

就这样,薛文宗本来没打算管这一大摊烂事的,但渐渐地,人们有事都来找他了。他俨然成了上世宁村的村主任了。

这天,他正在院子里闭目养神,一个老太婆颤巍巍地来了。他抬头一看,是秀兰她妈。这老太婆拄着个拐杖,一进门就大喊大叫:难道这世上就没王法了?难道这世上就任恶人横行吗?

按村里辈分,薛文宗小她一辈,叫她婶。看到这情况,薛文宗马上起身相迎,这老太婆气呼呼的,就站在他对面,将手中的拐杖戳得梆梆响。她说:有人管没?德娃家的树叶子全落到我院子里了。这不是欺负人吗?她唠叨了半天,薛文宗才明白了原委。原来,秀兰她妈至今还在窑洞里住,邻居是张德娃,这家院子里栽了一棵杨槐树,树先前没长大倒还罢了,现在长大了,枝丫有一些就伸过来了，如今刚过了年，树上的一些未脱净的叶子及杨槐角，风一吹就全落在她家院子了。秀兰妈一个人住着，腿有病，大概她扫着扫着，就冒火了，于是来找薛文宗了。她问薛文宗：你到底管不管啊？薛文宗当着她的面，不好意思说不管，但又没法管，就给她宽心，说：谁家院子里都有树，这西北风一直刮，叶子就乱飞，飞到哪里可说不定哩。你家院子没树，但脑畔上有啊，你能确保是张德娃家的树叶落到你家了吗？但此时秀兰妈却听不进他这些大道理，她只认一个死理，就是公家划给我的院子我就不愿意让别人家的叶子落进来。李彩霞也出来了，也给秀兰妈讲了一大摊道理，但这些道理却说服不了秀兰妈。双方你来我往，高声大嗓门的，吸引了许多人来看。最后，薛文宗实在无奈了，就说：这也不归我管啊，你找村里管事的去。秀兰妈就说：不归你管，那公家人来咋都找你哩？你还成天跟他们吃哩喝哩。

  薛文宗觉得这老太太实在太不讲理，就给李彩霞说：你去把秀兰找来，让她把她妈领回去吧。一会儿，秀兰黑着脸就来了，她手里提着个簸箕，一进门，还没等薛文宗说话，她就站在院子里呵斥她妈：我都给你说过多少遍了，你斗不过人家，就不要斗了，多少年了，我大在世的时候就受人欺负，最后把我大都气死了，你还看不清这世事吗？你还在这里瞎闹腾，你觉得这世上还有说理的地方吗？你赶紧认厌，回家去，别再在这里丢人现眼了。薛文宗听着秀兰话里有刺，但一时也顾不得追究，秀兰说起话来一说一溜串，嗓门又大，根本就没有别人插话的机会。别说薛文宗，就是老太太一时也插不上话。秀兰教训了半天，然后一把拉了她妈，气昂昂地回家去了。

  等到两人出门了，薛文宗半天才转过神来，觉得这秀兰责备了半天老妈,也把自己给绕进去了。薛文宗想跟她理论,但人家又没指名道姓,只得无奈地摇了摇头。他想着,这世上的人可真是百人百性啊,有些人就是一根筋,只认自己的理,无论何时都以为全世界和自己作对哩。

李彩霞看他闷闷不乐,就给他宽心道:和这种人吵架,你越给她解释,她就越不听;你不解释了,她一个人就越说越冒火。总而言之,是非要把火发泄完才成。

薛文宗说:那遇到这种人可咋办哩?

老婆说:没办法,就看能不能发生个意外的事,把事给打断了,她才会罢休。

薛文宗说:你说的就是你吧?一条道走到黑。

老婆不爱听他说这话,就说:你就是爱管闲事,这下子管好了吧?人家捎带地连你也骂上了。

薛文宗说:人家撵上门来找我哩,我能不管吗?人家把你当个神敬哩,你总不能成天往驴圈里跑呀。

好,你就是神,你就安心当你的神吧。小心你这泥坯子塑的神哪一天被众人砸烂了脑袋,从莲花台上滚下来了。

说了这话,李彩霞一时又觉得不吉利,就照地上唾了口唾沫。

一两个月无活,渐渐地快到清明了,天气热了,白天日子长了,农村人又要将两顿饭改为三顿饭。清明这天,村里的一位传说中的大官回来了。这人也姓薛,和薛文宗是出了五服的兄弟,他爸早年是当兵走的,据说后来到了新疆生产建设兵团,就在那里安家了。他也是在那里出生的,后来也一直在新疆生产建设兵团工作。他们这一家据说当的官不小,但出去后就没回过村子,所以村里人对他们的印象也只停留在传说中。清明节这天，这个叫薛洪达的人领着老婆一起回来了。与他最近的本家都去世了，他回到村里，由于薛文宗家里房子是新盖的，又比较宽敞，也好客，所以他就住到了薛文宗家。薛文宗给他们腾出一间房子来，并生了炉子。村里人见他回来了，都很热情，家家户户都叫他去吃饭，因为薛文宗在村里人眼里也是个头面人物，所以请薛洪达吃饭时也都把薛文宗叫上了。村里人只知道薛洪达与他爸的官大，但不知道具体是多大的官，吃饭期间，多数人就看他能不能将自己孩子安排了，或者给孩子找个工作，等等。但这薛洪达总是哦哦地应承着，说等吧，等吧，看以后有机会没，诸如此类推托的话。吃了一大圈饭，也都没个定论。但说来说去，最沾光的还是薛文宗，白跟着他混了几天饭。

这天晚上，两人一起吃饭回来，夜已深了，村子静悄悄的，天空中有许许多多的星星在眨着眼。两人此时都有些醉意，深一脚浅一脚地相跟着走着。薛洪达就说：我这次回来还有个意愿，就是想给父亲找块坟地，这地呢，也瞅好了，就是秀兰家背后的那片地，那个圜圙。母亲年龄大了，身体每况愈下，等母亲去世了，就把母亲与父亲的骨灰移回来一起安葬。为什么要瞅这搭儿呢？这也是我父亲的意思。他去世的时候叮嘱的，说这片地风水好。但这个事我前天试着跟秀兰说了一下，让她给驳回了。我把这地也了解清楚了，按理说，这是村里的地，不是她个人的，只是被她占着，给她说也只是给她个脸面而已，没想到，她倒把这地当成自己的了，直接拒绝了我。唉，我们本家人几乎都去世了，村里也没个说话的，父亲的骨灰在那边放了有些年头了，母亲眼看着一天不如一天。这落叶归不了根啊，这可让我咋给老人交代哩？薛洪达一时说着，声音就有几分哽咽。黑暗里，薛文宗看不清他的脸，但能感觉到他此时已老泪纵横了。薛文宗知道他说这话，是要自己帮忙的意思，但一时心中也没谱，就没急着表态。

两人说着话，正好走到那个圈圙旁了，忽然黑暗中有人腾地从里边跑了出来，一时唬了两人一跳。那人跳出来后就向左边的方向走了。两人注意看了一下，但黑暗中也没认清究竟从里边跑出来的人是谁。两人都伸头向里瞅，却瞅见这个圈圙内微风中有火星在一明一灭的，在这漆黑的夜里，看到这情景，蓦然间俩人不由得都打了一个寒战。

一路唠唠叨叨的薛洪达回到家，情绪就有些失控了，给薛文宗说了许多。薛文宗看他哭得悽悽惶惶的，就答应第二天帮他找找秀兰。

这个圈圙的情况薛文宗知道得一清二楚。这个地方原本有一座庙，先前村里人都住在窑洞里，这里离村子挺远，后来大家都搬到塬下住了，家家户户盖了新房，一下子将这块空地包围了起来。先前的庙，"文化大革命"那阵把神像砸了，只留了一个空屋子。接着，砖瓦与木料今儿个被这个拆两块，明儿个被那个拆两块，没多久就拆成一个高台子了。后来秀兰的地基批到旁边，她在附近修房子，要填地基，就把这个高台的土全部取了下来，填在了自家院子里。至此这个高台就被夷成了平地。再后来，秀兰又在这块地上种了菜。因为离村近，怕鸡猪糟蹋，她就用一些柴棍将此地圈起来，村里人就俗称圈圙。就这样她这几年一直种着，但具体说起来，这块地当然不属秀兰所有，还是应该归集体的。其他人之所以不眼红，是因为这是块庙地，大家都心存敬畏，没有人愿意种；另外那地本来就是个高台，如果不是秀兰把地夷平，也是没法种的，所以村里人也都不计较。就这样，秀兰种了一年又一年。

第二天，薛文宗去找秀兰，秀兰家门却上锁了，有几只母鸡领着小鸡正在周围的地方叽叽咕咕找食吃。他拨拉开栅栏门，进到了圈圐里。这里边是一块地，地里干干净净的，有一条被脚踩实的小路。靠房子的背后堆积着一堆去年收的玉米秸秆，再走进去，圐圈的中间有一方用碎石头围起来的小石碑，石碑上赫然写着九天圣母之牌位，石碑顶上围着一圈红布。薛文宗成天从这里路过，只见种着一些玉米和一些菜，从来没想到里边还有这些名堂，一时看见了，竟觉得有些意外。再细看，在小石碑前面，有几炷燃尽的香，还有一大堆堆积的纸灰，显然昨天夜里有人到这里烧香来了。他与薛洪达当时看见的火星应该就是这里的香火。

转着看了一圈，听到外边有小狗汪汪叫，他转身往外走。刚出门，却见秀兰来了，正站在栅栏外，身旁的小狗汪汪直叫呢。

该不会也惦记着我家的地，又想让土地员来拉尺子吧？秀兰讥笑着说。

薛文宗一时像自己的秘密被人看破了似的，讪讪地笑了，说：唉，昨天薛洪达说了想让他大他妈埋在这儿，说可以给你出些钱哩，他还说这地是公家的。

这地是公家的不假，但现在是我种着，就由我说了算。不过，我把话撂在这儿，这地村里谁要都可以，他薛洪达要我可不给哩。

那是咋个理？村里也没人看上这地，他还说钱可以商量哩。薛文宗硬着头皮说。

咦？亏你还是个明白人，还在人前说理哩。这周围都住的人，他把他大他妈埋在这儿合适了？活人死人挤在一起，娃娃晚上敢住吗？

洪达说可以不建墓堆的,悄悄埋在这里就行,要不,就立块碑或者上边建个亭子都行。薛文宗说。但他明显觉得自己底气不足,虽然硬着头皮来当说客,但这件事他还是认为薛洪达做得不地道。说穿了,今天来当说客,也只是对薛洪达有个交代。

那不就成庙了?他给他大建庙哩,你也同意?

唉,我……我……薛文宗说不出话来了。

你一个大活人,眼睛瞎了,眶眶也塌了?秀兰说,我跟你说,这地是村里的,村里把地要回去要干啥我都同意,但他薛洪达掏多少钱想把他先人埋在这里就是不行。他是想供他大他妈的,他大是谁?他妈是谁?和这村里几百号子人有尿的关系了?他只不过多比别人有点钱而已,可谁家沾他一点光了?谁家拿过他一根针一根线了?他有钱,该是在外边能行嘛,那把他大他妈就埋在外边,让外边人敬去呀,咋还要埋到这搭儿哩?让村里供?村里人吃他了喝他了?

秀兰一说一溜串,薛文宗觉得话虽粗,但理却是这么个理的。一时倒对这婆姨有了另一番看法,觉得虽然村里人平常议论她,说她黑肚子、一根筋,但这大道理她还是懂的。一时自觉再说也无用,就换了个话题,随口问:那这里边的碑子是谁立的,我咋不知道?

秀兰说:是老支书的孙子立的,我估计是老支书的想法,他后悔年轻时候带头把神像砸了,这不,到老了就得下个不治之症,天天呐喊叫唤哩。自打立了个碑子,这里烧香的人就多了,大都是晚上偷偷来烧香的,毕竟这事不能光明正大嘛。

哦,我见香火还旺哩。

大家偷偷来烧香,都在地里踏出一条路了,尤其是过年前后来烧香的人更多。还有往碎石头下压钱的，都不知被哪些碎娃娃拿走了。你想，这现在是全村人的求神之地，他薛洪达凭什么要占哩？这分明是想让村里人把他大他妈给敬着。秀兰说着，就又回到了原先的话题。

薛文宗听到她说是老支书让立的碑，就想到那天见到老支书的情景——满脸青灰，皮包骨头，随即心里涌上来一点感叹。心想着，老支书那天给自己说，把生老病死看得开，但也只是这么个说法而已。临到头了，还不是想着法儿多活几天是几天呗。同时又想着，看来这每个村都得有个庙哩，给那些无助的人、走投无路的人最后一点精神寄托也是好的。一时乱想着，就告别了秀兰，回去敷衍薛洪达了。

清明节过后的第四天，薛洪达和老婆打算离开上世宁村。这天晚上他开车到镇子上买了一些菜，买了几瓶好酒，把一些相关的人都约到了薛文宗家里吃饭，也算作个人的一次答谢。村里这些人见好菜兼好酒，杯来盏去，喝着喝着就喝多了，话题又到了圈圈这儿。薛洪达说：实话说吧，这秀兰不答应我，我也是有心理准备的。我自参加工作就一直在建设兵团，我爸先前官当得大，但兵团这个行业和其他的不一样，是很单纯的，也是很单调的。实话实说，当年如果你们娃娃当兵在新疆，那还是可以帮点小忙的。但我爸这人又很正气，不愿意给帮忙。后来他就退了，不管这些事了，乡亲们的忙想帮也都帮不上了。我给你们讲个故事吧，八几年的时候，咱们县的教育局局长找到我爸，想要点钱，或者托关系给县领导打声招呼，给教育局买辆车。我爸说：县上的人我不熟悉，我这儿有装甲车，你要的话开回去一辆吧。那些年各方面卡得都紧，什么也不敢弄，到现在我算是明白了，但想为乡亲们做点什么却迟了。唉，人这一生，总是在后悔中度过啊。当初，手中有点小权的时候，给其他人不知办了多少事，但村里人和亲戚却没照顾一个，这次回来见大家这么热情，我这心里发慌啊，心中有愧啊！至于给秀兰说的这事，是我爸先前叮嘱的，我也就是尽个孝心，秀兰不答应，我也不会怪她的。

这几句话说得很真诚，他这么大年龄的人了，胡子一大把的，话里时而夹杂着哽咽，一时颇让许多人动容。薛文宗就宽慰他说：这件事你也不用着急，我给老人家另外找一块风水宝地，包你满意，毕竟是从咱村里出去的人，落叶归根也是人之常情。

薛洪达揉着混浊的眼睛拉着薛文宗的手说：你知道我这几天感触最深的是什么？是亲人。这世上谁亲？家人亲，亲戚亲，乡亲亲。他拍着薛文宗的手：文宗啊，你在县里人熟，人缘广，办法多，还有一些同学在当官，你一定要想办法给村里做点事，不要像我，一辈子自认为正直，到了老年明白了才后悔。乡亲们一直在村里种苹果务庄稼，不和外面的人打交道，没有背景，没有后门，见识也少。你想想，事情不靠你、不靠我们这些外面的人，靠谁哩？我这次回来一路上的路都不错，全是柏油路，但快进村时，看到通往咱村的路这么烂，坑坑洼洼的，我这心里难受啊，只恨自己帮不上忙。老辈人常说一句话叫"活人"哩，其实就是要活众人、活亲戚、活乡亲哩，否则的话，你再有钱、再有势，在村里人面前也抬不起头啊。话说到这里，他大概想起了自己父母亲回村都没处安葬，一时哽咽着说不下去了。薛文宗也心情激动，见他这么看得起自己，当下就说：你只管放心地走吧，村里的事就是我的事，我虽然没办法，但我有同学在住建局当局长哩，还有几个当副局长的。我这两天就找他们去，想办法给咱村修路，给咱村办点事。

薛洪达听了这话，又一次握住了薛文宗的手，说：虽然我不常回来，但我是知道你们这一大家子人的。我爸先前就说过，你祖上薛耀堂可是全县的大名人哩，乡里的学校就是他捐的，县城还立有碑子呢。到你们这一代，还有这样的情怀，难能可贵啊！你只管去想办法，只要是村里的事，都可以找我。薛洪达拍着胸膛继续说：只要我能帮上忙的，我一定帮。我也是一把年纪的人了，我想有一天，我的骨头回来，乡亲们愿意接纳我，而不是像现在这样连一块下葬的地儿也没有。你只管好好干，我就是你坚强的后盾！来，大家干了这杯酒！薛洪达说完，端起了酒杯，他国字脸，白须白发，慷慨激昂，一饮而尽，倒凭空给这酒场添了几分悲壮的气氛。薛文宗及其他人一时觉得好像在喝上战场前的壮行酒一样，心里头也都多了几分慷慨。众人一饮而尽，一时个个都激情满怀，纷纷出主意、想办法，恨不能舍己为人，马上为村里干点什么。

薛洪达第二天和老婆一起离开了村子。那日早上下了一场小雨，空气湿润，草色青青。前一天晚上和薛洪达一起喝酒的人一觉醒来，天还是原来的天，村还是原来的村，个个胃里难受，哇哇直吐。原来这酒好与不好都是一样的，喝到肚子里都难受啊。他们伸着懒腰，看着天下雨了，都想着，有了墒了，又该种地了。而昨天晚上薛洪达老泪横流嘱咐的话只有一个人记到了心里，这个人就是薛文宗。薛文宗没过两天就到县里去打问铺路的事，打问到村子里边的路归新农办管，而通往公路的连线路归交通局管。他就去找同学杨局长想办法，看能不能请交通局局长吃顿饭，或者给人家送两条烟也行，把这事办了。哪知，这件事一口就被杨同学给回绝了，他正忙着处理一起城建上的纠纷，敷衍着说：我跟交通局的领导不熟的，这件事我帮不上忙。薛文宗原先准备了满腹的话，如村里的路怎么烂，如能争取到项目也可以给一点回扣啊，等等。但这些话他还没说出来，就被拒绝了。他一时不甘心，就坐着不走，这杨同学就有些烦了，说：你又不是村主任，又不是支书，管这么多事干啥哩！你不得吃了还是不得喝了，你自己的事我给你帮忙，集体的事你干得再多也落不了好的，何苦呢？

这几句话像一盆凉水泼过来，把薛文宗心底燃起的火焰给浇灭了。他回到家里就蔫不塌塌的，老婆问情况，他支支吾吾地半天说不出话来。老婆说：那你不会找别的同学啊？薛文宗说：其他的人都和我一样，甚至还不如我呢。老婆说：那你不会找薛洪达啊，他那天说他是你的后盾嘛。薛文宗说：看他那哭鼻流水的劲儿，他能弄得动世事的话，还会跟我说？

就这样，铺路这回事就撂下了。过了一些日子，薛文宗已不想这些了，他又开始过清静的日子，拉拉二胡，偶尔和年龄大的人一起摸摸花牌，一玩就是一宿。他衣服也多天不洗，胡子也不天天刮了，一眼望去，和庄稼汉没什么两样。唯一不同的是，大家见了面依旧称呼他薛老师。

仅此而已。

白天渐渐长了，家家户户又开始忙了。薛文宗虽有一点地，但并不很忙。他家屋外有燕子在屋檐下筑巢，整天叽叽喳喳的，把白墙壁弄得脏巴巴的。薛文宗想来想去，找了块木板，又找了两根长钉子，将木板在燕巢下固定了下来，这样看起来协调了，燕子的粪便也不再落在地上了。无聊的时候，薛文宗就拉拉二胡，闭着眼听听燕子的呢喃，叽叽喳喳，叽叽喳喳。

农忙归农忙，但上世宁村的一部分村民眼睛却总是瞅着别处。

这不，村里关于承包地上访一事，过了这个冬天以后，又渐渐被人提起来。说来也不怨这些村民，三十年土地不动，家里增人不添地，减人不减地，许多增添了人口的，眼见别人家种的地多，就眼红了。瞅来瞅去，大家就盯住了属于集体的这上百亩地。由于土地不均衡，村里的一些人就找个由头上访，说当初承包地时没有经过村民大会，是由支书与村主任私下决定的，签的合同应该不算数的。说来说去，就是要求承包到期的土地不准再承包，要求那些未到期的土地终止合同，全部收回来，把地统一分给大家。

上访的人去年来来回回折腾了几趟，也没个结果。其实村里闹事的，也就是二红那几个年轻人，这些人各有各的想法，各吹各的调，有的是嫌地少，有的是想把支书给搞掉。目的虽然不一样，但做法却是一样的，只上访，不打官司。这不，天气热了，他们又上访了，今年的上访理由比去年还多了一条，说上世宁村有上百亩平坦的土地已承包到期，可现在还一直荒着没人耕种。村民屡次上访，要求解决问题，但县政府、镇政府一直不理不睬。这样说说倒还罢了，谁知村民们竟然联系了一个小报记者，这个记者根据采访群众的内容写了一篇名为《上百亩良地荒两年，县镇领导不理睬》的文章，发表在了网络上。县上领导一看这个事有了星火燎原之势，就都着了慌，当即就给镇上下了死命令，要求镇政府尽快妥善解决问题。镇上的郭副书记是上世宁村的包片领导，事情转了一圈就又回来了，担子全部落在了他身上。

郭副书记带人将上访的人接了回来，先安抚下来，就开始挨家走访。他直接与这十多家面对面，看看他们有什么诉求。但说来说去，这些人的意见就是到期的土地不让承包，未到期的承包合同作废，然后把地分给大伙儿。这个意见很显然是行不通的，那些未到期的家户手中有合同，如何就能作废呢？即使作废，也要法院说了算的，行政命令硬性作废，只会引来更多的不安定、更多的上访。但现在又荒着四十亩地，开了几场会，场场都吵架，部分村民拦着不让往出承包这些地。郭副书记转了一大圈，实在想不出什么好办法，又来找薛文宗商量。

郭副书记到了薛文宗家，先给他戴了顶高帽子，说：咱们县先前流传一句古语：要进南丹长（县城名），先拜薛耀堂。我如今是要进上世宁村，先拜薛文宗了。

哪里哪里！薛文宗说着就从炕上下来了。

两人寒暄了几句，郭副书记就说了承包地的事，看薛文宗能不能想些办法，或是做做这些群众的工作。

薛文宗被高帽子戴得二五一十的，他说：好我的郭书记哩，不瞒你说，我倒是想给村里办点事哩，但没这本事啊。前几天，我都打算修路了，可连个门缝都找不见。你现在又说这些事，我真是爱莫能助啊。

听他这样说，郭副书记一时听者有心了，就说：我有个提议，你帮我把村里这事摆平，我帮你修这条路，你看行不？

薛文宗一听就赶忙摆手说：真不行的，我可没那么大能耐，先前的村主任都为这事不干了，我何德何能，能把这事拿下来啊？

郭副书记说：群众要上访，我也没办法，但我不是怕他们上访，事终究有事在，说到底，这件事还是要打合同官司的。但这大几十亩地荒着，可不是个办法啊。我也是农村出来的，土地如此紧缺，这么好的地天天荒着，我看着也心疼啊。

薛文宗觉得郭副书记说的这个理也对，只是目前实在没个解决的办法。一开会就吵，一些人拦住不让承包，个个只想着分了地呢。几十年增人不增地,村里土地的矛盾太多了。他摆着手说:郭书记,你的建议像个桃子一样诱人,但实在是太高了,我够不着摘啊。

郭副书记说:像你这号人,在解放前那是乡绅,村上的疑难杂症都要靠你们协调解决哩。你祖上可是响当当的,县志中都有记载的。我现在也只能指望你了,你多想想办法吧。我还是那句话,这个事你了结了,修路的事包在我身上。

两人这样说来说去,也没说出个什么结果来,就散了。

说者无意,听者有心。郭副书记给薛文宗画了个大蛋糕走了,他一走,薛文宗就把这事记在了心里,又激起了他想铺路、给村里办点好事的雄心壮志来。他憋在家里想了两天,终于想出了一个好办法。第三天,他就跑到镇上给郭副书记说了。

薛文宗想出的办法是抵押种地,既然郭副书记着急的核心原因是怕地荒着,那就想办法先让村民把地种上就行,如何种呢?他想的办法是,开村民会,不说年限,不说租金,愿意种地的拿房产证来做抵押,等那些未到期的合同承包地有了说法后,再合到一起一并处理。

郭副书记听了半天,明白了,说:你这样弄,不等于问题还没从根本上解决吗?

薛文宗说:你不是要地先别荒着吗?

郭副书记叹了一口气,说:这个办法,在村里能行得通吗?

薛文宗说:这是个折中办法,村里人不让承包,是怕承包年限长,那些未到期的地到期了的话,这些地又不到期。所以,我就想着抵押种地,反正就等那些没到期的地到期了,放到一起合并处理。

郭副书记说：我就怕在会上他们又吵着无论如何也不让种地，非要以解除那几十亩地的合同为先决条件。

薛文宗说：先试试这个办法吧。

郭副书记想了想，说：那好，先试试，到时我给你派几个派出所的人来撑腰。再给你封个代理村主任，正式村主任可要村民选的。

薛文宗摆摆手说：还是别派民警了，不要事情没解决，再给你惹下一大摊事。

其实，薛文宗关于这件事还是动了脑子的。闹事最凶的是二红与三蛋，这两家都是男孩多，结婚娶了媳妇，添了娃娃，但土地少得可怜。他就从这两家开始入手，说了自己的想法，要这两家先带头响应自己，这两个娃娃在大人的劝说下，也都勉强同意了，当然这个消息也仅限于他们知道而已。

过了两天，郭副书记带了两个干部来上世宁村开会，一个是包村干部袁芙蓉，另一个是镇纪检书记郭天法。上午10点多通知召开全体村民会，大家见郭副书记来了，估计有大事，来参会的人就不少。会议由袁芙蓉主持，先由郭副书记宣布了上世宁村由薛文宗暂时代理村主任一事。接着郭副书记讲了一大堆话，意思是关于上访的事，事有事在，但总不能让地荒着，自己也是农村出来的，见地荒着心疼，同时地荒着也影响到了县上、镇上、村上的声誉问题。他讲完了，就让薛文宗宣布种地方案。薛文宗就照着事先写好的稿子念了，内容是抵押种地，不说价格，不说年限，谁有抵押就先种着，待那些未到期的地合同到期就终止，地价将来参考村子包地的价格确定。

他这个方案一宣布，村里有几个年轻人就不对劲了，原来这些人是想借荒地给县、镇施压,终止合同,一揽子解决。现在一听说要先种这些地,个个就着了急,有一个二杆子小伙蠢蠢欲动,说:不行,要解决必须放在一起解决!

薛文宗制止了他,邀请满脸灰色的老支书上台讲话。

老支书瘦得只剩下一把骨头,他走上台来,咳嗽了半天,气喘喘地说:这些地都是当年社员日夜奋战平出来的地,大家可以问问你大你妈,看看冬天夜里大会战是什么样子,男女老少齐上手,几百号子人,提着马灯,大冬天,天天夜战。为了平这些地,还搭上了一条性命。村里有个叫平娃的小伙子干得热了,仗着年轻,冬日里竟然脱了个光膀子抢镢头,结果就感冒了,可他还是不休息,依旧参加劳动,后来昏倒在了地里,再没醒过来。当年他才二十四岁,现在他的坟就在村里后嘴上,算算已有三十多年了。多好的一个小伙子啊,村里还准备介绍他入党呢,结果活活累死了。还有就是咱村的黑子,那时他也是积极分子,是村里和公社树起来的典型,在工地上,别人推两车子土,他就推三车,他劳动时有一次累得吐了血,也就是从那时起,再没长个儿。村里人都说,是劳动把他给累坏了。前年他也去世了,去世时才四十多岁。现在大家都没法想象,不知道这些人为什么拼命干,可大家不知道这上百亩地先前是荒滩荒坡,名叫野鸡畔,是杂草丛生之地,是野狐与狼、野鸡出没之地。那是一道坡啊,是一道梁啊,硬让大家平成平展展的地了。这些人拼命平地为的是什么?为的就是我们后代人生活方便,为的是让后代人多打粮食,为的是后代人不再挨饿!老支书说到这里,语气就有些哽咽了,他这一哽咽,村里有许多年长的人也都开始抹眼泪。老支书抹掉了眼泪,话题一转,说:但现在一些人为了一己私利,地不让承包,就这样荒着,不知大家心里怎样想,我看着心疼啊！你们这是在造孽啊，在糟蹋世事啊！无论发生什么事，我们和土地有仇吗？和粮食有仇吗？无论哪一家种着，那都是我们村里的人，他家有了，那我们不是借还有个借处了？难道就眼睁睁地看着地荒着，难道大家好了伤疤忘了疼吗？六一、六二年，我们大家可是吃野菜吃榆树叶挺过来的啊！

老支书满头灰发，声泪俱下，说着说着，情不自禁地哭了起来，一时许多人都想起了以前，也都情不自禁地哭了。一会儿他发言完了，郭副书记就解释说：薛代理村主任的这个方案也是考虑到咱村整体利益与实情才提出的，有些人要告状、要上访、要打官司，但事情的解决总得有个过程，难道说问题解决不了，就不种地了吗？这些地可是咱农民的命根子，是咱们的祖辈当年一锹锹一镢镢挖出来的啊！

话说完了，袁芙蓉就拿出本子与笔来摊在桌子上，说谁愿意报名谁就上来报名，但必须有抵押，为了统一起见，所有抵押必须是房产证。

一时没有人报名，有一些群众开始议论上了。一些老年人觉得这办法好，无论如何不能让地荒着嘛。但去年今年参与上访的一些群众就不同意这个办法，他们在一起嘀咕着，如果就任其这样了，那以前的努力不都泡汤了吗？几个年轻人一起商量着，跃跃欲试，试图阻拦这个方案。

袁芙蓉说：公开报名，先报先种，报四户就每户十亩，报八户就每户五亩。如果只报一户，那这四十亩地就全由他一家种。

他这一说，就有人着急了，老支书的孙子薛红旗从身上掏出一个本子来，说：我报名，我要种。

郭副书记说：这可是千载难逢的机会啊。老辈子人说土地是农民的命根子,这一点没错,咱们村率先富起来的都是承包了村里的地的,大家一定要珍惜机会。

混在人群中的二红与三蛋本来不好意思先报名,现在见薛红旗报名了,一时也不管那么多了,都拿着本子,走上了台子。袁芙蓉就忙着查验他们的房产证,各发了一张表让他们填。

村里其他几个年轻人本来跟二红三蛋是一伙的,去年今年都共同上访了几次的,现在忽然见二红与三蛋都上台签合同了,一时全愣住了,面面相觑。过了一会儿,他们才反应过来,才想到这一切事情看来都是事先串通好的啊。这些人恨得牙痒痒,他们上访了两年,吃了多少苦,耽误了多少农活,本想着把支书搞掉,把地分了,哪里想到戏却没照着他们的本子演。半路上蹦出个薛文宗,一下子把这些人给瓦解了。一时大家心里闹得慌,憋了一肚子的火,却不知该向谁发、该如何发。当下院子里就有几分乱了,台前有几个人围着签合同;另一些人没有房产证,就围着问宅基地证做抵押行不;还有几个老人就喊着让儿子或儿媳回家去取房产证。

正这样忙碌着,忽然一个小伙子高声喊道:不能,这地不能这样包!

忙着的袁芙蓉听见了,就说:咋不能这样包?

那小伙子说:两宗事应该连在一起,未到期的合同就该作废。

你说连在一起就一起吗?你的意见也只能代表你个人。袁芙蓉说。

这时会场就有几分乱了,那几个找不着发火对象的小伙子就趁机喊道:这地不能种,即使白扔在那儿也不能种!

袁芙蓉年轻气盛,说:你说让地白扔着,这是人话吗?这地不是你祖辈平整出来的吗?不是上世宁村人流了血流了汗整出来的吗？难道就这么白扔着？

不白扔着，也不能这么承包，要不就分掉。有人喊着说。

分掉？那集体的事谁管？路塌了谁垫？碾子坏了谁修？

就这样，一边有人喊着话，袁芙蓉一边登记着，嘴也不闲着，听到什么就怼什么。薛文宗与郭副书记此时怕夜长梦多，只想快刀斩乱麻，趁大家还没反应过来的时候，把这桩事给办了。

但事情注定不会这么轻易结束的。

秀兰的儿子亮亮是个二愣子，也是上访人员中的一个。他在人群后边挤着，看到这么多人争吵，虽然插不上话来，但总觉得哪里不对劲。听见来回吵着，他一时就冒火了，从人群中挤到了桌子跟前，也不管是谁的东西，伸手一把从桌子上抓到了一张纸。他这一抓，刚好抓的是老支书的孙子薛红旗签的合同，薛红旗担心他把合同撕碎了，就急忙去抢。但这个二愣子啥也不管，把纸噌噌噌噌全撕掉了，扔到了地上。薛红旗这时真急了眼，他说话有些直，说：那么多人，你凭什么就撕我的呀？

亮亮说：谁也不能签，签了的也不顶事，要解决就得压在一搭儿解决。

薛红旗说：那你撕别人的，别撕我的呀！说着就推了一下他。

亮亮见薛红旗动了手，就直接一把将他推开了，薛红旗身体瘦弱，一下子被推倒在地上，头咣的一声磕在了袁芙蓉坐的板凳上。

这时，一旁的老支书就不愿意了。

他大声斥责道：你就不是个好种！你让你大来说这事，让你爷来说这事，看天下有这道理没有！

亮亮说：反正没说好就不让签。他一边说着，一边就又伸手抢别人手中的纸，但这时别的几个人都小心翼翼地将合同保护起来了，他没抢着，就又来抢袁芙蓉手中的纸，袁芙蓉一把将纸也揣在怀中了。薛红旗倒在了地上，他媳妇一下子着了急，她先是将薛红旗拉了起来，接着就一把扯住了亮亮，非要和他说个一二三不可。亮亮是个冒失鬼，这时遭多人围攻，一时没想许多，就左手一推，右手一拳，一下子把薛红旗媳妇打得撞倒在了老支书身上，老支书一下子被撞倒在地上。老支书倒下了，薛红旗和媳妇着了急，赶忙拉，但老支书年纪大了，一时在地上起不来。他蜷着身子，腿一伸一伸的，手指着亮亮半天说不出一句话，挣扎了半天，头往左边一歪，不省人事了。

一村的人见了这情景，顿时乱了阵脚，有扶人的，有打110的，有打120的，夹杂着呵斥亮亮的声音。一时间院子里乱成了一锅粥。

亮亮趁乱跑掉了。

薛红旗回去开了车，和媳妇一起把爷爷送往医院。薛文宗没经历过这样的事，一时不知道该如何是好。郭副书记铁青着脸，让袁芙蓉打电话，让派出所的民警赶紧来，说这里有一群年轻人闹事，出人命案子了。当此之时，村里几个吵闹的年轻人，眼见老支书不知死活，都害怕了。再有些大人，怕派出所来人把自个儿娃娃牵扯进去，就将孩子拉扯走了。这样，过得一阵，场子里又重新安静了下来。郭副书记招呼大家各就各位，继续开会。薛文宗想想也是，反正总是惹人了，那今天非要把这事弄成不可。一时间就让愿意报名的继续报名。但村里很多人都没有房产证，想报也没法报。总共也只报了七家，薛文宗就让袁芙蓉和这些家户把合同签了，把章子盖了，一下子把这事做完了。

至此，村里人也都明白了，这就是薛文宗设的圈套，所有的这一切全是他事先设计好的步骤，只等着大家一步步往进跳呢。也就是说，人家给你留了一条必走之路，你从这里过，人家就拿机关枪在路口等着哩。所有来的人，没有准备，手无寸铁，机关枪突突一扫就什么也没有了。

　　村里有个叫天成的，他这几年因为承包村里的抽水项目有点钱了，每次开会他都要多说几句话，是那种典型的成事不足、败事有余的下家。这阵他见郭副书记去接电话了，就过来戳了一下薛文宗，说：你又不是村主任，你管尿这号事哩，集体的事让烂了沤了肥去！

　　薛文宗最见不得的就是天成这种人，说起来他这个人也勤劳，近几年承包村里抽水一事，攒了点钱，但就是压不稳，凡事总想逞个能，总想贪点小便宜。去年有外村的人来给他家摘苹果，结果不小心把根树枝压断了，他就扣了五十元钱。还有个摘苹果的女人来了月经，晚上睡觉不小心把他家的褥子染了，他又扣了五十元。他家本不缺地，但他就是要在这种场合逞点能。

　　薛文宗算起来是他的长辈，这阵觉得不说他两句他就嚣张得不得了了，便说：有你这样说话的吗？你回去问问你大你妈当年下了多少苦。

　　天成不服气地梗着脖子说：反正不要包地，让烂了去，沤了肥去！

　　薛文宗眼睛直盯着他说：你这话是放屁哩！这都是集体流过血流过汗平出来的。就像你现在承包的村里的抽水，当年还不是集体掏的钱从沟里抽到塬上的？照你这么说，这也别弄了，那也别弄了，大家都从沟里担水去，那你赚谁的钱呀？

这时，在外接电话的郭副书记返回来了，他的身后赫然跟着两名民警。一高个儿民警一进来就问谁打人了，村里人见警察找上门了，一个个唯唯诺诺着都溜了。

郭副书记与袁芙蓉离开了，薛文宗收拾好合同单，长长地嘘了一口气。他回到家，彩霞一边忙着和面，一边埋怨他：一辈子都没跟人红过脸，今天倒好，为了公家的事，惹出一大堆麻烦。老支书还不知是死是活呢。说了一阵，她又开始埋怨郭副书记，埋怨他不该帮攀着让薛文宗接这么个烂摊子，人人都躲哩，就他薛文宗往进冲哩。

吃过晚饭，薛文宗操心着老支书的病情，就又给薛红旗打电话问了问情况，知道老支书人醒来了，心便安了。挂了电话，他一个人发了一会儿呆，但这时秀兰从门外进来了，说亮亮找不到了。

民警当时上来就找着了亮亮，将他带到派出所去问话，但在天擦黑之际，便将亮亮放回家了，只是指定他哪里也不准去。这亮亮回家后，被奶奶骂了一顿，又被秀兰骂了一顿，他生了气，一个人喝了大半瓶酒，就出门去了，结果到现在也不见踪影。

李彩霞不想让薛文宗再管这些事，就对秀兰说：你娃跑了，你不找他去，你跑到我这里干啥哩？

秀兰说：你们今天不承包地，我娃会打架吗？

李彩霞说：那包地哩，谁让你娃打架了？

这一句话一下子把秀兰给说哭了，她哭着说：我知道，这全村人都欺负我们哩。娃爷受欺负，大也受欺负，娃也受欺负，我们这家算是翻不过身了！

薛文宗见她这样胡搅蛮缠，就忍不住训她两句，说：你总是说别人的过,你就不看看,你把娃娃惯成什么样子了,村里那么多娃,有哪一个像你们家亮亮的,对老年人动手动脚?你成天爱娃娃、惯娃娃哩,把娃娃惯坏了。事情到了现在,你还不赶紧给人家赔礼道歉去,还在这里埋怨。我跟你说,这村里人人都在过自己的光景,没人和你家过不去。你再不要怨三怨四的。

秀兰争辩着还想说什么,薛文宗制止了她,继续说:世事不是你的,不是我的,是公家的,自有讲道理的人哩。今天这事可大哩,老支书如果有个三长两短,你娃娃要坐牢的,你家还要赔钱哩!

秀兰性格要强,但毕竟是女人家,见识少,经薛文宗这么一说,当时就拖着哭腔说:我咋这么命苦啊,摊上这么个娃娃!

彩霞看她哭,就忙劝她先找娃娃去,一边说着一边将她推出了门。秀兰一边出门,一边哭着说:我娃找不到了,我也就不活了。这世上让能活得下样子的人活去吧,我们这些狼不吃狗不啃的,活不活都没关系了。

秀兰一时说着走远了,薛文宗坐在炕上不吭声,李彩霞黑着脸也不吭声,觉得秀兰最后的几句威胁的话似乎有所指,都很委屈。

两人沉默了半天,薛文宗就说:你出去看看。

彩霞说:她是自找的,她娃动手打人,和咱有甚关系哩?

薛文宗说:秀兰没念什么书,肚子里一根筋,但人也没什么坏心眼,再说她也不容易哩,男人早早殁了,留下两个娃娃,她把娃娃当心肝哩,哪知道把娃给害了。

听到这话,彩霞忽然想到了什么,说:这几天村里有传言说她家迟早要出事的,原因是她把庙台子拆了,种地了。

薛文宗说:唉,这些事,听听就对了。你还是去看看吧。

彩霞说：我就见不得你这人，软面薄情的，你没见人家说话都捎带着打你哩，你反倒还帮她。

薛文宗说：干事不受点委屈咋能行哩，韩信还受胯下之辱呢。

说完这话，两人都不再吭声。一会儿，李彩霞挪腾着下了炕，打算出门去。

薛文宗问：你哪儿去呀？

彩霞说：这亮亮跟二红好，现在肯定在一起打麻将哩。说着就径自出门去了。

李彩霞出了门来一看，不禁吓了一跳，此时整个村子都灯火辉煌，许许多多的人都被发动起来了，有打着火把的，有举着矿灯的，还有用手机照明的，三个一群、五个一伙，都在寻找亮亮哩。大家忙到后半夜，亮亮终于找着了。原来他就在他爷先前住的空窑洞里睡了。那几孔窑洞，本是他爷住着，他爷去世后，边上的窑洞就空了下来，这门本是锁着的，但锁却能直接拔掉。亮亮喝多了酒，来到这里，把锁拔了，钻了进去。这窑洞里放着一个空的旧货架，也不知是有意还是无意，他竟然窝在一个空架子上睡着了。这个地方她妈及众人也都打着灯来找过几遍的，只是看到炕上什么也没有，谁也没想到他竟然窝在一个窄小的地方里睡觉。这秀兰找着了亮亮，伸手在儿子嘴边试了试，觉得还有大气在出，就搂着心肝宝贝儿子放声号开了。

老支书住了两天院就回到了村里，因为医院觉得看也是白看，就给病人开点药打发回家了。

薛文宗怀着歉意去看了老支书，老支书此时眼睛已呆滞了，盯着什么都目不转睛，眼看着只有出的气，没有进的气了。他断断续续地告诉薛文宗,秀兰到他家来了,他告诉派出所不要追究亮亮的责任。秀兰一个人,挺不容易的。这些话说完了,他便打发婆姨出门去,自个儿要跟薛文宗说几句话。待家人出去了,他才对薛文宗说:这几年,我老想着一回事,脑子回不转。那年我血气方刚,带着五六个人砸了庙,把一个泥菩萨的头扔到沟里去了,仔细想来,当初砸庙的这几个人都没好结果。文春耕地被拖拉机挤死了,薛建邦脑出血死了,天成大出了车祸,卫东卫红兄弟两个也都是暴死的。唉,这神啊报应啊说不定也有呢。你就说秀兰吧,把庙台子拆了,两个娃娃都不成器,儿子是个愣头青,女子听说成天在外胡逛哩。

薛文宗说:你不要瞎想,人活在世上,吃五谷杂粮,得百病哩,和这些没关系。

老支书说:我是个老共产党员,我也只是说说。但我考虑人活在世上没个怕的可不成,你看看这世事都乱成什么样了,原先怕神哩,怕鬼哩,怕报应哩,现在是鱼龙混杂,活成什么样是什么样,一个比一个厉害,一个比一个逞能。世事这样发展下去可咋办哩?

薛文宗接着他的话说:你说的倒是真的,现在人是有了钱了,可越来越自私,人心越来越涣散了。但这跟迷信应该连不上的,跟砸庙不砸庙也没关系的。

老支书指使薛文宗从炕头拿过一个小木盒子来,用钥匙打开锁,里边放着一些证件,在最下层,有两千块钱,他掏出来塞给薛文宗,说:我说的意思也不是建庙,建庙是迷信。这点钱,我本来办晚会时准备捐献哩。现在,你把这钱拿上,我看你还是有本事,将来给村里修个祠堂,把祖辈给村里做过贡献的人都记下来,好好教育这些下一代,要大家不忘初心。

薛文宗说：学校有教育哩，从幼儿园到高中、大学都教育让人学好哩。

老支书摆摆手说：那些不顶事，道德、品质这些东西得传承哩，得从小影响哩。世代相传的一些东西更牢靠、更扎实。这几年村里发生了许多事，那些参与的年轻人也都起码是初中毕业吧，可个个把书都念到驴圈里去了。大家伙和集体都有仇似的，只盯着眼前的一点小利益、小盘算，其实许多人都没活明白，这活人是活大家哩，活得死了也要让大家记住哩。薛文宗听着老支书的话，忽然想起了薛洪达，那次薛洪达也说过这样的话：人活在世，就是要留个名，让后代记住，要不有屁意思哩！一时颇有感触。但建祠堂这样的事情，却是薛文宗没想过的。这个事工程量太大，他一时也拿不了主意。但此时架不住一个垂死老人的请求，他便含含糊糊地先应承了下来。至于钱嘛，他先接了，待出门便塞给了老支书婆姨，只说等到用钱的时候再从这里拿。

地包给人了，上访的这些人便都泄了气，这件事便暂时告一段落。再加上农忙，一时间村子便安静下来了。这一切使薛文宗想起小的时候有一天他逮了十几只螃蟹，全部放在一个脸盆中，那些螃蟹张牙舞爪，那么多条腿，都分不清是哪只的了，个个争着往出爬，爬得满地都是，弄得他手忙脚乱。最后，他想了个办法，找了一块石板往脸盆上一压，一下子就安静了，什么事也没有了。

村里的地一种上，郭副书记答应给上世宁村修路的事就有了眉目。交通局下属的道路管理站的文件也下来了，计划给上世宁村铺两公里多路，也就是从与大路衔接的坡底一直铺柏油铺到村里。这些路原来是柏油的，只是多年后，早已烂得不成样子了。另外，有几处坡太陡，也需要重新规划一下，拓展一下路面。

郭副书记又来找薛文宗，李彩霞一见就着了急，说：我再也不让老薛弄这号事了，说不定还要闹出人命来呢。

郭副书记说：那你让薛老师说，他不愿意干就算了，这件事我也求了人的，我还多贴了几包烟跟两顿饭的。你们村如果不要了，其他村还在排队呢。说完了，眼睛就直盯着薛文宗。

李彩霞也望着老汉，单等着他说出一句不干的话来。可哪里想到，这薛文宗吭哧了半天，只是说：修路最难的就是整路基这一块，但有困难，我们不会克服吗？就像上一次，那么难的问题我们不是都解决了？

郭副书记会意地笑了。

要修路的事瞬间传开了，大家都说这老薛有能耐，给村子能办实事。薛文宗听了，头昂了好高，走起路来也觉得轻飘飘的。多年来，他在学校里面从基层教师干起，到德育主任、教导主任、副校长，除了下苦还是下苦，那些风光的事一点都没轮到他，以至于到退休都还是个副的。可没想到的是，现在倒在村里有了用武之地，到处受人尊敬了。这几天，他的精气神好了许多，连恩替卡韦药也不吃了。李彩霞更是逢人便说：这修路的事是我们家老薛争取来的，他跟镇书记关系好得很呢，镇书记到我们家来，还给老薛拿了一条芙蓉王哩。

看来，人很多时候要的不是物质，而是要被人在心里重视、尊敬。

修路的指挥部就扎在薛文宗院子里，先是测量队来了，测了路，撒了白灰面。路基本上还是先前的路，只是加宽了一点，有两处坡度大，就重新规划了路线。一共修两公里，有一公里是坡路，这些都好说，坡地退耕还林了，伤点地也没什么的。但塬面上的一公里多路，却有了大问题。在这一点路上，要伤四家人的地，这四家人地里都种了苹果，现在是伤谁谁都不愿意啊。公家仅仅赔那么一点钱，这四家人能愿意吗？

薛文宗在村里张贴了一张红纸，写明了修路的意义，尤其是阐明不修一条大路，超大车进不来，苹果难运出去，卖不下好价钱。所以，大家要从大局出发，积极支持修路。在红纸下面，公布了赔偿的标准及每户损伤的苹果树数量，要受损户积极前来签字领钱。

开始修路了，两台推土机整天都在工作着，大家也能看得到，突突突的，一天天眼看着坡上的路基整好了。村里人都在等着盼着路修好呢，但伤地的四户却迟迟不来领钱。没领钱就意味着达不成协议，达不成协议就没办法铺路。

管理站的人和镇上的郭副书记一天天都在眼巴巴地望着薛文宗，看他有什么办法。但是，一直拖到原定的期限都到了，这四户人家依然没有一家挖树，没有一户来领钱。薛文宗来来回回跑了几天，给大家讲道理，但任他说死说活，这四家结成了统一战线，就是不签协议。一句话，他们嫌钱少。其实说来也是，一棵苹果树一年收入三四百块，但赔的钱只有四百五十块，这谁会愿意？这些人提出一棵树至少要赔五千块钱，否则的话，看看谁敢动他们的树。而且这四家人中，伤的树最多的，就是薛天成，他家伤了十三棵树。他可是这村里最难说话的人。至于其他几户更是拿天成作挡箭牌，也都在盯着他呢。

因为包地，薛文宗与村里的二红与三蛋结成了关系，他们也成了薛文宗的帮手，这两人跃跃欲试，晚上还往天成家偷偷扔了一些砖头瓦块，但这都解决不了问题。看着薛文宗一筹莫展，李彩霞就说：没有金刚钻，别揽瓷器活，这下难住了吧？

上头催得紧，箭在弦上，不得不发。薛文宗觉得事情到了这份儿上，也没有谁可以依靠了。按道理说，苹果树赔的钱是少了，可是政策是政策啊，又不是他能改得了的。现在看来只有自己咬紧牙关，下决心了。妈的，惹人就惹人，哪怕把这宗事干完，代理村主任不当了呢！

这天晚上，薛文宗暗暗地给开推土机的文红安排好了，然后他一个人悄悄离开了村子。就在凌晨，家家户户熟睡之际，开推土机的文红按那一条白线的要求，仅用了一个多小时，就将规划内的苹果树全部连根推了，将地铲平了，并且一不做二不休，把所有推掉的苹果树扔到了沟下面。

第二天早晨，上世宁村早起的人惊讶地发现，路面笔直了、畅通了，可以一眼望到头了。

但这件事却捅了马蜂窝。太阳半竿高的时候，这四家人的男男女女就来找正在睡觉的推土机师傅文红。文红是个敦实的小伙子，被大家吵醒了，他揉着眼睛说：苹果树是我推掉的，是薛文宗让推的。大家都猜到肯定是这回事，但依然不愿意相信，就说：那薛文宗让你吃屎你也去吃哩？说着，就要扣了这台推土机。

文红只是个干活的，这类事他见得多了，便说：老子只是干活的，天塌下来有高个儿顶着呢。谁敢扣老子的推土机谁就扣，一天一千块钱。老子正不想干活了呢。一边说着，一边从身上掏呀掏，掏出一张字条来，扔给了大家。天成捡起来一看，只见上边写着：推掉所有的树都是我下的命令，所有的后果由我承担，与文红无关。薛文宗。

这些前来找碴的人想了一通，如果把推土机扣了，弄不好还要吃官司，反正冤有头债有主，干脆找薛文宗去。于是就都骂骂咧咧地来找薛文宗了。可这时哪里找得到他啊。李彩霞说：我也不知道这老不死的哪儿去了，说不定喝酒喝死了，说不定和他哪个妈混去了。我也要找他哩。大家估计她说的不是实话，但又能将她一个妇道人家怎样呢？大家又给老薛打电话，结果手机关机。这时，这几家人就如无头苍蝇一般，个个不知道该怎么办了。有人就建议按损坏公私财物报警，找政府，可很快这个意见被否定了。因为，这是修路征地，本身就是政府行为，再返回来告他们，管用吗？

那到底该怎么办呢？

谁也想不出个办法来，有两个婆姨气极了，就蹲在沟畔上看着自己被推掉的苹果树哭恓惶。她们哭一阵，就大骂一阵薛文宗：薛文宗，等着瞧，你总有回来的那一天，姑奶奶等着你！

七天之后，薛文宗坐班车回来了，他在坡底的公路上下了车，然后沿着宽敞的碾轧得瓷实如钢铁、光滑如手臂般的大路走来了。

薛文宗提心吊胆地回到了村里，一路上碰见了几个村里人，他们一见了他，都热情地跟他打招呼，夸他把路弄好了，虽然还没铺柏油，但是路面宽了，走起来平展展的。这些夸奖的话多了，薛文宗把所有的担心都忘了，心中不禁有了一点小得意。

一回到家，老婆提着个桶，看到他，当时就没了好声气，说：你还知道回来？

薛文宗说：陶渊明有诗曰，归去来兮，田园将芜胡不归？

老婆说：还胡归胡不归哩，还得意哩。有人等着要跟你算账，一会儿恐怕你连哭都来不及哩！接着絮絮叨叨地说：老胳膊老腿了，还当自己十八哩，一天还逞能哩。村里谁都不敢揽的事，就你能行，有本事你就好汉做事好汉当啊，不要出去躲啊。没有金刚钻，揽什么瓷器活！没有三根胡子，充什么大脸猫……

挨了老婆劈头盖脸一顿训斥，薛文宗硬着头皮敷衍了两句，见老婆要喂猪，忙接过桶，赶到猪圈旁。两头肥猪见有人来喂食了，就哼哧哼哧地爬起来吃食。

薛文宗正低着头看猪吃食哩，冷不丁大门哐的一声就被踢开了，他抬头一看，秀兰持着一根棍进来了。她披着头发，红着眼，似一个魔鬼，看见了薛文宗，手中的棍就抡了起来。

薛文宗吃了一惊，当下扔了手中的桶就往房里逃，一逃到房里，赶忙把门关住了。

秀兰站在门外，拿着那根长棍，大声叫着：薛文宗，你把人亏了，你给我出来，我今天非要了你的狗命不可！她在门上踢了几脚，但见门关得严实，一时没有弄开的可能，就拿着棍，砰地将窗玻璃打碎了，然后将那根长棍从窗户外伸进来，哐啷哐当地要打薛文宗。

李彩霞在家里见此情况，一时担心薛文宗有个三长两短，就将他拦在了身后，保护着他，一边冲着窗外喊：秀兰，都是一个村的，低头不见抬头见的，你有啥事冲我来，欺负我家老薛干啥哩！

秀兰这时状态几近疯狂，她说：我今天不活了，我的树都让人砍了，我没收成了，我跟他拼了！

薛文宗被老婆掩护在身后，他抬眼从窗子望出去，见院子里不知何时来了许多人，大约秀兰妈怕秀兰出事吧，此时也赶来了，站在院子里。渐渐地，他也就不慌张了，他说：秀兰，你回去吧，你妈的低保我给解决了。

秀兰此时根本听不进去，但这话李彩霞却听得一清二楚，就悄声问薛文宗：你说的是真的？

薛文宗说：是我跟郭书记一起到民政局说好的。

这李彩霞听了，胆气也就正了，她往窗户边走了几步，喊着秀兰妈：老婶子，你过来，你把你秀兰领回家呀。我家老薛这几天给你跑低保去了，和镇上的郭书记一起到民政局，给你把低保要来了，每月能领几百块钱哩。

秀兰妈听到她这么说，就在窗外接了话，说：真的？

李彩霞说：当然是真的。用不了几天，文件就下来了。几棵苹果树能值多少钱，吃上低保了，可是月月都有哩。

秀兰妈听了这话，心动了，就过来劝秀兰，让秀兰回家去。

秀兰说：他欺负咱家，他们一直欺负咱家，我就要跟他说说理。

秀兰妈说：上次那个村主任不让咱家吃低保，这老薛跑来跑去让咱家吃上了，这是欺负人了？你咋好坏都不分哩。说着，一把将秀兰手中的木棍子夺了，然后强拉硬扯着秀兰走了。

秀兰走了，院子里还站着一些人，但没了吵闹声，整个气氛也静下来了，薛文宗打算出门去。彩霞挡着不让他出去，他说：没事的，没事的。一边说着，一边打开了门。

门外的院子里站了七八个人，大门口也有一些人围着，黑压压的，都不说话。薛文宗打开门来，装作无所谓的样子，将身上的土来回掸了一掸。

果然，人群中的薛天成说话了，他说：老薛，你今天非给我个说法不可。

薛文宗不急不忙地说：天成，你也别发怒，你跟我进来，我给你说一句话。

有话快说，有屁快放！天成道。

薛文宗对天成这类人还是了解的，虽然任何事都想占点小便宜，但他们其实胆子小，薛文宗清楚他们是不会将自己怎样的，不像秀兰一样，急了就什么都不管不顾了。

薛文宗说：是你儿子的事，我不方便公开说，你不愿意听的话，那就让你婆姨过来。

薛天成两口子都在人群中，一听是关于儿子的事，两人顿时愣了一下，然后天成婆姨极不情愿地走了过来。李彩霞将天成婆姨拉到房里来，薛文宗也进了门，然后悄悄给天成婆姨说了一阵话。

过了一阵，天成婆姨出了门，她只管低着眉眼，自顾自走着。天成问了一句，她不吭声，天成又问：他对你说什么了？天成婆姨恨恨地说了一声：快点回，别在这里丢人现眼了！天成要走，心又不甘，就问：到底咋啦？

天成婆姨大声说：你娃娃把你城里的房子都输掉了，你还在这里为几棵树跟人折腾哩！

原来，薛文宗这几天虽然不在家，可也没闲着，就操心着怎么了结这事。他先是给秀兰妈要了个低保指标，再就是有一天吃饭时，他听别人说，天成的娃娃染上了赌瘾，已经输了三十多万了。天成的娃娃叫文峰，原来在城里一家理发店当学徒，后来染上了毒品，村里人都知道。现在听说又开始赌博了，薛文宗听了吃了一惊，就问了个仔细。那人就对薛文宗说，他也是听人说的，天成娃跟城里一些不三不四的人在一起混，赌博欠账都达到三十多万了，据说现在有人正打算折天成在城里的房子哩。这个消息薛文宗也只是听说，没有得到证实，但现在见情况紧急，就把这事给天成婆姨说了。

天成一时脸面上下不去，不愿意这件事就这么算了，就说：娃娃的事我会管，咱们先说苹果树咋赔。

薛文宗听见了，就站在门口说：你儿子赌博已经输了三四十万了，你城里的地方都要成别人的了，你还在这儿算计一棵苹果树能赔多少钱？十三棵苹果树一共能赔多少钱？你这是丢了西瓜捡芝麻哩。

天成硬着头皮说：我就捡芝麻了，咋了？

薛文宗说：天成，你嫌少，那我还有五亩苹果地哩，你看上哪棵哪棵就是你的，如何？

天成说：我要公家的，我要你的了？

薛文宗说：公家也是我在这儿赔哩，该是你不愿意吗？那我地里的果树就权当是公家的，毁了你十三棵树，我这块地，你看上哪棵哪棵就是你的。

天成说：你当真？

薛文宗说：说话算话。

但这时，天成婆姨已不让天成说了，她把骂骂咧咧的天成一把拉走了。

院子里还有些人，都不愿走开。薛文宗索性就站在了院子里，大声说：刚才大家听到了，秀兰说我把人亏了，究竟亏没亏大家知道。我就是想给村里修一条路而已，大家给我这么大难堪，恨不能杀了我剐了我。前几天，老支书去世了，他最后对我一个人说了几句话，是说他相信这世上有神哩，他说人在做，天在看，头上三尺有神明哩。究竟谁亏了人，有天照看着哩，最后都会得到报应的。这修路是大家走哩，赔钱也是公家有大政策哩，大家和我过不去，那我对大家说，我拿我婆姨种的这五亩果园给大家赔，谁看上哪棵要哪棵。我薛文宗说话绝不是放屁。

一席话说完了，大家都没了声气。这些人本来是看秀兰的、看天成的，结果这两家就都先走了，剩下的人也就没了底气。李彩霞过来给大家发烟，一时也有接的，也有不接的，但都慢慢地各自散了。

其实大家就是想看看能不能向公家多要些钱，至于要他薛文宗自己的钱或者苹果树，那大家一时也没想到，自然也不会背这样的骂名，这一点众人清楚，薛文宗心里也是清楚不过的。

一条路就这样在坎坎坷坷中修好了。这时，村里发生了另一件事，却实实在在地把秀兰这个要强的女人打倒了——秀兰的女儿婷婷竟然因为卖淫被公家给抓住了。

秀兰这个要强的女人，做梦也没有想到，一个儿子不成器，前几天差点惹了大祸；而女儿呢，一直告诉她在外边打工，哪里想到是当小姐。

秀兰在家里哭了好几天，不出门，也不愿意见人。其实这个事先前在村里都有传说的，只是大家没当秀兰面说而已。薛文宗几天没见秀兰出门，听说她很伤心，就打发彩霞去看看。

彩霞去了秀兰家，先是叫不开门，等叫开门了，秀兰睁着两只红肿的眼睛只是哭。她哭诉着说：嫂子啊，你说我这命咋就这么苦呢？从小命就苦，家里没儿子，就招了个上门女婿。招女婿要把戏，年轻时候没少折腾，到年龄大了，光景可以了，可这女婿却一命呜呼了。好不容易把两个娃娃抚养大了，可小子天天打架，女儿也这么不省心。你说我这可该咋活哩？

彩霞安慰她说：你也别太伤心，这家家有本难念的经，哪一家安生了？这老支书大家都说是个好人，不也没个好结局吗？

一说起老支书，秀兰就说：老支书是年轻时把人亏了，做的坏事多呀。搞阶级斗争那些年，秀兰他大多次被老支书带人批过斗过，所以一提起他来，她心里就有气。

彩霞心眼直，心想，瞧这秀兰现在都这样了，还这么刻薄，就说：老支书心地不坏的，他在病中说是他当年领头砸的庙，唉，那都是公家让干的，不干也不行。彩霞一时间就把老支书临去世时对薛文宗说的话对秀兰说了。

没想到一听彩霞这么说，秀兰就心动了，说：哎，你说我这几年家里不顺，是不是因为种着庙里的地了？

于是两人的话题就又扯到了这上面，两人还扳着指头算了算村里那些当初砸神像的、拆房子的，算来算去都没个有好结果的。得出的结论是老辈人留下的话看来还是对的，当初建庙肯定不是无缘无故的。所以，打砸的人就得有个说法了。

说到最后，秀兰对彩霞说：老嫂子啊，我这心里可后悔哩。年初薛洪达要这地哩，我不给，当初还不如给了他，他是强人，大概能镇得住，我们家命弱，镇不住这么好的风水。你回去给老薛说，看该怎么办哩，给我想个办法。

李彩霞怕给薛文宗揽麻烦，就说：哎呀，老薛可不是法师，他管不了，他只是个教师。

秀兰说：看着是教师，他能耐可大哩。

一会儿，李彩霞回到家就对薛文宗学秀兰说的话，薛文宗说：有屁的鬼了神了，娃娃出事都是她惯的。但架不住李彩霞说，再者他觉得秀兰就是脾气怪一点，人其实也没瞎心眼，就想着还是帮帮她吧。

这样，到了新的一天，薛文宗就到了派出所，镇上的派出所所长叫张宝龙,是薛文宗的学生,薛文宗觍着老脸去求他。薛文宗一说,张宝龙就答应了。第二天,花枝招展的秀兰女儿就被放出来了,但她在家仅待了一天,第三天又偷偷跑出去了。

这一年的薛文宗特别忙碌,在干了村里的事以外,他也没忘记当初答应薛洪达的事,给他家瞅了一处风水特好的墓地。地点在茹畔塬上,是一块坐北朝南的簸箕形地。这是薛文宗侄儿的一块地,因为地处边缘地带,收成少,他前些年就不种了,只栽了些洋槐树,现在洋槐树长得非常茂密。薛文宗和侄儿商量通了,然后把这块地的照片发给了薛洪达。薛洪达看了,非常满意,就想着将这块地买下来,建个大陵园,用来葬他的双亲。

到了8月份,薛洪达就回来了,除了实地查看墓地外,还带回来一大堆陵园的设计图纸,大约是陵墓前有石碑,石碑前有石兽,石兽前有石台阶,然后再有牌楼什么的。他在拿回设计图纸的同时,还带回来一大堆资料,其中有一本书是专门记载他父亲一生的,还有记者采写的他父亲的一些事迹,都是复印件。薛文宗把这些资料看完了,有一些部队的专业术语他理解不了,但却从中了解了薛洪达父亲一生的事迹。大约是当年薛洪达他爷他奶给他爸说了一门亲事,但他爸个性强,看不上这个女人。到了结婚年龄,家里逼着他爸结婚。有一天他爸在山顶上锄地,看见山下有队伍正一溜串路过,就扔下了锄,也不管是什么队伍,直接从山坡跑下去当了兵。但非常值得庆幸的是他参加的是红军,后来便跟着红军参加了一些著名的战斗。薛洪达父亲离开家后,那个和他定了亲的女人还在薛家待了好几年,就那么一个人待着,等着薛洪达父亲回来,后来实在等不到了,才找了个人嫁了。关于薛洪达父亲的资料中,还提到了村里的一些事，有好多都是薛文宗所不知道的。比如说，村里遭遇土匪劫掠的事。薛文宗看了这些觉得有趣，一时又推荐给村里几个有文化的人看。大家看着，就在一起议论着，但对书中提到的村里发生的一些事都含含糊糊的，没有几个人能说得清。看到这情况，薛文宗就想着，唉，时间过得真快啊，这么多重要的人与事，只短短几十年，大家都不记得了。再过几年，村里人搬到城里居住了，那时恐怕连自己是哪个村出生的都不知道了，这多么可悲啊。

薛洪达实地查看了墓地，非常满意，就立刻签订合同，找寻工匠准备修建。这晚，他把薛文宗及一些工匠叫到了一起，请到饭馆吃饭，吃饭中间大家又说起薛洪达的父亲来，经过薛文宗这一段的宣传，又看了一些史料，大家对这个人有了越来越多的了解，都觉得他了不得，是个大人物；都认为他从小就有远见，他之所以后来能当大官，和小时候的胆识是分不开的。众人不免又感叹了一回。

薛洪达对父亲的感情深，一提起父亲就激动不已。他说：当年，这里是红白交界地带，共产党员闹革命是要冒杀头危险的，县志上就曾记载最早开始闹红的两个共产党员都被杀掉了。可他父亲毅然决然地参加了革命，九死一生，为革命做出了贡献。他父亲敢于冒险、敢于牺牲的精神其实不只归功于他个人，更应该归功于村子、归功于乡亲。他父亲取得的成就其实也应该是村子的成就，是众人的成就。他一时说得激动了，挥舞着胳膊，泪水涟涟。

话说到这里，当场就有人提议，村里完全可以建个纪念馆，像公家那样，把薛洪达父亲的事迹，以及衣物、工具、史料全部展览出来，用来激励后人。薛洪达听了，为之振奋，当场就说，如果能建的话，建馆的钱由他们兄妹三人出。

这时，就有人提议说，要不把庙给恢复了吧？这个提议，马上被薛文宗给否定了，他这时忽然想起了老支书临死时叮嘱的建祠堂的话来，一时就说：薛洪达父亲的成就，放到大中国应该不算大的，但对上世宁村来说，意义却是非凡的，他是个实实在在的大人物，他的精神与事迹完全值得我们学习。但单给他一个人建馆，这不合适，我们应该建个祠堂，把我们村从过去到现在的优秀人物的事迹都展出来，让他们的精神世代相传。

这个说法一下子获得了众人的称赞，薛洪达当即表态愿意出一半的钱。

说干就干，建祠堂的地基也是现成的，就是那个圈圈。第二天，薛文宗就与秀兰商量地基的事，秀兰当下就答应了，不要一分钱，白给。薛文宗又召集村里几个威望高的人成立了修祠堂领导小组。然后找村里的工匠荣娃来，画草图，做预算。大致是主体修建五间大房子，再在西侧建两间办公室，后续还得编写家谱、印刷书，等等，初步预计需二十万元左右。薛洪达兄妹三人出十万，其余的在外工作的捐一部分，村里人采取自愿捐款的方式。

薛洪达住了几天就回去了，他并未食言，很快就把钱打到了账户上。有了钱，修祠堂领导小组就决定动工了。按照薛文宗的考虑，后期还有建大门、铺地砖等事宜，钱该省就省，就将工程以较低的价格承包给了荣娃，但小工钱并未计算进去，照薛文宗的想法，小工应由村里人出义务工。

上世宁村薛氏祠堂建设在鞭炮声中开始了。

开始几天，村里愿意出义务工的人很少，即使派到各家了，要么人不来，要么就打发个娃娃过来凑数。房子开始挖地基，但工地上的人少得可怜。倒是有几个没事的老年人时常来这里，喝上两杯茶，说一会儿闲话，回忆一下过去的事情。对于他们来说，过去的总是最美好的。

荣娃以较低的价格承包了这个工程，缺小工，他就动员婆姨来干活，但干了几天，婆姨就冒火了。她说：这是大家的事，又不是咱一家的，难不成把咱们累死？这天，荣娃婆姨去拉水，遇到了一件事。原来，上世宁村的水很早以前是从沟里或担或拉的，1975年的时候引水上了塬，2010年将水直接压到村口了，也就是从沟里用电泵把水抽到塬上的大池子里，再利用压力把水压到村口，然后众人用油桶做成的拉水桶一桶桶拉回家去用。这几年一直是薛天成承包的抽水放水，价格对本村是一桶水八毛钱，对外村是一块二毛钱。荣娃派婆姨去拉水，几天来一直也没说价格，天成都记在了本子上。但这天水装满了，天成告诉她每桶水要按一块二毛钱收费。荣娃婆姨一听，憋了几天的火当即就发出来了，便和天成吵了起来。荣娃知道了，也赶了过来，对天成说：当初说好本村人用水是八毛钱的。天成说：本村用水指的是生活用水，像盖房子这种就得按外村的价格收。荣娃说：这是盖祠堂哩，是公益事业。天成说：我管你盖什么哩，有人为这赚钱哩，有人为这出名哩，有人是为了给他大他妈建庙哩。我又不打算沾光，我只要我的抽水钱就行。荣娃觉得他说话不讲理，两人当即就在水池子前吵起来了。

荣娃打发婆姨将水拉走，天成却一把扯住车辕不让走。两人吵来吵去，村里还有其他等着拉水的人，他们也分成了两拨：一些人说，天成应该让步，这修祠堂，终究是好事；也有人说，荣娃应该掏钱，反正修那么大的祠堂，也不在乎这点小钱。说来说去，荣娃没办法，就给薛文宗打电话，但薛文宗此刻在县城办事，一时又回不来，他让天成接电话，两人说了半天，但天成就是不同意。最后气得薛文宗在电话里骂起了人。

正在大家相持不下之时,秀兰拉个水桶也来了,一看到这情况,就说:荣娃,你让婆姨把水拉走,钱我来付。

荣娃听了吃了一惊,只当她是付这一桶水的钱,就说:这桶水钱我也能付得起,我只是说个理而已。

秀兰说:不怕的,你只管用水,建祠堂所有的水钱都由我来付。说着,就问先前一共用了多少水。天成拿出本子来,趴在水池子上算了半天,说一共是四十九块二毛,秀兰就从身上掏了五十块钱给了天成,又对天成说:你只管让他拉水吧,所有的水钱都算我的。

就这样,到薛文宗回来的时候,这件事已解决了。但薛文宗觉得这钱不能让秀兰掏,就自个儿掏钱还她,但秀兰无论如何也不要。薛文宗还不了钱,就想着应该把她表扬一下,就寻了一张红纸,把秀兰自愿掏钱付水费的事写到了上面,贴在了水池旁。这件事很快大家都知道了,天成一时成了反面典型。天成婆姨知道了,将天成埋怨了一顿,说:你看你,该是积德的事嘛,倒为一点小钱弄成了这样,让秀兰成了英雄,让咱们左右不是人。咱家缺这点钱哩?整个村里人吃几年的水钱咱们都能供得起哩。一时把天成说得灰塌塌的,不吭声了。天成婆姨想来想去,不能让这几块钱弄得里外不是人,就盖几间房子而已,将来是祠堂,大家天天去祭祖,结果却总会说起她家多收了几块钱的事。再说了,大人不活人,还有娃娃哩,建祠堂可是多少辈人的大事,将来让娃娃咋有脸见人哩?这样想来想去,她就将薛文宗表扬秀兰的那张红纸揭了,卷成一个圆筒来找荣娃。对荣娃说:盖一座祠堂嘛,能用多少水,天成也不是心疼这点钱,主要是先前苹果地的事弄得他心里不顺。我们不要这钱了，盖房子用水尽管用，不管是一期或是二期、三期工程，只要我们家放水，就不要一分钱。说完了，就把钱又全部退给了荣娃，同时也将红纸塞到了荣娃怀里。荣娃将钱收了，把这事告诉了薛文宗，薛文宗非常高兴，就写了一份红喜讯，表扬天成两口子自愿给祠堂捐献水钱。

好家伙，这张红纸一贴，可不得了了，修祠堂的事一下子成了村里关注的中心。从这天开始，村里许许许多多的人都关注起祠堂建设来了，不只愿意出义务工，并且工地缺什么只要家里有的就拿去，还有些婆姨女子主动给匠人送吃的喝的。村里有一些人更是自愿当起了义务工。他们说：不为什么，庄稼人嘛，下几天苦有啥哩。为的就是给娃娃树个榜样，让后代有样可学。有了第一个，就有了第二个、第三个，接着大家都抢着为建这座祠堂做贡献。到了星期六、星期天，娃娃们也参与进来搬砖搬瓦。薛氏祠堂的建设到了现在不只成了薛文宗与他的领导小组及匠人荣娃的事，更成了全村人的一件盛事。

祠堂建了二十天左右，五间房子的大框架就起来了。但在众人忙忙碌碌之时，袁芙蓉与镇上、县上的土地员却来了，他们说有人将建祠堂这件事反映到县里了，因为建这座祠堂没有任何手续，属于违法建筑，所以要先停建，等待县土地局的处理结果。

关于这座祠堂的手续问题，薛文宗早就考虑到了，他曾想了许多办法：一是建成村活动室，但问题是村里本身就有活动室，再建个活动室说不过去；二是把这座祠堂列到个人名下，但显然这是不合适的，将来容易造成许多纠纷；三是有人建议列在传统文化名下，但手续批不下来，即使能批下来，用途不一样，到时恐怕也有问题。他私下问了一些人,但都说不出个一二三。后来,他就与领导小组成员一起商量,大家都认为先建起来再说,反正这是块空地,又不损害大家利益。待生米做成熟饭后,手续再想办法。否则的话,批不到手续,那岂不是建不成了?

现在见有人找上门了,薛文宗着了急,赶忙去找郭副书记。

郭副书记说:很简单啊,没有手续就是违法的,是要拆掉的,要不,就会在全镇形成特例,那还了得?况且你们这是修庙呢,是搞封建迷信哩。

薛文宗说:不是修庙,是修祠堂,房间内将来展示先祖事迹,教育青少年不忘先辈,学习先辈的优秀品质。

郭副书记说:你说的这些,还不是过去搞的那一套吗?现在都提倡文化自信了,提倡移风易俗,提倡社会主义核心价值观哩。

薛文宗说:祠堂文化也是一种文化活动。

郭副书记说:文化活动,那跳跳舞、打打篮球或者下下象棋、看看书多好啊,就像你今年搞的春节活动就很好啊。你应该让这个成为传统,继续办一届两届三届,在全镇甚至在全县树起典型来,用这种新型的文化活动来引领文明新风尚。

薛文宗长长地叹了一口气。他停了一阵,又不甘心,说:像我太爷,你那次还说是乡绅哩,像薛洪达他父亲……

他刚说到这里,话马上被郭副书记打断了,他说:你太爷更没什么可学习的,更没什么优秀品质,他当的是国民党的官,要表彰那就应该让国民党表彰去。

听到这话,薛文宗吃了一惊,抬起头来,他发现郭副书记的这张脸是如此陌生。他一下子就泄气了,觉得再没有什么说的必要了。就这样,他无奈地又回到了村里。村里众人都眼巴巴地在等着他，看他蔫塌塌的，心知也没有什么好消息。这一晚上，领导小组成员开会，商讨应对的措施，但一时都想不出什么办法来。大家都认为建祠堂是好事，建起来也当然不会搞什么迷信活动，反正就是祭祭祖，再放一些先祖的资料书籍之类让后辈时常看看。说穿了，这就和公家办的展览馆或者资料馆是一样的用途。几个人商量来商量去，都认为不能就这样停了，如果停下了，那损失可大了，最怕的就是拆了永远建不起来，那花销了一大摊可咋给村人交代哩？商量了一通，大家觉得还是继续建，只要建成，拆就不那么容易了。不要说这是个公益性建筑，就是个人的房子，在农村没手续的多着呢，也没有见谁建成拆了的。

　　第二天重整旗鼓，工程又开始了。第三天就到了上梁的日子。这可是个大喜事啊。因为要上梁，一大早，村里就自发地来了一大批村民。一是上梁要的人多；二是建这座祠堂也牵扯着许多人的心呢；三是只要上了梁，下午就铁定会有一顿酒喝的。所以，村中许多闲人都赶来帮忙，等着喝一场庆功酒。到了中午12点，一切准备就绪。大梁的两头绾了红布，在鞭炮声声中，大家呐喊着号子，吆喝着把梁抬了起来。渐渐地，大家都看见薛文宗写着"上梁大吉"的那块红布在随着大梁冉冉上升，迎风飘扬。

　　但在大梁刚放稳、鞭炮声刚停歇的当儿，村里忽然上来了几辆车。一辆两辆三辆，有县土地局的，也有镇上的，车一来都停在了秀兰家门口的空场地里。郭副书记、袁芙蓉，以及土地局的一位副局长等一大群人下了车，然后赶过来了。薛文宗忙笑脸相迎，将烟递了上去，问道：郭书记，你们来了？

　　郭副书记嗯了一声，然后走到近旁，呐喊着，让所有忙着的人都停下来。

成活。

那市上还管我们要进度哩。赵副主任说。

要你大的腿哩！找不到我家的坟，这儿谁敢动一下，我服他好本事！红脸膛婆姨破口大骂道。

这婆姨开口一骂，赵副主任脸上立刻红一道黑一道的，汗也从头上流下来了。他把嘴唇咬了几咬，但强忍着没吭声。他在我们这个新成立的单位以敢作敢为、雷厉风行而出名，就算雷主任也得让他几分呢。现在当着这么多人的面受到一个农村婆姨的破口辱骂，他一时面子上下不来。

我注意着这个婆姨，她身体壮实，蓬乱的头发一股脑儿都拢在脑后，脸呈暗红色，布满了皱纹，一看就是那种成天地里家里两头忙的农户婆姨。她穿着孝衣，是那种传统的上边是袄、下面是裙子的白孝衣，并且似乎是用土布剪裁成的。这原是我们这里传统的女式孝衣，男的长袍，女的裙袄。女人在穿时，总是先把裙套在下身，然后用麻绳来回在腰中扎牢了再穿袄子，最后从侧面用布做的纽扣扣起来。但这几年，为了穿着省事、方便，孝衣式样也多做了改革，许许多多的人参加丧事也只穿一件白大褂就行了。

眼见得赵副主任这么难堪，我们几个跟班看不下去了，觉得必须出面了，必须维护赵副主任的尊严了，小王这时就大声呵斥这个婆姨说：你说话文明点，有事说事，凭什么骂人！

把你家祖坟挖了，你妈骨殖找不着了，看你着急不！那个红脸膛的女人噎了小王一句。然后下命令似的挥着手说：只要坟没找到，一台机器也不能动。谁要动，我今天就给他闹命哩！她的脸膛是红色的，大约是此时激动的缘故，又多了几分黑色，加之风在吹，粗糙的头发乱蓬着，有几绺乱贴在额头，看上去，竟真有了几分要拼命的样子。

我们显然碰见一个不讲理的人了，碰见一个疯子婆姨了。唉，这可该咋办哩？

此时的赵副主任似乎也没了刚来时的冲劲，有几分无奈地说：那好吧，你们几个跟我到办公室，有事咱们说事去。这儿先停下吧，也不急这一会儿。

对方八九个人听了，简单地商量了一下，就留了三个人在工地上，相互叮咛着别让推土机动弹，其他的人都跟着我们到办公室来了。

办公室扎在古庙里，这座古庙本来也要迁走的，但现在还没找到合适的去处，这里就成了我们的临时办公室。我们将庙里的神像全部挪到了墙角，挤到了一起，用一块雨布遮了起来，而那些神像底座则被我们全部打烂清理掉了。我们二三十个人就临时挤在这里办公。那个胖女人和其他几个人跟我们进了庙，她前后左右打量了一会儿，似乎觉得一堆人挤在这里办公很奇怪，终于她发现挤在墙角的神像了，就赶了过去，恭恭敬敬地跪下来磕了几个头。但所有来的人中只有她一个人磕头，其他的几个人则在一旁站立着，一副不屑的表情。而这种情况，我们这一阵也常遇到。有些善男信女前来烧香，进了殿，始终找不到神像，就在一旁画个圈烧香磕头。

来到了指挥部，这几个人的情绪依然激动，随着众人的七嘴八舌，事情逐渐有了眉目。这个壮硕的女人叫浦月霞，她的男人身材瘦削，叫冯文堂，两人育有一儿一女，儿子在西安上大专，女儿还在上初中。夫妻俩常年在外地打工，他们早就接到村里迁坟的电话了，也知道建新区这回事，只是一时忙着回不来。这不，赶着这几问题。他私下问了一些人，但都说不出个一二三。后来，他就与领导小组成员一起商量，大家都认为先建起来再说，反正这是块空地，又不损害大家利益。待生米做成熟饭后，手续再想办法。否则的话，批不到手续，那岂不是建不成了？

现在见有人找上门了，薛文宗着了急，赶忙去找郭副书记。

郭副书记说：很简单啊，没有手续就是违法的，是要拆掉的，要不，就会在全镇形成特例，那还了得？况且你们这是修庙呢，是搞封建迷信哩。

薛文宗说：不是修庙，是修祠堂，房间内将来展示先祖事迹，教育青少年不忘先辈，学习先辈的优秀品质。

郭副书记说：你说的这些，还不是过去搞的那一套吗？现在都提倡文化自信了，提倡移风易俗，提倡社会主义核心价值观哩。

薛文宗说：祠堂文化也是一种文化活动。

郭副书记说：文化活动，那跳跳舞、打打篮球或者下下象棋、看看书多好啊，就像你今年搞的春节活动就很好啊。你应该让这个成为传统，继续办一届两届三届，在全镇甚至在全县树起典型来，用这种新型的文化活动来引领文明新风尚。

薛文宗长长地叹了一口气。他停了一阵，又不甘心，说：像我太爷，你那次还说是乡绅哩，像薛洪达他父亲……

他刚说到这里，话马上被郭副书记打断了，他说：你太爷更没什么可学习的，更没什么优秀品质，他当的是国民党的官，要表彰那就应该让国民党表彰去。

听到这话，薛文宗吃了一惊，抬起头来，他发现郭副书记的这张脸是如此陌生。他一下子就泄气了，觉得再没有什么说的必要了。就这样，他无奈地又回到了村里。村里众人都眼巴巴地在等着他，看他蔫塌塌的，心知也没有什么好消息。这一晚上，领导小组成员开会，商讨应对的措施，但一时都想不出什么办法来。大家都认为建祠堂是好事，建起来也当然不会搞什么迷信活动，反正就是祭祭祖，再放一些先祖的资料书籍之类让后辈时常看看。说穿了，这就和公家办的展览馆或者资料馆是一样的用途。几个人商量来商量去，都认为不能就这样停了，如果停下了，那损失可大了，最怕的就是拆了永远建不起来，那花销了一大摊可咋给村人交代哩？商量了一通，大家觉得还是继续建，只要建成，拆就不那么容易了。不要说这是个公益性建筑，就是个人的房子，在农村没手续的多着呢，也没有见谁建成拆了的。

　　第二天重整旗鼓，工程又开始了。第三天就到了上梁的日子。这可是个大喜事啊。因为要上梁，一大早，村里就自发地来了一大批村民。一是上梁要的人多；二是建这座祠堂也牵扯着许多人的心呢；三是只要上了梁，下午就铁定会有一顿酒喝的。所以，村中许多闲人都赶来帮忙，等着喝一场庆功酒。到了中午12点，一切准备就绪。大梁的两头绾了红布，在鞭炮声声中，大家呐喊着号子，吆喝着把梁抬了起来。渐渐地，大家都看见薛文宗写着"上梁大吉"的那块红布在随着大梁冉冉上升，迎风飘扬。

　　但在大梁刚放稳、鞭炮声刚停歇的当儿，村里忽然上来了几辆车。一辆两辆三辆，有县土地局的，也有镇上的，车一来都停在了秀兰家门口的空场地里。郭副书记、袁芙蓉，以及土地局的一位副局长等一大群人下了车，然后赶过来了。薛文宗忙笑脸相迎，将烟递了上去，问道：郭书记，你们来了？

　　郭副书记嗯了一声，然后走到近旁，呐喊着，让所有忙着的人都停下来。

这是违法建筑，没有手续，没有报批，必须停。土地局的一位姓兰的副局长扬着手中的一张纸，那是县土地部门刚下达的关于土地违法案件行政处罚决定书。

荣娃跟几个匠人还在房子顶上，他们赶着要把大梁支稳了。现在正是十万火急的时候，这手也不能松啊，手一松大梁滚下去了可怎么办？周围一些帮着忙的群众也都没有离开，单等着结束了喝喜酒呢。

薛文宗见这里人多，就招呼郭副书记及兰副局长到屋里去说话，又给房上的人喊道：都听土地局的，把手中的活忙完就停下。

土地局兰副局长说：你薛文宗好大胆啊，不把法当法啊。前两天给你们说了让停，这又偷偷地建开了，真是不见棺材不落泪呀！

他说的句句都是实话，薛文宗只管唯唯诺诺地瞎应付。他想着人少好说话，一时就把郭副书记、兰副局长拉到秀兰家里来了。

工地现场，镇上的土地员依旧在下边呐喊着：不准再上梁，要先将这一切封存，等候处理。

房顶上其他人听到喊声，就抬头看荣娃，荣娃觉得大梁既然上来了，就得先固定好，就不理睬喊话，只管手脚不停，埋头做着自己的事。该垫的垫，该支的支。

袁芙蓉到底年轻，见这些人还不停手，就沉不住气了。他大声呐喊道：让你们停了，等候处理，你们没听见吗？

上边的二红听见了，不服气，他说：这有办法停吗？这不固定好，滚下来会要人命的！

袁芙蓉在下面呐喊道：还固定哩，这整个房子都要拆哩！

但顶上的几个小伙子，不理睬袁芙蓉的话，依然在忙着。袁芙蓉觉得自己失了面子，非常扫兴，忙回房里去找郭副书记了。

郭副书记在房子里听了袁芙蓉的话,走了出来,瞅见房子上还有那么多人,就说:让你们停下来,没听见吗?

土地局兰副局长这时也站在郭副书记身旁,他见喊了这么多话,这些人不听,觉得自己失了面子。顿时,他勃然大怒,掏出电话拨了号码,大声说道:派出所吗?请求支援,上世宁村有违法建筑,不听劝告,妨碍执行公务,你们赶紧上来!

薛文宗正围着给两人说好话呢,见他们发怒了,喊派出所的人上来,登时就着了急,连忙让荣娃、二红几个房上忙活的人停住手中的活。但此刻正刮起了风,声音传不远,他就赶到了房子跟前来,对房上的荣娃喊话道:你们赶快停了,兰副局长都给派出所打电话了,赶紧停。顶上的几个小伙子听了这话,都吃了一惊,大家立刻松了手,顺着墙边的梯子往下溜,不一会,房上就只剩荣娃一个人了。

郭副书记也走了过来,他看了一眼兰副局长,见身旁墙上下来的几个人正经过,便对他们说:难道你们眼里就没王法了?想建就建,让停不停,小心公安上来找你们算账!你们谁是头儿?

从墙上下来的二红看了一眼薛文宗,嘴里却说:荣娃是头儿。

他哪里去了?兰副局长问。

薛文宗抬头上望,但此时房顶上已不见荣娃了。他大约一时害怕,就悄悄地从后墙上跳下来溜了。

兰副局长说:芙蓉,你和小张两个,写上几张纸,把这个门及大梁都给封了,谁都不准再动。说完又对周围的人说:贴上封条后,这可是带法的,下面有印章哩,我看你们谁还敢动!

袁芙蓉与小张折腾了几回,写了几沓白纸,盖了章子,拿了出来,两人就忙活着四处张贴。他们在门框上贴了几张,然后袁芙蓉又沿着梯子爬上去，想把白纸贴到大梁上。但就在他爬上去的时候，下边的人意外地发现大梁动了一下，众人看见了，一时惊呼了一声。但这时背着风，袁芙蓉似乎并没注意到，他手扶着大梁，又往前挪了一两步。就在这时，那根刚支上去的大梁突然一头倾斜了，一骨碌从上面翻了个过，梁上的袁芙蓉也一下子从高处掉下来了，掉到了房子里边，接着大梁顺势掉了下来。往下掉的一忽儿，大梁一头卡在了边墙上，另一头沿着墙面往下滑，随即把建房人员用来上下的梯子砸倒了，梯子倒在了袁芙蓉身上。接着，大家就眼睁睁地看见掉下来的大梁砸在了梯子上面。

众人发出了一阵阵的喊叫声……

孤胆时代

星期三上班到 11 点钟的时候，工地上施工人员却被人拦住了，六台推土机也全部停工了。

消息是负责施工的小王传回来的，他打电话给赵副主任，大致是说工地上一下子冒出来八九个穿白衣服的人，把推土机全部拦住了。在电话中，他话语急促，甚至有几分惶恐，只简单地说了几句便挂了电话。

管委会雷主任不在，副主任是赵亚东，他听到消息连忙喊了我们几个一同过去。

出事地点在新区规划最西端的一座小山岇旁。这里是政府新出台的"上山建城"规划的一部分，具体地说，就是原旧城拥挤在山圪崂里，实在太拥堵了，受地势限制，多少年来都是拆了建，建了拆，既费钱，又不讨好，看起来还杂乱。前年，市委市政府痛下决心，决定在旧城旁的山上建一座新城。将附近的十多座小山头全部削平，将山圪崂填起来，整理成一片大平原，然后在上面建一座新城。按规划要建成四十八平方公里的新区，这里是一期工程，也叫北区工程，计划建设十平方公里。然而，就在全面动工不到半个月时，这里却出了事。

我们一行人坐在小车上赶往出事地点。大家将车门关紧，阻挡外边飞扬的尘土进来。大家都不吭声,赵副主任脸色铁青,他本来脸就黑,这一严肃,脸越发黑了,几乎成了黑铁一块。

其实,出事才是正常的,这么大的工程,哪能不出事呢?有人悄声说了一句。

路不平,车一直在颠簸着,起起伏伏,车驶过,就有尘土如巨浪一样翻滚而来。我坐在门边,紧握着把手,老担心一松手,黄尘就会从车门外涌进来。不一会儿,我们就到了前方工地,下了车,打眼望去,半边山是青的,长着树木与杂草,半边山是黄的。很显然,这十几天来,这六台推土机已将半边山给削平了。

工地上,几台推土机都停了下来,一群人正围在一起说着什么,中间夹杂着一些穿白孝衣的人。赵副主任和我们走过去,这群人正吵着,见有人来了,便停住了,都朝这个方向张望着。小王从人群中走了过来,赵副主任问他怎么回事,小王就急急地给赵副主任说开了。他平常说话有点结巴,总是在不该停顿的地方要停一下。这次为了把话说清楚,就不断地用手势来回比画着,但不承想越这样越说不清楚,头上豆大的汗珠就冒出来了。

听了半天,我们终于明白了事情的原委。这八九个穿孝衣的人今天是来迁坟的,但没想到的是,他们要迁的坟却找不到了。据他们说坟已被我们推土机推下的这半个山坡的土埋在了下边,根本没法找了,因了这事,他们才拦住了推土机。

我们来迁坟,我妈的坟却找不到了,这事你们今天非给个说法不可!一个红脸膛的妇女凑过来说。

这里是个山洼,没有坟,在动工之前我们都实地察看了的,只有一些杨槐树而已。赵副主任说。他的话是真的,因为他做事一贯谨慎小心,在这座山峁动工之前,他领着我们实地察看过,并拍了许多照片的。

他这一说,马上引起了这些人的强烈不满。红脸膛妇女更是激动了,说:没有坟?我妈殁了十多年了,就寄埋在这里,我们年年都来上坟的,咋会没坟呢?

你们几个过来。赵副主任不理会这个妇女的话茬,把那些穿蓝衣服的推土机师傅召集过来问:你们在这里干了十多天了,见这儿有坟吗?

这六个穿蓝工作服的人清一色满脸胡楂,他们说:没见坟,就见有几棵树,都是杨槐,有二三十棵吧。

看吧,师傅们也说没有坟的。赵副主任说。

就在杨槐树靠左边的地方。坟上还有一棵蒿草,长得挺旺。你们说实话,到底看见了没有?红脸膛的妇女咄咄逼人地盯着那几位师傅。

蒿倒是有的,但没有见坟啊。一个师傅迟疑着说。

事实上,坟也就是黄土一堆,经年历久,就会长满草,与普通的山坡没有什么两样的。

你们坟前有石碑吗?赵副主任忽然想到了一个问题。

没有,是寄埋,立什么碑子!一个男人说。埋坟在当地有个讲究,女的先去世先埋葬的叫寄埋,也就是先埋到一边,等男人去世了,然后再迁坟合葬在一起,再立碑子。

那这样吧,咱们有事说事。你们几个跟我们先到办公室去。这儿的活先让干着,市上向我们要进度呢。赵副主任说。

你说的是屁话!红脸膛婆姨一听大怒说,我妈尸骨都找不到了,你们还想继续干活?

就是就是。那几个人也都在附和着,找不到坟,谁也干不天回来迁坟了,却找不到坟了。

赵副主任要我把他们说的话全部记录下来,然后对他们几个说:你们先回去吧,我们主任今天不在,等他回来,我们给他汇报,再说这事我们还要调查哩。

这样说了,但这些人并不走,似乎非要等个结果不可。赵副主任就再一次保证说:我们马上派人调查,在事情得到解决之前,推土机是不会动的,请大家放心。

到了晚上,雷主任回来了,就在古庙里连夜召开会议,他听完汇报,眉头拧成了一个肉疙瘩。经过大家一阵讨论后,他拍板拿出了三个意见:一是首先要查清楚这件事是不是真的,会不会有人碰瓷,故意讹我们。二是弄清楚这件事背后的真实意图是什么,会不会有更大的阴谋。比如,会不会有更多的群众闹事,形成群体性的上访,等等。三是工期不能停,现在关于上山建城的反对意见已经波涛汹涌,市主要领导要求尽快抓工程进度,堵住那些人的嘴。

赵副主任忐忑地说:那些人明天再来闹事怎么办?

雷主任胸有成竹地说:我已打电话问过桃园村的冯主任了,他说迁坟公告及时张贴了,并打电话告知了各户,其中就包括冯文堂、浦月霞这一家。公告迁坟最后期限是3月20日,早已过了。个别户不迁,责任不在咱们,后果他们应该自负。另外,新区建设刚开始,我们不能开这个先例,如果开了口子,那以后就会出现很多类似的事情。无论怎样,都不能影响工程进度。

领导到底是领导,高瞻远瞩,几句话就给这件看起来棘手的事定了调,一时我们心里都亮堂堂的,大家的工作也都有了方向。

但是,如果他们又硬在工地拦挡呢?赵副主任又问。看来那个婆姨的厉害已给赵副主任心中留下阴影了,所以他仍在问这个老问题。

我们多派几个人去,再不行的话,就通知派出所,叫民警。雷主任利索地说。

事情过了一夜,第二天早上8点钟,我们一行人就到了工地,推土机又开始突突突地工作,场地又开始尘土飞扬了。但很快,过了9点钟以后,一下子又来了五六个人。其他人都不穿白孝衣了,只有浦月霞一人仍旧穿着白裙袄。他们像从地下冒出来似的,一下子全站在了推土机前。和昨天不同的是,他们今天似乎是有备而来,个个手中拿着锨镢等工具。我们几个工作人员见了,就一拥而上纷纷拦他们。但哪里拦得住啊,这几个人疯了似的,挥舞着手中的工具,推搡着我们,砸着推土机,一时间哐啷哐当,发出了一片碰撞声,工具砸在推土机上,溅起了一串串火花。

你们别挡啊,市长要进度的!赵副主任大声呐喊道。

我妈埋在下面,昨天都给你们说了,你们今天还铲土,我都听见我老人喊疼哩。浦月霞手中的工具此时已被我们几个人夺掉了,她索性一下子躺在了一台推土机前。你们要过,就从我身上碾过去,把我埋了算了!她胖胖的身躯躺在了地上,白裙子与袄分开来,露出了腰间白生生的赘肉。

面对此情此景,赵副主任束手无策,赶紧给雷主任汇报。

一会儿,雷主任就赶来了,一看这场面,他说:打110报警,简直无法无天了,把妨碍公务的人全部抓起来坐牢!

我们几个拦挡着其他人,浦月霞躺在地上纹丝不动。赵副主任上前对她说:你还是起来吧,这是市上的重点工程,市长天天催哩。要不,一会儿公安来了真没你的好果子吃。

大不了死了,你们就把我和我妈一块儿埋在这里。浦月霞说。

我们几个人过去拉她起来,但她躺在地上就是不起来。

雷主任上前来,说:我们是给公家办事哩,不愿意动用公安,伤和气,有什么事咱们好说好办。要不,公安来了可真不认人的。

你们说话不算话,你们说在事情解决之前不动推土机的,怎么动了?浦月霞说。

好好好,你先起来吧。望着此时满身是土、蓬头垢面的浦月霞,雷主任停了一下说,你起来,我就让停下来。接着他无奈地挥了挥手,对推土机师傅说:大家都回去吧,今天不用上班了。

然后他蹲下身子对浦月霞说:我也相信你说的是真的,你妈的坟真的在这里。但现在是真没办法了,这一铲子土足有两方多,六台推土机天天推,推了半个月了,即使有坟,少说也被埋了有几十丈深,我们是真没办法了。

我不管,我只要我老人的坟。浦月霞说。

你先起来吧,这里我都让停下来了。此时,经过我们一番拉扯,浦月霞浑身都是土,袄子靠肩上的一个扣开了,半截反披了下来,而用麻绳围在外边的裙子此时早已掉在半腿上了。她这种狼狈情况,夹在我们这群穿戴齐整的工作人员中间,场面实在是有几分尴尬。

浦月霞睁开了眼睛,看看四周,然后坐了起来。

这就对了,事有事在,你这样闹腾也不是办法嘛,咱们到办公室说去。雷主任长长地舒了一口气。

你们停了?

停了。

真停了?

真停了。

浦月霞站起身来拍打着身上的土对那几个男人说：你们几个先等着，我过去看看。浦月霞就和我们一行人又一次往古庙里走，一路上她一声也不吭，脸拉得好长。我们几个跟在她身后，也都不吭声，事实上大家此时都不知该说些啥。

一行人重新进到庙里，雷主任招呼大家坐。我看到浦月霞身上的土拍打干净了，但两边的脸上依旧还有土迹，我便打了些水让她洗，她将脸洗了，用毛巾擦了，然后将毛巾在水盆中来回洗了，拧干了递给了我。

面对浦月霞，雷主任苦口婆心地给她讲了一大摊道理，大致是说：迁坟这件事，我们事先有通知的，也出了公告的，公告上有搬迁期限的，这政府贴出来的通知就是法，你们家没有按期限迁坟，错处当然在你们，这一点一定要先理清楚。

但浦月霞显然听不进去这些，她说：我家的坟被你们埋了不是？你们要建新区，总得等我们把坟迁了再建吧！

可你们不迁呢，如果一直不迁呢？雷主任说。

什么叫一直不迁，我们这不是迁来了吗？

可你们已过了期限啊。

期限是你们定的期限，又不是我定的期限。浦月霞蛮不讲理地说。

总而言之，双方你来我往，说不成个道理。我们几个在一旁，也感觉到这个婆姨真不讲理。我们贴出的布告是要约，乡镇都通知了的，电视上也播放了的，村里召开村民大会也通知了的，何况村主任还给他们打了电话的，这就应该视为一种已知，怎么就出来个我们的期限与她的期限呢？

但在这时，那几个留在工地的农民赶回来了，有一个瘦削的半秃顶的男人对浦月霞说：他们又开始推土了，怎么挡都挡不住啊。

原来，浦月霞一走，赵副主任在原地就让几台推土机重新工作，这几个村民想拦挡，但都被我们的人拉住了。

浦月霞一听，顿时情绪激动了，她站起来说：姑奶奶不活了，你们说话是放屁哩，是日弄人哩！她左右瞅着，看地上有一把锨，就顺手抄了起来，在雷主任的桌子上当地拍了一下。雷主任和大家都没防她这一招，不由自主地往开躲了去，一时抱住了头。这浦月霞提起锨来，也不管众人，只是站在庙里边，砰砰砰，几下子将窗户上的玻璃哐啷哐当全砸碎了。

打110，打110！雷主任喊道。

过了一会儿，派出所来了一辆车，下来了两名民警，将浦月霞铐了起来。

别看你们一群人，这个事如果就这样算了的话，我就把浦字颠倒写了，我就吃你们拉下的！临上车前，浦月霞挣扎着大声喊叫着。此时，她被强制押上车，烈日下，她的头发披散着，脸越发赤红，仿佛疯了一般，声音歇斯底里，倒叫人有几分恐惧。

车随即开走了，但浦月霞的呐喊声还久久不散，在这座庙里回荡着。我们几个工作人员个个目瞪口呆，从来没有见过这样的女人，一言不合就抄家伙，一声不吭就砸玻璃，此时都惊魂未定。

停了好长时间，小王幽幽地说：这个锨还是凶器哩，要不要给派出所送去？

大家都装作没听见，个个做出很忙的样子。

浦月霞被拘留了，但工地的施工也停了下来。第二天，管委会派我和小王到桃园村去找村主任了解情况。村支书兼村主任也姓冯，看起来是个挺有正义感的人，他告诉我们说：这个浦月霞原本不是本地人。她老家是陕北绥德的，三岁多时，浦月霞她妈与她爸离了婚，她妈带着她来到了桃园村，嫁给了本村村民乔振忠。这浦月霞妈与乔振忠两人后来再没有生育，只有浦月霞这一个女儿。浦月霞长大后就招了本村的冯文堂为婿成了家，两人育有一儿一女。这次迁坟前，她跟男人都在外地打工，村里会计打电话通知了冯文堂，冯文堂说自己一时回不来，就把自己家的坟托付给哥哥了，但浦月霞家的坟反倒疏忽了。

那到底是谁疏忽的？我问这个责任问题。

当然是他们两口子疏忽的。村主任说，随即，他翻开一个本子来，那上边是本村迁坟户领补助款的名单，他指着冯本堂的名字说：就是这个，冯文堂他们家的老坟就是他堂哥冯本堂给迁的。

那冯文堂把自家的坟都让堂哥迁了，咋不把浦月霞妈的坟也安排给他堂哥呢？我问。

唉，村主任长长地叹了一口气说，这两家是有矛盾的，浦月霞这个女人就是一根筋，她把全村人都得罪遍了。

哦？

说来事情有些可笑，两家本是堂兄弟，又是多年的邻居，难免有点小矛盾。矛盾激化是因为有一天浦月霞忽然到乡上去告状，说冯本堂把娃娃遗弃了，就为这事两家闹了一架，多少年来都不说话了。

冯本堂遗弃娃娃？我问道。

这事都怪浦月霞。村主任说，冯本堂老婆一胎生的是个脑瘫儿，一直养育到五六岁，还是提起来一条，放下去一摊，不会说话也不会走路，两口子抱着娃娃到外地看了多回病，山西、山东都去过,但一直看不好。后来两人觉得这样下去实在没有一点希望,就悄悄地将这个娃娃抱上出门了,过了七八天回来后,这个娃娃就不见了,也不知给弄到哪里去了。其实像这号事,大家都心知肚明的,都心里清楚得跟什么似的,其他人当然也不会问,也不会管。偏这浦月霞也不知发了什么神经,就去乡政府、派出所告人家两口子遗弃娃娃,后来派出所就找冯本堂调查了多次,将两口子罚了些钱,还拘留了几天。就这样,两家打了一架,结下大仇了。

村里人对她咋看?我问。

都对她有看法哩,觉得她多管闲事。这婆姨平时还可以的,但遇到一些事脑子就一根筋了,只认自己的理,几头牛都拉不回来。这么多年,她把村里人几乎得罪遍了,平时遇到什么事就没帮忙的,这回迁坟的事情就这样耽搁了。村主任唠唠叨叨地说。

我们一行三人相跟着来到了浦月霞家,冯文堂正在院里翻菜地,瘦削的光头上满是汗珠。他见我们来了,却不让我们进门,只是拿了小凳子让我们坐在家门口说话。我单刀直入,问他究竟是如何才误了迁坟日期的。冯文堂听到提这个话茬便愁容满面,他告诉我说:电话是我接的,我也给老婆说了,但她一定要自己回来迁坟,结果老爸的病又一直拖着,就这样一拖再拖,把日期给耽误了。

你们不是在外打工吗?咋又给老爸看病了?我想起了村主任给我说的这个茬。

唉,冯文堂看了看村主任,站起身把烟揉灭了说:你们不知道,这冯主任知道哩。我这光景难过得太哩。说完他起身独自进了门,看到这情况,我们几个也就跟着他进了家门。

一进到他家里,我才知道他不让我们进门的真正原因了。简陋的平房里，只有几件简单的家具，一些生活必需品，空荡荡的，其他的几乎什么都没有。房间里支着两张床，那张大床大概是他们夫妻俩睡的，在一旁还支着另一张床，像个大的婴儿床。四周加护着几十厘米高的围栏。床上此刻睡着一个老人，老人皮肤发灰，眼眶深陷，眼神暗淡无光，我们几个进来站在他近旁，他睁着眼睛，但并不关注我们，只是用左手来回抚摸着自己的右腿。

老人前几年患脑出血，发病后，到外地看了几回，但不论如何看，不管在哪里看，也是一天不如一天了，脑子也不清了，先是能挪着走，再接着能爬着走，现在连爬也不能了。冯文堂说。

老人原来乱爬，捡到什么吃什么，还磕过几回，眼角、额头磕得都是伤，后来他们就给床上加了这围栏。村主任给我们解释道。

老人年龄这么大了，又瘫痪着，即使看病能看个什么样呢？我说。对于医学，我稍微知道一点，因为最近我谈了个对象，她是学医的，跟着她，我也懂得了不少医学知识。

就在这时，老人伸出了手，意思是想起来。冯文堂便伸出手去，将老人搀扶起来，倚靠在被子上，接着对我说：唉，本来就这样了，看了多次也看不好，人家医院也不给看了，但就我那婆姨不行。前一段时间，她说老人半边身体动不了，时间长了，腿就会抽筋哩、弯曲哩，将来殁了也穿不上老衣，说这将来她没法给她妈交代。所以，就硬是在西安找了一家医院让按摩，按摩了一个多月，把这腿倒给按直了，可也把迁坟的时间给耽误了。

老人倚着被子，指着我们想说什么，但嘴唇嚅动了半天，却说不出一句完整的话来。他一边说着，半截身子就斜到一边了，似乎就要倒下去的样子。冯文堂看见了，便往他的右肩下又支了个小枕头，使他身体尽量保持平衡。看着这一切，我心中有些难受，再联想到他们两口子一边在西安打工,一边还要给老人看病,一时心中有了少许的感动。我向围栏伸出手去,想安抚一下老人。老人看见了,一下子将我的手抓住了,并使劲拉着我的手。

冯文堂把老人的手掰开了,说:他这是等人给他按摩哩。在西安按摩了一个月,我这婆姨倒有恒心,学会了,回来就常给老人按摩哩。今天她不在,老人还在这里憨等哩。

听到这些话,望着这位老人的举动,我心里顿时有点内疚。这个痴呆的老人还在等着她女儿哩,但他哪里知道,此刻女儿已在看守所了。想到这些,我心里有了几分同情,我几乎是毫无缘由地对冯文堂说:你们因为迁坟和我们闹事,我们不怪你们,但是你们不能砸东西,不能拦车,就是说,不能用非法的手段来闹事……你们可以通过正当手段,有什么要求,也尽可以和我们提。

冯文堂此时当着我们几个的面,似乎不愿意提这件事,他喃喃地说:唉,给你们添麻烦了。

走在回去的路上,我心里起了异样的变化,第一次对这个穿裙袄的女人有了新认识。这个变化主要来自那个等按摩的老人。我无法想象两口子一边打工,一边还要给老人看病的情景。今天看到的这一切都在冲击着我的情感。世事太艰难了,人人都活得不容易啊。回到单位时,已到晚上了,我给雷主任汇报了我的调查,我说:这个女人这些年一直在外打工,清洁工、卖菜工、食堂工、酒店工都干过,并且一直都领着瘫痪的老人。之所以表现过激,在很大程度上是她与父母亲感情深的缘故。我还添油加醋地说到了今天看到的场面。我试图用客观的描绘给雷主任传递一些微妙的信息。据我了解,我们雷主任人品也是相当好的,他本是师范生,从教师转行到基层普通干部再到镇长再到副县长然后到今天的管委会主任,这一步步的高升一是得益于他的人缘好,二是因为他的点子多。

雷主任用手撑着半边脸,听完了我的汇报,他什么也没说。一会儿,他示意我离开,我离开时,他又示意我将大门关上。就那样,朱红漆大门吱的一声关上了,雷主任一个人被关在了这片黑暗中。天这么黑了,他一个人待在这里,我有点不放心,不知道他要干什么。过了一会儿,我悄悄地从破碎的窗户口望着他,只见他依旧保持着原来的模样,用手撑着半边脸,整个身体一动不动,就那么坐在黑暗中的庙里,俨然一尊雕塑。

第二天一上班,单位又开会,说了两件事,一件是说重新开辟一个施工地,另外就是浦月霞的事。赵副主任说:浦月霞被抓走了,我们应该继续干。肖副主任说:要不,这事先等等,先给上级汇报一下?

这两个副主任的意见说了等于没说,大家都在等着雷主任拍板,雷主任沉默了半天,幽幽地说:要不,给派出所说把那个婆姨放了吧。

赵副主任说:不能放。刚关起来就放了,那怎么成?那我们的威信何在?

肖副主任也说:还有公安的威信呢。

雷主任说:那就关上三天,到明天让他老公写份保证书然后把婆姨领回去吧。

那施不施工了?赵副主任问。

唉。雷主任长长地叹了口气,没吭声。

落实冯文堂写保证书这件事落在了我与小王的头上。我们去找冯文堂,对他说明天就可以把婆姨领回来了。然后要冯文堂写个保证书,确保婆姨不再闹事。

冯文堂窝窝囊囊的,半天说不出一句话来。

本来要关七天的,这是我们主任说的情,关上三天,你还不愿意?小王说。

冯文堂望了他一眼,支吾了半天才说:我给你说实话哩,我明天能领她出来,我也感谢领导的好意。只是这保证我不能写,这家里的事我说了不算,要不,她要和我闹事哩。

小王说:咦?你婆姨关在里边吃糠咽菜的,你不心疼?你即使揣摩她的心思,她也肯定不愿意在里边多待一天、多待一小时吧?

冯文堂白了他一眼:不是这么个理。

那是怎么个理?小王问。

冯文堂好像有难言之隐,吭哧了半天才说:唉,我也说不清。总而言之,我这婆姨就和人想的不一样,也说不上是好是坏,就是认死理,一根筋,就因为她这脾气,把全村人都得罪遍了,可她还是不改。

咦?照你这么说,那共产党的理就不是理了?小王说,你们明知道迁坟的时间,可是你们疏忽了,这得怪你们吧?你老婆浦月霞把六台推土机挡了这多天,把窗玻璃砸了,如今还用报纸糊着哩,难道她还有理了?

冯文堂不吭声了,停了半天,搓着手说:那好吧,我写。不过我丑话说在前头,她闹不闹事真不是我能说了算的。

这是我们雷主任开恩,看她一个婆姨家,家里还有老人,不跟她计较,是心疼她哩,你们要领情哩。小王说。

你写吧，我们也是下苦的，还等着给领导交差呢。我说。

一会儿，冯文堂就照我们的意思写了保证书，我装到了包中，然后和小王相跟着往回走。

路上到处翻腾着尘土，整个世界仿佛都在基建中。

小王一边走着，一边对我说：我给你讲个笑话，我父亲当兵回来被安排到县车队工作，我小时候就是在车队的院子里长大的。大院里有个婆姨是农村的，几乎从来不和别人说话，她家的孩子和哪家的娃娃吵架了、打架了，她总以为是人家的错，就去骂人家娃娃，后来她和院子里的人都有了矛盾，大家都不待见她。她娃娃也没个玩伴，她就整天把自己与娃娃关到家里，也不与外人接触，在她眼里，全世界的人都是怀有敌意的。

后来呢？我问。我不明白他说这话的缘由。

后来她就死掉了。有一个冬天，她跟自己的孩子生气，一时想不开，就在冬天里跳了河。唉，这世上可真是百人百性啊！小王感叹道。

几天没有浦月霞的消息，我们的推土机又开始动工了。六台推土机从不同的角度，把高山上的土推到低处来，眼看着用不了多长时间，这里就会被夷为一片平地了。大家都以为有了冯文堂所写的保证书，这事就这样结束了，只有我心里清楚，事情根本不会这样简单的。对于一些人来说，她认准了的事，一定会要个结果的。

果然，新的一天，我们雷主任被叶副市长叫去了。原来这个穿裙袄的婆姨从看守所出来后，再没有到工地来，但也没有停止过上访的脚步。她到市政府去上访，但被保安人员拦住了。一连几天都见不到领导，这天好不容易瞅到一辆领导的车出来了，她竟然直接就上去拦,被人拉开了,她又去拦第二辆,就在拦第三辆时,她被车撞了,撞倒在地上,头上擦破了皮,受了点轻伤,但是她也如愿得到了自己想要的结果。——这辆车上坐的是市政府办公室主任,这样,她的事情就传到了副市长的耳朵里。

叶副市长立即把雷主任叫去,将他批评了一顿,要他马上解决问题。

雷主任当下就着了急,又带上我们到医院里去看望浦月霞,但此时浦月霞已从医院回家了。我们就赶到她家里去看望她。浦月霞比拘留前身体更壮实了,脸也更红了。雷主任亲自上门赔礼道歉,他把拿的一些慰问品放下,然后嘘寒问暖,我也把拿的米面油给她放到了一旁。一会儿,开始说正题,浦月霞说:我就这一个妈,是她把我养大的,我们以前受了那么多罪。可惜她死得早,没有享过一天福,哪里想到死了还不安宁,连根骨头都找不着了,这让我大死了往哪儿埋呢?让我娃娃过清明、逢年过节到哪儿上坟呢?说着说着,就哭了起来。雷主任此时的情绪极为低落,再也不敢追究这个女人的不是了,只是敷衍着说:人死不能复生,情况你也看到了,就这么个样子,这件事我们也有责任。但填了近二十天的土了,也没法找了。人总要死的,到最后还不都变成一抔黄土了?

浦月霞反驳说:你说的是屁话,那变成黄土了,还有个土堆在啊,烧成个灰还有骨灰在啊,大家还有个念想,逢年过节还能烧纸呀。

这话说得丝毫不留情面,但雷主任此时却不再想和她纠缠这些了,只是说:你提条件吧,我们可以赔点钱,这件事只牵扯你一家,也是叶副市长安排的,所以我才敢开这口子哩,如果牵扯太多,没有政策,就是逼死我们,我们也没法子办的。

浦月霞不接话茬，只是抹着眼泪。

雷主任就盯着冯文堂看，想让他先开口提个条件。但冯文堂装作没看见，把头扭到了一边。

我什么也不要，我就要我妈的骨头。浦月霞说。

尸骨这个事咱们就不要再说了。雷主任果断地说。

那你大死了你就不要骨头了？浦月霞问。

唉……大家都沉默了。与这样糊涂的女人又能说成什么话呢？任何原来设想的有尊严的谈话，到最后只能变成一次次地被侮辱啊。

这样，谈话是没有什么结果的，浦月霞只有一句话，除了尸骨外，她什么也不要。

雷主任没办法，又给叶副市长汇报，叶副市长听完后怀疑地望着他，说：像战争时人死了就死了，连个埋处都没有。像饥荒年瘟疫年人死了，骨头都让狗给啃了。——人生总是充满了意外，不能求全，难道他们连这个道理也不懂？

雷主任说：是的。

叶副市长说：我们这里还有个白骨塔，就是当年左宗棠率大军来时见满地都是白骨，一时心生怜念，让将士把这些白骨捡起来掩埋了建的塔。人死了就什么也没了，白骨能当什么用呢？

雷主任说：是的。

叶副市长说：现在的老百姓真是被宠得不像样子了，什么都漫天要价。乡镇上移民搬迁盖了大量楼房，可没人愿意去，一点钱也不出，都等着白住呢。扶贫扶贫，扶到后来都坐着等哩，等看看公家给多少钱哩。一些村里一些村民不是抢着致富，而是抢着当贫困户。不眼红致富户，而眼红贫困户。这样的风气下去如何得了啊！

雷主任说：是的。

叶副市长说：像浦……这个婆姨的事，我倒是第一次听说，我估摸着她要谋取更大的利益呢。人为财死，鸟为食亡。《厚黑学》上还讲过一件事，说有些补锅匠补个锅，往往利用敲打检查裂缝的机会，趁主人不注意，用力将锅敲得更破，裂缝更长，以便向主人收取更多的费用。唉，这件事先放下来吧，静观其变，你们重新开辟个战场。工期紧张，我们实在耽误不起时间啊。

就这样，得了叶副市长这句话，这座山头就先放下了。到了此时，这座靠西的小山峁被削了已有三分之二了。原来圆墩墩的山头被取下了半边，从远处看，就像一张阴阳脸，半边是黄的，半边是绿的。新开一个工地，因为一时用不了这么多的推土机，于是有两台推土机就像两条狗蹲在了这片黄土里。

安静了几天，省信访处又来电话了，说省政府门口出现了一个女人，穿着白裙袄，前来上访，上访事宜和新区建设有关。雷主任一听又着了急，他打发赵副主任与我两人下去处理，争取把人领回来。我俩来到省政府大门前，这里有许许多多的人，似乎是一些民办教师与老山前线回来的老兵在上访。浦月霞果然夹杂在这群人中，她依旧穿着白衣服，非常醒目，我们一下子就找到她了。赵副主任挤进人群对她说：你跟我们回，我们给你找坟。

浦月霞说：我再不相信你们了。

赵副主任说：你在这里耗着也不是办法，事情总得我们来解决。

浦月霞说：我跟你说，没有结果，我是不会回去的。我再告诉你一句，这里没人管了，我就上北京，北京再没人管了，哪怕你盖起了高楼大厦,我也要一镢一镢掏,直到把我妈的尸骨挖出来。

　　劝说了一通没结果,我俩暂时也没办法,就将情况给雷主任汇报了,雷主任安排我们查清她的动向,跟踪着她,防止她再惹什么大乱子。一连两天,我和赵副主任都在苦口婆心地劝浦月霞回家去。因为这件事,说来说去还是得我们单位具体解决的,但浦月霞好像没听见似的,根本不为所动。

　　但在第三天下午,情况却有了变化。我们接到通知说,明天省里将召开各市市委书记、市长会议,省委下达了硬任务,所有上访者必须今晚一个不留地全部领回去。接到这个通知,赵副主任跟我立刻设计方案,赶紧向雷主任做了汇报。到了晚上,辖区一名副所长和一名民警赶来了。我们的计划就是强行将浦月霞带回去,先完成这个任务再说。次日凌晨1点整,我们几个悄悄靠近了天禹宾馆,向前台出具了身份证明。这两天,我已经侦查到浦月霞就在这个宾馆居住。我们通过前台查到了浦月霞住在301房间,大堂经理领着我们悄悄地上了三楼。

　　301房屋门口,大堂经理用房卡开门,但里边门是反锁着的,他就敲门,里边传出了女声,问:谁呀?

　　大堂经理说:检查消防的。我们接到报警,你们房间好像有火情。

　　里边的灯啪地亮了,有人在穿衣服,但没有话语声。

　　大堂经理说:快点开门,着了火可不得了啊。

　　里边依旧没声音。等了一阵,赵副主任就不耐烦了,大声说:浦月霞,快点起来,今晚必须跟我们回去。

　　浦月霞似乎在里边听到了,她大声说:我不会回去,事情没结果我说什么也不会回去,除非你们把我弄死。否则,我活着一天,就非找到我妈的坟墓不可。

面对这种情况,我们在外边说什么她都听不进去,后来赵副主任失去了耐心,他一声令下,几个人便一齐用力,嘭的一声挤开了门。

但令我们吃惊的是,在这个房间里,只有一张床上有个女人,也是个中年妇女,她这时用被子围着自己坐了起来,惊慌失措地望着我们,但显然这个女人不是浦月霞。

浦月霞呢?赵副主任问。

她……她……她从那里下去了。这个中年妇女指着打开着的窗户说。

宾馆房间的窗户打开着,窗口,有一条床单系着窗框。显然,就在刚才,浦月霞系好了床单,从这里下去了。赵副主任伸出头看了一下,我伸出头也往外一看,外边黑乎乎的,不见底,我不由得心一沉。天哪,这浦月霞真是昏了头了,这是三层楼,她从这里跳下去再惹个大乱子可如何是好啊!

看到这情况,我们几个顿时慌了神,都跑出门,沿着楼梯往下跑,一直跑到了这座楼的背后。但是,在微弱的灯光下,我们找了再找,始终都没见到她的影子。

赵副主任当下给雷主任打了电话,雷主任在电话中大发了一通脾气。最后要我们继续监视好,争取安全地把她领回来。记住,一定要安全。他重复道。

这一夜,我们几个都睡不着觉,我打她手机,发现她手机关机了。我们几个就在宾馆附近来回找了几趟,但都没有找到她,最后一个个只能无精打采地回到了房间。

这一晚上,我怎么也睡不着,内心充满了恐慌,充满了忧虑,充满了不安。那么高的地方，她一个人是怎么下去的？我真是不敢想象那场面。再想想，深更半夜，四个男人到一个女人的房间去，竟然是想用暴力把她带回去，一想到这场面，我就心痛。为她感到不幸，这个女人只是想找到老妈的坟啊。——这样的要求过分吗？

清早吃了一点早餐，我还惦记着这件事，试着打她的手机，似乎通了，只是没人接听。我给她发短信：那么高的地方，你跳下去脚没崴吧？——这并不是假惺惺，这是我的真心话。我实在担心她的安全。

不一会儿，我忽然接到了她的回复：你们回去吧，我没事的。

有了她的回复，我顿时来了精神，我发短信给她：其实，我们也只是想接你回去，你无论到哪儿上访，问题到最后都得我们解决的。你根本没必要冒那么大危险，试想如果你跳下去有个三长两短的话，那可是一辈子的事啊，你还有两个孩子呢。你想过后果吗？

她很快就回了短信：谢谢你，但我没办法啊。我妈找不到了，我夜里都睡不着，常做噩梦，她一个人孤零零的，我爸将来去世了，也没个人做伴。

我发短信：这些都是远话，重要的是你不能这样不计后果，我们无论如何也不会伤害你的。你这样把自己弄伤了，也让我们心里过意不去，就像上一次。

赵副主任见她回了我的短信，马上要我问她在哪儿。

我就发短信问她：你在哪儿？和我们一起回去吧？

浦月霞回了一条短信：你们回去吧，不要找我了，也找不到我。回了这条短信后，她就不再回短信，也不接我的电话了。

两名警察回去了，我和赵副主任按照指令依然百无聊赖地待在这里。打听不到浦月霞的下落，我们心里忐忑着，总觉得还会出什么乱子。像这样的女人,做什么样过分的事情都在意料之中。

两天以后,雷主任给我们打来了电话,告诉我们说:浦月霞现在已在北京了,北京那边打来电话了,要我们赶快去接人。

我和赵副主任两人就匆忙往北京赶,在路上我打她的电话,依旧打不通。

终于到了北京,我们两眼墨黑,不知道她在哪里。我便给她发短信:浦月霞,领导又让我和赵副主任来北京接你了,你在哪儿?跟我们一起回吧。你不回去,事情也没法解决。

她不回短信,我就再发短信:昨天,我对象打来电话,说她好像怀孕了,妊娠反应特别厉害,天天晚上呕吐。她希望我能早些回去陪她做检查。还有,我老爸是癌症晚期,他也在等着我回去做手术呢。据家里人说,这一次,还不知道能从手术台上下来不。他肺上已做过两次手术了。

我说的这些话都是真的,对象这半年跟我一起住着,她前天打来电话说,她好像怀孕了。就自己拿试纸做了检查,是呈阳性的。又说她好像有了妊娠反应。——这个消息令我惊慌失措,因为我们先前打算到今年年底才结婚的,况且即使结了婚,我还打算很长一段时间先不要孩子的。这下,该怎么办呢?

好吧,你们来接吧。但要确保能解决问题。浦月霞这时忽然给我回了短信。

有了她的回信,我和赵副主任提着的一颗心都放了下来。因为我们第一次到京城来接人,原想着不定要费多少神,两人还商量了多套方案呢。

我给雷主任打了电话,说浦月霞表示愿意回来,但要解决问题。雷主任这时在电话中信誓旦旦地保证说:一定解决。得了这句话，我心里有了底，正想着如何给浦月霞说呢，她这时来了电话，我俩在电话中沟通再三，我说了雷主任的意思，她就明确地表示同意跟我们回去。只是一时也不知道我们在哪儿，即使我们说了地址，她也不知道该坐哪辆公交车。

有了意外之喜，我和赵副主任便连忙对她说，要她原地别动，等我们去接她。

就这样，这一次我们顺顺当当地把浦月霞给接回来了。

回到古城，浦月霞与我们雷主任有了一次面对面的谈话。这一次我们主任是真厌了。这简直是个不可理喻的疯女人啊，真不知道不解决问题这个女人还会惹出什么样的乱子来。他直面浦月霞说：明人不说暗话，你开个价吧，要多少钱？

你会拿你大、你妈的骨头卖钱吗？浦月霞说。

那你说，咋弄？

我只要我妈的骨殖。浦月霞依旧是这句话。

那找不到呢？

我就是拿镢把这里一镢一镢刨平了，也要把我妈的骨殖找出来。

这么大土方，你一个人挖？

我挖，我男人挖，我娃娃挖。直到我家里人死绝了，我们就不挖了。浦月霞的语调很平淡，但这话听起来却很残忍。到了这个时候，我和赵副主任，以及我们大家都相信，这个疯女人是真会干出这样的傻事的。

事情到此就无解了，雷主任就向叶副市长请示：鉴于浦月霞目的明确，那么唯一的办法就是找到尸骨。也就是说，把所有填下的土再挖开寻找这座坟，寻找尸骨。叶副市长此时的想法也转变了，他说：群众利益无小事，何况又牵扯父母亲情、孝心，更有中华传统文化的大背景在里边，这样的事情弄不好就会落人口实，更容易衍生出许多旁枝末节来。有时候，历史的变化总是由被人们忽视的、微小的细节开始的，最终形成一个不可遏制、不可逆转的社会现象。我们应该永远不要忽视那些小人物，尤其是性格特殊的小人物。他似乎对这件事非常感慨。

有了叶副市长这句话，大家就铁了心。我们宣传组把先前拍的照片全部翻开来，按照规划图，把浦月霞两口子也找了来，大家一起商量着确定坟墓的位置信息。为了确保能实实在在找到这座坟，我们给市文物局出具公函，要求派有工作经验的文物人员参与，同时看能不能提供什么仪器等，以便尽快、准确地找到这座坟。市文物局给我们回复说，没有仪器可用于勘测，他们也只有洛阳铲。但同时给我们提供了一个信息，省城西安有一家专门从事勘探测量的私人公司，有从德国进口的地质雷达仪，仪器非常先进，可以探测到地面以下四十米深的地方。我们很快和这家公司取得了联系，商量了租赁价格。不几天，这家公司的人员开着车携带着仪器来到了我们工地。

地质雷达的主机装在一辆外表看似房车的车上，在外安设有测量仪，测量的信息全部传递到电脑中。据说这台仪器可以探测四十米深的空间，目前被广泛用于探测管道、空洞、导线、导管、隧道、沙坑、地基等地下物体。它的原理也很简单，就是雷达（无线电探测和测距）向地下发射一个信号，通过等待信号的反射或回波来探测地下的异常现象。

我们与浦月霞两口子确定了一个埋坟的基本点，然后以此为圆心画了个直径近百米的圆。也就是说，把这个圆中的土全部挖出来，倒在一旁，挖出一个锥台体，下边可形成二三十平方米的空间。如果这座坟存在的话，就应该在这一块。并且照浦月霞说的，坟位于杨槐树旁，那么只要挖下去，找到那几棵树了，就可以根据树来寻找坟。这些杨槐树在我们图片中是清晰的，况且我们的推土机师傅对这些树的印象也是特别深的。因此，我们所有人对这个方案都充满了信心，都觉得找到这座缠人的坟指日可待。

就这样，六台推土机又开始行动了，但这次不是把半山上的土推下来，而是把填了的土再挖出来，推开去，推向远方。推土机师傅的工资是按天计的，他们似乎早已习惯了这种工作，所以时时都是一副懒洋洋的模样，到了吃饭时间就吃饭，过足烟瘾，再开始干活。每天中午总得找个阴凉的地方睡上一觉，有时实在没地方睡了，就直接睡在日头下。睡时他们往往会用什么东西来遮着脸，有时是一块湿腻腻的布或者毛巾什么的。实在找不到东西了，有一次我竟发现他们其中的一个脱下来一只鞋遮住半张脸。

小王依旧在这里负责施工，同时派来的还有负责宣传工作的我。我来的目的主要是避免记者或者闲杂人等的介入，免得事情节外生枝。小王一直在工地工作，似乎早就习惯了这一切，他在工地，总是不断地玩手机，如果一时不在的话，那肯定是给手机充电去了。说实话，这样的场面实在是没有什么好描述的。这里是新区，地势比旧城高许多，清晨总是能看见太阳从东边山头升起，然后缓慢地不经意地移动着，最后从西边落下去。我寂寞无奈地一天天守着，有时会画着横线，猜测着太阳到什么位置是几点钟。后来，不用看表，仅根据太阳的位置，我就能猜到时间了。比如说，当太阳挂在西边远方的一棵榆树顶的时候，我就开始收拾东西，因为这时已到6点，该下班了。身边到处是新挖的土，那些新挖的土是黄色的,但晾开来,过一会儿就成白色的了,和路上的土基本没什么区别,然后就会有新的黄土被机器翻出来覆盖在上面。

自从开挖,浦月霞一直就在这里,依旧穿着那身白衣服。她目不转睛地盯着推土机。她那紧张的神态,仿佛下一秒母亲的骨头就会出现似的。每当下边发现什么了,她都会赶过去看;或者那些测量仪器嘀嘀响的时候,她也会赶过去看。但最后她还是失望了。根据嘀嘀的报警声,我们挖出了一个压扁的汽油桶子,一把旧镰刀,几枚生锈的大钉子,还有几个可口可乐瓶子、几截木头和一件破旧的衣衫。但这些显然是跟尸骨挨不着边的。

有一次我们挖出来一块头盖骨,大家兴奋了一阵,但经过仔细辨认,发现这块骨头上沾着毛,很显然是一只羊的。

有两天时间,浦月霞推了老人到工地来。老人坐在轮椅上,腿前用一根带子拦起来。在车子停稳后,她就会将带子解开来,然后拿个小凳子自己坐在一旁。老人坐不长时间,身子就会歪在一旁,她便拿个小枕头支在另一边。到老人不想坐了,她便把这个轮椅放平,让老人躺下来。躺下来的时候,她还会用带子把老人拦住,免得他从椅子上掉下来。

到中午了,她就和老人一起吃自带的干粮,她用热水瓶中的水将馍泡了,然后拿勺子喂给老人吃。有一天她竟带了枣糕来,她小心翼翼地将馍中的枣核用手抠掉了,然后用开水泡着吃。还有一次,她似乎忘带筷子了,就折了根枝条当筷子。那些枝条有树皮,吃着吃着,嫩绿的树皮就裂开了,大约是因为树汁苦,她每吃几口就呸呸呸地吐几下。

她带老人这件事,我说给了对象听,她是个好奇的姑娘,她听我说得稀罕。这天,她直接来到了工地,她想看看我们挖的天坑,想看看这个浦月霞究竟是什么样子。这一天也刚好,浦月霞带着老人来了。我对象是学医的,见到了病人,便细心给浦月霞讲起了护理,并做了示范,告诉她应该如何伺候老人。浦月霞听得挺感兴趣,便絮絮叨叨地跟我对象说了许多的话,说当初她亲生父亲老打她母亲,她母亲实在受不了,就领着三岁的她来到了这座城市,安了家。又说,她后爸对她妈真好,对她也好,大约是为了怕再有孩子她得不到应有的照顾吧,一辈子再也没要孩子。说着,她还给我对象分吃了自己带的枣糕。

两人闲聊着,浦月霞似乎还记得当初我说的女朋友怀孕这件事,便不让她动弹,告诫她要小心。

我对象听了,便哈哈笑了,告诉她说,孩子早就做掉了。

为什么呢?这回轮到她吃惊了。

我对象告诉她说:因为我们要迟一些结婚啊,再说即使结了婚,我们也不打算很早就要孩子的。

但那也不可以打掉啊,那可是个命哩。再说,生下来不想养的话也可以给人啊。她说。

我对象不置可否,其实原因在于我们,我们自己还没玩够呢。我们可不愿意因为娃娃把这美好的二人世界一下子打乱。但说这些话,对于浦月霞来说,可能更难以理解。我对象索性就闭了嘴。

这天晚上,睡到半夜了,我对象忽然戳醒了我,对我无头无脑地说:浦月霞其实是个好女人,是个心地非常善良的好女人。

好吧,你说是就是。我迷迷糊糊地回答她。

停了一会儿,她忽然没头没脑地说:那我们要个孩子吧。

睡吧睡吧,发哪门子神经哩。我翻了个身,睡着了。

浦月霞在工地只有两天带过老人,这使我猜测这两天恰好冯文堂有事，顾不上照看老人。除这两天外，更多时候，她形单影只地坐在小凳子上，眼睛一眨不眨地盯着工地。起先我们工地的人都很烦她，也不理她，只公事公办似的忙着各自的活，大家从心底认为她就是个疯子，或者至少是个有人格障碍的人。这次行动，我们花费了那么多钱，并且延误了工期，估计今年奖金与福利全因为这件事而泡汤了。但渐渐地，随着她和大家熟悉了，看着她着急的样子，有时看到她一个人一尊佛似的坐在那里，大家也就多了几分同情与感慨。

百无聊赖的小王对我说：我想起了一件事，一个疯子拿头去碰石头，大家都嘲笑他是个疯子。可是他一直碰个不停，碰得头破血流，只要碰不死，他就一直碰，那么我们又会怎样看他呢？

我正在用手机和我对象聊着天，不置可否地对小王说：这世上百人百性呗。

看到浦月霞每天中午都在吃着泡馍，有一天我就让中午给我们送盒饭的人多送了一份来，递给了她。反正都是灶上做的饭，多一点少一点，也无所谓的。但谁也没想到的是，第二天，她竟然给我和小王捎来了两个自己做的大锅盔。

一切按计划进行着，六台推土机挖了有七八天的光景，这样中间就挖出一个圆锥形的深坑来，远远看去如同一个人间奇迹。来来往往的人，都好奇地盯着我们，不知道我们要在这里建造什么样的奇迹，或者寻找什么样的宝藏。这一天，终于有了好消息，因为我们挖到了草丛地带，挖到了那些被压埋在下边的树木。那些杨槐树虽然被压倒了、压弯了，但并没有死掉，身子骨依旧是绿的，仿佛要冒出新叶似的。我和小王看到这些，高兴透了，这也意味着我们快要找到坟了。

我们重新找来了照片、地图，进行比对，认出了这几棵树，确定了这几棵树的位置。这儿是位于左半山腰中的一块草地。这个位置应该离浦月霞所说的坟有十几米，也就是说，以这个点为中心来画圆，半径不超过二十米，我们准会找到这座坟的。我们决定从这儿开始，清理出一片平地来，尽可能先找到坟，然后人工挖掘。因为用机械的话，怕碰碎骨头，这会惹浦月霞生气的。我们把计划给雷主任汇报了，同时也征得了浦月霞的同意。

第二天一整天，因为下边的场地小，只有一台挖掘机与一台推土机在工作。我们单位许多人，包括推土机师傅，包括浦月霞，甚至一些村里人都赶了来，大家目光都聚焦到了这里。挖掘机碰到树了，我们就让小心翼翼地保留着树，怕破坏环境，怕再也找不到这个地方。很快地，挖掘机就挖出了几块石头，但也仅是几块石头而已。到了下午，我们基本上就清出一个不规则的有四五十平方米的空间，杨槐树虽然与土搅和在一起，但根据照片比对，我们和浦月霞一起确定了她妈的坟的大致位置。

租来的测量仪器还响过几次，但最后都证明是一些不重要的物件。因为实在找不到坟堆的准确位置，找不到浦月霞说的有一株很旺的蒿草的所在，当下赵副主任决定用挖掘机将这里开挖一遍。开挖出来的土，用推土机推到一边去。

这一阵，浦月霞别提有多担心了，她目不转睛地盯着挖掘机的一起一落，盯着推土机的一举一动。冯文堂也来了，但他似乎不热心这些，甚至有一些冷漠的样子。我们这十多个人也都在紧盯着，都怕错过哪怕是细小的线索。可是，随着将这缩小的范围挖了个遍，整整一下午时间，什么也没有挖出来。除了土还是土，偶尔有块石头什么的，但是根本没见尸骨，甚至棺材板也没见到。

再往左边靠靠，再往右边靠靠，再深挖一点。浦月霞成了这里名副其实的指挥者，但一铲子下去，又一铲子下去，依旧什么也没有。就这样，这一天在毫无收获中收了工。

第二天又在这一块地上扩大范围挖了一上午，但依旧什么也没挖到。这时，雷主任从办公室过来了，他听了赵副主任和我们几个的汇报，只是沉默着，什么话也不说。过了一会儿，他扭头直望着浦月霞，似乎要她给个说法。

该挖的都挖遍了，大家的劲头也都松懈了下来，在这一块要找到尸骨，大家都不抱什么希望了。我是亲历者，原先还打算准备找个角度写篇报道呢，现在看来也泡汤了。

终于，雷主任拉着脸，对浦月霞说：这些是你指定的点，我们有照片有地图，你也确定了的，可现在什么也没挖出来，你说怎么办吧？

浦月霞这个女人，此时看得出来有几分慌张了，她说：我们年年来上坟的，我妈的坟就寄埋在这儿，说好的等我大殁了，一块儿合葬入老坟的，怎么会没有呢？

由于这座坟，我们前后花了上百万，耽误了我们两个月工期，你说怎么办呢？

那是不是你们早就把尸骨翻了呢？浦月霞说，但这话显然没底气。

我警告你，你说话可得讲理，你看看翻的土都是新土，这些草在，这些树在，完全可以证明我们没有动过这里的一丁点的草木、一丁点的土。再说方案也是你参加确定的，你天天守着，我们省里的进口仪器到现在连个骨头碎片都没有测到。公正地说，我们现在倒在怀疑你提供的是假情报了。

那如果你们没挖对地方呢？浦月霞还在继续说。

但我们雷主任已经不打算再跟她纠缠了，他说：这样吧，你说挖哪儿就挖哪儿。然后他掉过头对大家伙儿说：大家听着，今天就听浦月霞的，由她来指挥挖掘机，咱们就啥也不干，陪她一起挖。雷主任说完，气呼呼地走了。

雷主任走了，几个人也跟着走了，我和小王及一些围观的人就站在原地，我们也不知道该干些什么。但现在，大家清楚地知道，这里已被翻了个底朝天，即使浦月霞再不愿意，要再挖下去，她总得说个理由吧。一时间，大家都把目光集中在她身上，都怔怔地望着她。

浦月霞一个人站在那儿，很无助、很茫然地站着。突然，她扑通一下子跪倒在地上，大声嘶喊着：妈啊，你到底在哪儿啊？你就显显灵啊！我们年年来看你，年年在你坟前磕头烧香，咋就找不着你了呢？你告诉我们，你在哪儿啊，你让我大殁了和谁一搭里埋呀？

浦月霞先是干号着，继而，眼泪就不断线地淌下来了。一会儿，她将哭声带上了长长的尾音，听起来像唱腔似的。我可怜的妈啊——你到底在哪儿啊——你快点显显灵啊——你让我给我大咋交代啊——你让娃娃逢年过节到哪里找你啊——

光天化日下，一个女人撕心裂肺地哭着，这让我与小王一时都毛骨悚然。

但好在她很快就被她男人和其他人拉起来了，他们拉起了她，将她拉回家去了。

这一天，我们都没事干了，停了工。隔了一天，雷主任就去给叶副市长汇报情况，但叶副市长不在，雷主任就找机会与他通了话，电话里叶副市长指示，要想法设法将事情不留尾巴地一次性彻底解决。雷主任想了再三，犹豫着说：这个女人不要钱，又找不到坟，那就只有一种解决办法，她有一个儿子今年7月大专毕业，实在不行的话，考虑给安排份正式工作。叶副市长当时在电话中回答说：可以考虑。

工程又停了下来，停了好几天，浦月霞也没有来，什么消息也没有。转眼间过了"七一"，我们单位给大家下发了通知：新区管委会不再以找坟为目的，将在西片再一次动工。雷主任要我负责把这个通知传达给浦月霞。我来到了浦月霞家，她正在给老人喂饭。一段时间不见，老人越发苍老了，他嘴角斜垂着，眼看着有了下世的光景，每吃一点饭都要从嘴角吐出半口来。浦月霞耐心地一点点地喂着他。看到这情景，我心里非常难受，便自作主张地对她说：虽然坟是不找了，但还可以商量其他条件，比如安排娃娃工作什么的。

她听到我的话，接过了通知单，并没有看一眼，只是轻轻地把那张通知单放在了一旁，手中还是不断地给老人喂着饭。

通知她之后的第二天，我们又在原工地上开始了施工。一天两天三天过去了，浦月霞没有来；十天半月过去了，浦月霞依旧没有来。一直到现在她都没有来，也没有听到说她再上访。

逐渐地，我们提着的心也放了下来，我们也习惯了她的不来。只是有时候雷主任会蓦然间想起这回事，问我们：那个浦月霞现在是什么情况呢？但也仅仅是问问而已。

一直到现在，浦月霞再也没有到我们这里来。渐渐地，工地上那些空着的大窟窿又被我们填了起来，这里整天依旧尘土飞扬，各项工作有序地开展着,眼看着那些小山一天天地被我们铲了顶,整成一块大烙饼似的平地了。

过了年,新区平整就有了大致样子,也有了大气象。大年初三晚上下了一场大雪,清晨起来,新区一个人影也没有,我站在看台上,望着阳光下一片银白的新区,细碎的雪花闪着耀眼的光芒。朝左侧望,当初寻找坟的工地已被我们夷为平地。因为是垫方区,按照规划,这里先要建成个大公园,我们在冬季来临前在这块地上栽上了成排的毛头柳,毛头柳被雪包裹着,像一个个大头娃娃,全身白花花的。

就在这时,我蓦地想起了那个穿白裙袄的女人。

补记:时间过得很快,我在新的一年中杂事很多,在忙忙乱乱中结了婚,对象变成了老婆。有一天,老婆回绥德老家去了,我因为忙就没去。她回来后,唠唠叨叨地告诉我她老家邻村发生的一件事。她说邻村有一家人因为男人常打女人,这个女人就领着三岁多的女儿离开了家,嫁到了外地,但家里仍旧留了个小男孩。多年后,女人死掉了,这儿子就偷偷地将尸体运了回来,和父亲埋在了一块儿。又过了一些年,那边跟随母亲生活的女儿知道了这件事,赶过来大闹了一场,这当妹妹的竟然拿镰刀砍了哥哥十五刀,砍得他浑身都是血。

老婆津津有味地说着这件事,但她这个事却是听来的,当然她也不知道那个女人叫什么名字。

我听完后,却在一遍遍想着,这个女人会不会是浦月霞呢?

猜 火 车

一

正月初三，当所有的家庭都沉浸在浓浓的年味中时，虹的二哥和二嫂却将母亲送到了市里，送到了虹的家里。

二嫂长得瘦小，皮肤也黑，说话时两只眼睛滴溜溜直转。她的娘家在陕南，当初是二哥出门打工时结识的她。二嫂说，她父亲打工遭遇了车祸，正躺在医院里，奄奄一息。

二哥说，他这女婿都有五年没去过丈人家了，这回再不去，是怎么也说不过去的。私下里，他又神秘地对虹说，他要跟着媳妇儿，这么远的路，万一她一念之差不再回来的话，两个娃娃谁管啊。

两口子急急忙忙说完，就把母亲丢给了虹，然后拎着大包小包坐上了火车。

虹兄妹三人，长兄海海，婆姨叫灵珍。二兄江江，婆姨叫小翠。兄弟俩都在村里务农，而虹呢，十五岁初中毕业到县招待所当服务员，后来嫁了个中学教师叫林强，再后来，丈夫调到了市实验中学当教师，她就跟着丈夫一起到了市里。刚来时，她曾在学校当过一段时间楼管，每天管理男生宿舍。后来开过一段时间的烟酒副食门市部，但因生意不景气，就转出去了。现在呢，则在超市里上班。而林强呢，多少年了，依旧是在学校里教初中物理。

母亲的到来，一下子打乱了虹一家的生活秩序。

因为虹与林强先前住的实验中学家属楼拆了，新家属楼已建起来了，还没有交工。在建新楼的这几年，两口子就在学校旁租了一栋旧楼的单元房居住。这单元楼共七层，虹他们租住在四层，房间很狭小，虽是两室一厅，但面积仅有六十多平方米，并且没电梯。现在是寒假，虹读大专的儿子磊磊放假在家，他住在小卧室里，整天关起门来没日没夜地打游戏。他的房子是属于自己的天地，任何人不得踏足。母亲来了，虹和丈夫林强就将两人住的大卧室的床移到了紧贴阳台的地方，将卧室里边的柜子及零七碎八的东西全部搬到了客厅一角，然后挪腾出一小块地，支了张一米二宽的小床，供母亲睡觉用。其实还有一种办法，是将床支到客厅里去，但虹考虑到母亲年龄大了，分开来住，万一晚上有个闪失，那可就成了大事。

刚到时，可能是由于长途跋涉吧，母亲累极了，一躺到床上就打起了呼噜。到晚饭时，虹叫她起床吃东西，她却没有胃口，虹就给她做了一碗拌汤，喂她喝了。然后，母亲呼噜呼噜又睡着了。

夜真静，只有儿子居住的小卧室依然有轻微的游戏音乐声传来。

林强翻来覆去睡不着，悄声问虹：咱妈要住多长时间啊？

虹动了动身子，没吭声。

超市每年都是正月初六收假，因为母亲来了，虹就给超市打了招呼，请了长假，在家里悉心照看母亲。毕竟老人家七十五了，脑子也越来越糊涂。母亲未得病时，曾跟着虹住过一段时间，但因为那时虹住的是学校早期建的单元房，房间也窄小，母亲不习惯，两口子一上班，也没个人说话，她嫌憋得慌，住了几天，就吵闹着要回家。一回家就是几年，虹一心盼着等新楼建成，把母亲接到身边住一段时间，尽尽孝心，让母亲过一段舒心的日子。但新楼工程却一直拖了几年，至今还交不了工。新楼没建成，母亲却得了脑梗，行动不便，木讷寡言。住了几次院治疗，也不见什么疗效，状况却一天比一天差，到现在基本的话都说不完整，脑子也愈发糊涂、痴呆，甚至连家人都认不出了。

第二天早晨，虹做了四样菜：粉条豆腐、炒鸡蛋、蒜苗炒肉、拌黄瓜。四个碟子呈十字形放在茶几上，一家人围着吃饭。可在吃饭时，虹却发现母亲的手虽然抖抖索索的，却最喜欢夹离自己最远的菜。虹起先以为母亲喜欢吃那个远些的菜，就端到了她面前。可折腾了几回，她终于弄明白了，母亲根本无所谓自己喜欢与不喜欢，而是固执地认为最远的才是最好的，所以才会伸长了筷子。但她的手又颤抖着，夹菜之时，每每就会鸡蛋掉到了粉条里，黄瓜掉到了肉菜里。

还有，只要有菜掉到茶几上，母亲总会放下筷子用手捡起来吃掉。

哇，外婆，不能吃，太脏了！磊磊挨着外婆坐，首先发现了，阻止了她。可过了一会儿，当菜掉在茶几上，不论是谁掉的，只要她看见了，就会捡起来吃掉。

磊磊看着，皱起了眉头，说：妈，你给外婆说说嘛，掉了就不要捡了。

虹边吃饭边劝了母亲几次，但这次劝说生效了，到下一次只要有掉下的菜、馍花,她又会捡起来吃。

唉,这人老了,咋越来越固执了呢?虹无奈地说。

不是固执,是一辈子养成的习惯改不过来了。林强说。

也可能吧,年轻时候受罪惯了,总是为了吃喝发愁。虹说。

可总不能吃脏的、该往垃圾桶里倒的东西吧?磊磊不以为然。

很快,大家发现老太太吃饭还有个习惯。吃几口,总喜欢把一双筷子从这一头到那一头在嘴里吸溜一下。声音很响,动作很细致。林强首先注意到了这个动作,但他也许没法说吧,就没说,但有些介意,低着头只就近夹一点菜胡乱地吃。接着虹也发现了,磊磊也发现了。虹还没吭声,磊磊就有话了,说:妈,你看外婆这个样子吃饭,筷子来回在嘴里抹,这要沾多少唾液啊,该不会有传染病吧?

虹也弄不懂母亲吃饭怎么有这么多的坏习惯,以前自己怎么没发现呢?但此刻,她嫌孩子说话难听,就责备道:什么传染病啊,哪有这样说外婆的?

磊磊听了这话,将筷子一扔,回自己的房间去了。

林强不吭声,快速吃了几口饭,就回卧室去了。

餐桌前只剩了虹与动作迟缓的母亲两人相对,母亲满脸茫然,还在动着胳膊动着手。

磊磊一会儿从房间出来了,手里却多了一桶康师傅方便面,他张罗着给自己泡面吃。

虹停住了手中的筷子,望着母亲,莫名地替母亲伤心起来。

虹小的时候,母亲曾在村里当过一段时间妇女队长,屋里屋外一把手,每天指挥一百几十号子婆姨干活。她干活麻利,口齿也伶俐。虹最爱听的是从母亲嘴里蹦出来的收拾人的话,那些话充满了新鲜感，冰雹蛋似的砸在地上来回蹦跳着，令人意想不到，又令人忍俊不禁。而现在，谁会想到她到老年竟然成了这般模样。

儿子泡上方便面，到房间里去吃了。虹开始收拾碗筷，一边收拾，一边又伤心起孩子来。

儿子磊磊是惹不起的，是家里实实在在的老大。

在虹的记忆里，孩子的成长过程，是虹的妥协过程。磊磊一出生，全家人都对他寄予了莫大的期望，但到了十二三岁的时候，他身上的反叛性格就明显了，他第一次逃学了。林强作为家长，理所当然地教训了他一顿，但接着，儿子失踪了。一家人黑天半夜地到处找，黎明时分，终于在小县城的桥洞眼里找到了他，他在那里睡着了。磊磊上到高一的时候，班主任找上了门，说他整天谈恋爱，不学习。虹和林强一起严肃地跟孩子谈了一次话，虹还硬性规定了一些时间指标，贴在了磊磊床头。但结果却招致了磊磊变本加厉的反抗。有一天早上，他从家里上学走了，却根本没到学校去。虹接到班主任的电话就着急了，通知了林强，两人分头找，找了一整天找不到，就打110报了警。两天后，在邻县找到了孩子，却是和他初中的一个同学在一起。更把虹吓出了一身冷汗的是，这个同学早就不读书了，虽然开个摩托车修理店，但据说既赌博还抽大烟。

有了这两次经历，虹与林强对孩子磊磊就失望到了极点，对他的预期目标也逐步下调着，对他的管教也松散了许多，只是盼着他不要学坏，能够健康成长就行了。那年高考，儿子分数只能上大专，虹与丈夫原本想让他补习，至少考个三本也成，但儿子死活不愿再读书，并说如果让他补习，他就再一次离家出走。两口子没办法，只得又一次妥协，让儿子上了大专。

今年7月他就要毕业了，现在是假期，他天天关起门来打游戏。

林强从房间出来了,儿子摔筷子的情景,他也看见了,这阵他就与虹商量。

虹,我看干脆让咱妈自个儿分碗筷吃吧,反正样样数数都不少她的。

那我们不是在嫌弃她吗?虹说。

不要这样说,妈年龄大了,多年在农村养成的习惯不好嘛。林强说。

可我呢,我们不都是农村的吗?虹嘟囔道。

你早就是城市人了,身上哪儿还有丁点土渣?林强说着又回大卧室去了。

林强说得没错,虹虽然现今依然是农村户口,但搬到城里多少年了,早已习惯了城里的一切,农村的那些记忆已开始模糊。现在她盼着的是学校的楼尽快建好,一家人住上宽敞的大房子,然后把磊磊的工作安排好,真真正正扎下根来,做个地地道道的城里人。

到了下午吃饭的时候,饭就分成了两摊。磊磊与爸爸一起吃,虹与母亲一起吃。但吃饭又有了新问题。虹因为上午见母亲夹菜的时候,菜总会掉在身上,衣服容易弄脏,下午就给母亲找了个围裙系上。围裙是软橡胶的,弄脏了只需用湿毛巾擦一下即可。这是虹看病时妇科医院送的,黄颜色,上面印有医院的广告与一串电话号码。但令人啼笑皆非的是,母亲无论如何也不让虹给她系围裙。

系上围裙只是怕把衣服弄脏啊,要不夹点菜,滴得浑身都是油。虹一边解释着,一边给母亲系。但解释归解释,母亲伸着两只手在空中乱舞着拦着不让虹系。虹系上了,母亲就直接摘掉。后来,虹将围裙放到了茶几边上,无奈地对母亲说:想不到,你比我还有脾气呢。

下午虹煮了点稠酒喝,老太太眼神不好,伸手端碗的时候,手碰到了碗沿上,碰倒了碗,稠酒就顺着茶几流下来,全滴在裤子上了。

虹一边埋怨着母亲,一边将她衣服上的脏物擦掉。不过这件事也使她铁了心,一定要给母亲把围裙系上。

一场母女之间新的较量又开始了。

第二天早上要吃饭了,虹不顾母亲死活反对,拿起围裙套在了她脖子上。为了防止母亲自个儿解下来,她特意在脖颈处打了个死结。这样,母亲虽百般不愿意,却怎么扯都扯不下来了。

可是,饭菜端到桌子上,母亲却拒绝吃饭,筷子递给她,她不接;虹给她喂,她来回扭着头,拒绝张嘴。虹又好气又好笑,说:不吃你就别吃,饿着。

母亲坐在一旁,虹一家三口开始悄无声息地吃饭。

但就在三口人正吃的当儿,母亲忽然发了疯似的,将两只手伸到脖颈处拼命地撕扯着绑带,牙咯咯地咬着,脸也变了形。由于虹在脖颈处打了个死结,带子短了,母亲这样死命地扯,带子就勒着脖子,脸就憋得通红,接着一阵一阵咳嗽了起来。虹看到了,一时着了急,连忙放下手中的碗过来帮母亲解了围裙。虹一把把围裙扔到沙发上,见母亲还在咳嗽,就给她拍着后背。一会儿,母亲止住了咳平静下来了,虹给她递了筷子,无限悲哀地说:妈,我真是服了你了,系个围裙咋就这么难啊,真不知道你这些年在大哥二哥家是怎么过来的。

双方经过这一番较量,以后吃饭时,虹就不再给母亲系围裙了。但她也不和母亲坐到一起吃饭了,而是将各样菜都用小碟给母亲拨出来放到茶几上，自己则和丈夫、儿子一起吃。

至于不系围裙吃饭会怎么样呢，衣服脏了就洗呗，客厅脏了就拖呗。除此而外，还能有什么办法呢？

谁让她是老人哩。虹悲哀地想。

二

新的一天，吃过早饭，林强接到了一个叫张靠山的市上领导打来的电话，这个电话顿时让虹与林强又喜又愁。

原来，虹有个舅舅叫来祥，他的儿子叫亮亮，婆姨叫万珍。因是姑舅亲，虹一家与亮亮一家来往也就比较多。有一次，虹无意中打问到万珍的姨父在市人大常委会当副主任，这个人早年在油田上工作，后来调到了市里，据说他跟现任油田上的领导关系非常铁，把亲戚家的几个孩子都安排到油田上去了。而石油，现在在这里是方兴未艾的产业，有着良好的发展势头，油田上的工资待遇都不错，许多人都眼巴巴地盼着把自己儿子往油田上送呢。当时，虹听了这个消息，就多了个心眼，等再见亮亮与万珍时，她就说了个人的想法，看能否托这个关系给大专毕业的磊磊找份工作，把他安排到油田上去。后来有了机会，虹就和万珍亲自到她姨父家去了一趟，虹给张靠山这个市人大常委会副主任说了自己儿子的情况。张靠山当时没答应也没拒绝，只是说，现在的事不像前几年了，不好办了，风声太紧，还是有机会再说吧。

虹只当这是一句推托的话，也没在意。哪里知道，刚过了年，就在刚才这个清晨，张靠山却打来了电话，说他昨天下午与油田领导一起吃的饭，他说了磊磊的情况，人家初步答应了。现在是要林强尽快凑上十万块钱拿给人家，估计这事就成了。电话上张靠山又说了几句别的，大致是别人家安排个娃娃现在都要掏二十万呢，因为是亲戚，他也知道虹家里难，目前这个数字是他能争取到的最低数字了。同时叮嘱来时把磊磊的身份证复印件带上一张，上边把磊磊在哪里上学、什么时间毕业、什么专业都写清楚。

接到这个电话，夫妻俩又喜又愁：喜的是孩子的工作眼看有了眉目；愁的是大过年的时间这么紧，从哪里筹集这么多钱呢？

夫妻俩本来这些年是存了一些钱的，但全花在学校新建的单元房里了，房子将近四十万，全部要现钱，没有按揭。而家里的账户上，目前只有一万多，就这点钱，还是虹多了个心眼，留待年后送娃娃上学用的。而现在，要十万块呢，到哪里去凑呢？

两口子都不说话，虹的脑子里飞快地转着。从哪里筹啊？向谁借呢？亲戚都在农村，一家比一家难。在这座城市，林强和虹从县上来得晚，林强熟悉的人是自己学校的科室中的人，他们又都同时买新房、同时交钱，个个成天哭穷。而虹呢，除开和男人共同认识的一些人，另外认识的都是一些超市中站柜台的妇女，都处于社会底层，借个千儿八百的还可以，十万哪，这可不是个小数字啊！

虹想来想去没个人借，又找林强说话。只见他一个人傻呆呆地坐在窗口旁，愁眉苦脸地望着窗外。窗外是一些低矮的楼房和一大块正在建楼房的空旷地，再远处是一座翠绿的山，山下有条火车道，从虹家的窗口望出去，每天都有火车从山洞钻进钻出。

虹拿了自己的手机，来回翻，苦思冥想，想找个有钱而且肯借给自己钱的人的名字出来。突然，她发现了一个电话号码，就脱口给林强说道：干脆你问一下老包有钱没有，让他给咱弄点，哪怕给上点利息也行。

林强愣了一下,似乎有些诧异,他扭过头望着虹,不明白虹怎么会想到这个人。

老包,真名叫包天才,是和林强在一个学校的。他当兵出身,复员后分到实验中学当保安,后来调到学校后勤处任了财务科副科长。这些年据说他一直在做生意,人有钱,也很仗义。但是,多年了,林强和他仅仅是认识,或者说是熟人关系,平时在校园里见了面也只是打个招呼、点点头而已,是从来没有深交的。

你说向我学校的包天才借?林强疑问道。

听见老公这么问,虹就觉得脸唰的一下红了。她急忙转过身,掩饰性地说道:我也是当初存的他的号码,听说他这几年发了,咱们不是急用钱嘛,你不如打电话问一下。

林强低着头窝窝囊囊想了半天,又抬起头来说:那你去借。

虹一看林强窝囊的样子,有些生气了,说:你看你那窝囊样,人家跟你是一个学校哩,你打个电话不就行了,难道不借米了还要把斗扣住不行?

林强低了头,不吭声了。

林强的脸比金子还金贵,这是虹知道的。这些年来,他从不愿意求人,每天按时上班教书,每月把钱拿回来交给虹,没有其他嗜好,也没有什么毛病。几十年了,在虹眼里,他身材没变,依然瘦削;性格没变,依旧很少说话。变了的只是爱好,早年和虹结婚时,他爱好无线电,下班回了家就鼓捣收录机、电视什么的。后来就成了天文爱好者,买了器材每晚望星空、做笔记。到现在这些爱好都没有了,上完课了,没事的时候他就一个人坐在阳台上发呆。

虹说了这句话,林强又低下了头,过了好一阵,仿佛下了决心似的,他掏出手机来,沉着脸问虹包天才的电话。

虹说了，林强开始按电话键，可是手却有点发颤。

不一会儿，电话接通了。林强起身在房间里转着圈儿打电话。这样来回说了几句话，电话就打完了，林强回到了卧室。

咋样？虹问。

他答应了。林强说。

答应借多少？虹问。

他答应得倒痛快，问我借多少，我一时不好意思说，就说缺五万。他说行，说他现在正在中心街工行办点事，要的话，现在就去拿。林强说。

那有没利息呢？

没说。林强说。

五万也行，看能不能再多借点。虹叮嘱道。

干脆你去寻呀。林强挠着头说，他头上有一处有点癣，时常发痒，有时他就用手去挠。

哎呀，我可真服了你啦。人家让你寻钱来，又不是上杀场呀，你还把我支在前头。虹说。

一会儿，林强窝窝囊囊地噘着嘴穿了外套，换了鞋，吊着个脸出门去了。

门砰的一声关住，带起一股风，虹打了个激灵，仿佛一下子醒了过来，心里不由得抱怨道：包天才啊，这个包天才，自己发誓一辈子都不想理的人，怎么就会想到向他借钱呢？

当年在那间小房子里，自己可是喊着让他滚出去的。自己声色俱厉，打开门，喊着"出去！出去"。然后那个胖乎乎的身影就慢腾腾地消失了。接着，自己关住门还大哭了一场，觉得自己受了欺负，受了天大的委屈。而现在几年过去了，在这个关键时刻，自己怎么忽然想起这个又粗又壮的汉子了？而更没想到的是，他竟然答应得这般慷慨。想想这些事，虹一时间恍惚着如同梦里一般，觉得一切都不真实起来。

　　虹正乱想着，却见母亲双手捯换着扶着墙从卧室出来了。真是不看不知道，一看吓一跳。原来母亲头、上衣，包括裤子上沾着许多白纸条，活脱脱像一个圣诞老人。这副样子本就够好笑的了，哪承想母亲的一只脚上穿着袜子，另一只脚光着，她扶着墙出来，发呆地望着虹。虹一眼望见她，马上心思就转了回来，不由得又心疼又好笑，赶紧过去抖落掉她身上的白纸条，把她搀到沙发上。再回到卧室去看，只见原本放在洗衣机上的一卷卫生纸，此刻全被母亲扯成了细绺绺，零碎地散落了一地。她的一只袜子也在地上扔着。

　　原来，房子铺的地板砖，母亲穿的鞋是塑料底的，虹怕滑倒，就让她穿拖鞋，后来觉得穿拖鞋走路不方便，就去买了一双布鞋，再后来觉得穿布鞋也不方便，就干脆把地拖干净了，让她穿着袜子在房间里走来走去。

　　尽管母亲在虹家里住了只有几天，但虹已对她的一些习惯有了了解。一般地，老人家白天不大烦人，也不吵闹着要到外边去，但也不睡觉，也许是换了个新环境处处新奇吧，总是不停地转悠。从卧室到客厅，然后在沙发上待不了两分钟，就又起身从客厅到卧室。碰到磊磊的门开着，她就会站在门口手扶着门框，张望一会儿，然后又开始迈动新一轮的脚步。她不大吵闹着要回家，只是不吭声地四处转悠着，瞅着大家。仿佛只要大家在，她就会住得安心、坦然。虹看到这种情况，就猜想母亲和小孩子一样，大约是缺少一种安全感吧。她不由得想起自己小的时候，即使到七八岁了，每晚睡觉也总要揪着母亲的一绺头发才能入睡。

母亲已基本丧失了和人对话的能力,她只能简单地回答一些诸如渴不渴饿不饿喝不喝尿不尿的问题。有时她也说话,自顾自说,但说的都是一些莫名其妙的不连贯的话。虹有时静下来,想跟母亲说说话,想努力听清她在说什么,想知道她脑子里在想什么,但最后都白费事了。除了简单的对话,其他的她都含糊其词,颠三倒四,虹根本弄不明白。

看到大家都在忙着的时候,母亲时常会到卧室的阳台上去。那里放着一个书柜、一台洗衣机,还有把小椅子和一张小圆桌。林强有空的时候常会坐在这里发呆,偶尔也会翻翻书,随后就扔在小圆桌上了。老太太坐在椅子上的时候,见圆桌上有书,有时也会打开来看,看得有滋有味,聚精会神。

当然她是瞎看,虹清楚地知道母亲是大字不识一个的。母亲九岁的时候,县城解放了,当时的学校老师曾到她家里给她发过书,鼓励她上学。但没过两天,她就把书全退回去了,因为父母亲不让她上学。后来她嫁给虹的父亲,到农村生活,20世纪70年代,村里掀起扫盲运动,母亲也曾被迫在农民夜校里识过几天字,但她那时已是三个孩子的母亲了,心思根本不在念书识字上,到最后扫盲考试的时候她就全部画了圆圈。

母亲翻看着书,看一会儿就顺手撕掉书页,然后再慢慢地一点一点地撕成细条。碰到这种情况,虹只得将书拿得远一些。哪里知道,刚才母亲不知怎么就瞅见了洗衣机上放的卫生纸,她拿来就撕扔了一地。

虹开始打扫房子,一边收拾一边想着,母亲为什么总要撕纸呢?是不是一辈子忙惯了,这手里时不时总得干点什么,心里才踏实啊?这样想着,她就故意拿了一件自己早已不穿的白短袖,还拿了一把剪子放在了小圆桌上。

虹这回总算猜对母亲的心思了,母亲再一次挪动脚步到卧室时,见到这些东西,非常高兴,拿起剪刀与短袖就上了床,然后盘腿坐到了床上,开始把白短袖剪成碎布条。她剪一会儿,撕一会儿,大致说来是剪不开了再撕,撕不开了再剪。在她的操弄下,布条发出了细碎的刺刺啦啦的声音。不一会儿,她的周围就有了一大堆布条。

磊磊看到了,就说:妈,我外婆说不定是晴雯转世呢,最爱听撕布的声音了。

虹说:你外婆当初潮着呢,解放初她就留刘海了。

有那么一刻,看到母亲专注剪衣服的神情,虹心里有了一点感动。她想起了自己小时候,也是冬天,有一天她放学回家了,母亲就这么坐在家里的土炕上专注地给自己做着花棉袄。她回来了,母亲竟然都没有发现她。

过了一个多钟头,林强回来了。他向包天才借了六万块钱,并告诉虹说包天才一分利息也不要,只是说要一年内还钱就行。没想到他这人真好。林强激动得脸色发红,说话口齿都不清楚了。有了这六万块钱垫底,两人就商量其他的钱向谁借,商量来商量去,来回打电话,来回跑着借钱。

折腾到晚上的时候,十万块钱就凑齐了,钱被小心地装进一个大信封里。此时,两口子又有些担心,怕这么多的钱白白扔了,儿子工作又安排不了。但考虑来考虑去的结果还是哪怕钱白扔了,也不要叫机会错过了。虹比较小心,她特意要林强写了封信装进信封,还装了两张磊磊的身份证复印件。另外,虹又多了个心眼,在信封上小小地做了一个记号,并拿手机拍了张照片。

一切准备停当,已是晚上 9 点多了。两人此时心情都有些激动,有一种大事将要完成的喜悦之感。林强不知想到了什么,就扯了一下虹的衣襟,虹扭捏着笑了,脸色泛起了潮红。

虹扭头再看母亲,这一阵睡得正死。

母亲来虹家里的这几天,由于白天不睡觉,晚上睡觉就很早,大约 6 点钟吃过晚饭后,她就开始上床脱衣睡觉。这个时间几乎是雷打不动的。虹起先拦着她,但后来发现是无用的,只要虹一不留意,老太太就会脱掉衣服钻进被窝。她睡觉的姿势也挺可爱,把被子全拢上来,一直拢到脖子根儿,不让被子透一丝儿风,就呼噜睡着了。虹租住的房间是地暖,温度高,她害怕老妈上火,就半夜趁她睡熟的当儿把被子往下拉一点,但转眼间,老太太又给自个儿拉上去了。因为捂得严,所以每天半夜老太太起身之时,全身都汗淋淋的。

这一阵她将头歪到一边,睡得正香。

林强和虹双双压抑着激动脱了衣服。灯一灭,林强就偷偷地钻到虹被窝中了。他悄悄地拉过虹的身体,从后边开始有了动作。因为两人都操心着老妈,动作幅度不敢太大,虹的身子是面向母亲的方向,睁着眼睛,死挺着身子,装作一动不动。林强则憋着气,一下一下地悄声动弹着。

但在这时,卧室门外却有了亮光,紧接着,有了响动,原来是儿子磊磊还没睡觉,他大概要上厕所了,室内传来了开门的声音。听到这个声响,母亲此时忽然发出了声,声音还挺大:刹外?

"刹外"是本地的一句方言,就是"谁"的意思。磊磊在外边听到了,就说:是我,外婆。

然后,母亲就没了声息。

母亲竟然还醒着啊！虹与林强都吃了一惊，一时都屏住了呼吸，不敢吭声。稍等了一会儿，见母亲没有了任何动静，两人心里冒起的情欲之火一时又燃烧起来，但很显然缺少了先前的激情。林强就勉强地折腾了两下，草草收了场。可怜的虹，此刻正是风起潮涌之际，仿佛一条河正涨水之时，林强却断了水源，没了动静，没了动力。虹就狠狠地把林强拧了一把。

林强心满意足了，扭过头，不一会儿发出了微微的鼾声。他睡着了。

但这时的虹，却怎么也睡不着，情欲在渐渐退去，但她心里却觉得有什么事仍在提着、吊着，放不下心来。是什么事呢？是对十万块钱的担心，还是对包天才这个人的担心呢？

三

虹是在林强学校当楼层管理员的时候认识包天才的。那时候他还是个保安，保安与楼管时常要打交道，所以，包天才时常要配合虹的工作，管教不听话的学生。他身材高，身体胖，脸盘大，皮肤黑黝黝的，学生都很怕他。碰到有些学生不听话了，只要虹吭一声，他总会前来帮她。但两人也仅仅是一般同事关系而已，虹没有感觉到他与别人有什么不同，也没想到要和他怎么样，在她的心里，她是一个女人，只是林强一个人的女人。

事情发生在一次学校组织的出游期间。那年夏天，学校组织职工到内蒙古旅游，连临时工也包括在内了，虹就报了名跟着一起去。但林强那一年正带初三，走不脱，就没去。虹跟着队伍到了内蒙古，有一天晚上，在呼伦贝尔住宿时，因为一共去了十一位女同志，其他的两两是伴，刚好空了虹单人住。结果到晚上快 11 点的时候，虹正在房间里看电视，就听见有很响的敲门声，虹去开了门，结果进来的竟然是喝得醉醺醺的包天才。他一进房间，就把门关上了，然后一把抱住了虹，虹还没反应过来，就被他一把按倒在床上了。虹一时着了急，大怒，使劲挣扎着，拼命反抗着，双手把凑近自己的那张黑脸使劲往开推。虹一边推，一边不停歇地说：放开我！放开！再不放，我就喊人了！在她极度的挣扎中，包天才终于放开了她。这时疯狂的虹气急了，她站起身来，一把把门打开，怒喝道：出去！出去！包天才的脸原本就黑黝黝的，喝了一些酒，在灯光下有些黑红黑红。看见虹这么恼怒，他站在床边，眼神显得有些呆滞，神情愣愣的，仿佛不知道自己在什么地方、在干什么，愣着神，不吭气。虹看着他一动不动，又大声说：出去！你不出去，我就走呀！说着转身就要离开。但在她要出门的当儿，包天才这才仿佛反应过来了，他着了急，一把把正往出走的虹扯住了，然后自己傻呆呆地出门去了。门随后砰的一声被带上了。

这一夜，虹关了房门，狠狠地大哭了一场。

事情随后就这样不了了之，此后两人谁也没提起这件事，在继续旅游期间，两人都装作若无其事，在人多的场合，偶尔包天才还会说上两句玩笑话，虹也应着。但这次出游回来不久，虹就不在学校干了，一方面她觉得和她一起上班的那个女的老是暗中给她使绊子；另外，也不能说没有包天才的原因，楼管与保安，时常碰面，每天要配合工作，但虹见了包天才总觉得有几分尴尬。

与包天才发生的那件事，虹从来没有跟林强提起过。她觉得没有必要说，这些事情过去就过去了，自己又能处理得了，何苦要男人再操一份儿心呢？她只对林强说自己想换个工作，想省些心，想开个门市，然后离开了学校。

再后来虹听说包天才调到后勤科了，升了副科长了，这几年零零碎碎地听说他在外还做房地产生意，发大财了。后来她也和包天才打过几次照面，但双方仅仅打个招呼就过去了，没说过更多的话，当然谁也没再提起过那个令人尴尬的话茬儿来。

这几年，虹在超市上班，超市的服务员跟走马灯似的，天天换。但所有来的人几乎都有一个爱好，不是聊微信，就是聊QQ，有些还约网友来这里见面，并且毫无顾忌地当着虹的面要虹参谋如何如何，应不应该再交往什么的。时间长了，虹也学着他们的样子，学会了微信，试着聊了几次，但所有聊的男人第一句话都是要请吃饭，第二句话就是要见面，目的性与功利性极强，虹实在受不了了，便拉黑了他们，不再聊天了。超市和虹熟悉的女人都会问虹有相好的没，虹说没，她们就啧啧称奇，都说如果自己有虹这样好的身材，不知要迷倒多少男人呢。在她们说这些话的时候，虹有时候会突然想起包天才来，想起那一夜，想到如果那一夜自己不是那么严厉，如果委身于他，那今天会是什么样的结果呢？但这样的念头仅仅是一闪就过去了。——虹有个幸福的家庭，有个尽管不爱念书，但还比较听话的娃娃。虹一心只想做个好女人。

又是新的一天，虹起床来，帮着母亲把衣服穿好，把房子收拾干净了。看看表，已经9点多了，虹就催着林强往张靠山家里送钱去，又叮嘱他一定把话说清楚。

然后她开始做饭，她打开煤气灶，火苗直冒，不知怎么的，她的心也跟着火苗怦怦直跳。饭做好了，这时林强来了电话，告知她一切顺利，刚从张靠山家下楼。虹提着的一颗心终于放下来了。因为城市老堵车，估计林强回来还得四五十分钟，虹就在厨房里打开手机，看下载的电视剧。

但在这时，只见儿子拖着哭腔，双手举着，外星人似的从卧室跑出来了：快看啊，妈，这是怎么回事啊？来到客厅，他夸张地举起了自己的脚。

虹正在厨房，吃了一惊，抬起头来，只见儿子的一只手扶着墙，举着自己的一只脚，因为脚要举得老高，要让忙碌的虹看见，所以身体就略呈后仰姿势。

虹看见在儿子高举的旅游鞋下赫然有一大团卫生纸。

怎么啦？虹问。

谁擦了屁股不把手纸扔纸篓里啊？害得我踩了一脚，满屋的臭气！孩子拖着一副哭腔说。

虹这才明白，大概是老妈上完卫生间将手纸随意丢在地上了，孩子上厕所急，就踩到了脚上，然后又踩到了卧室。

妈，你看，怎么办啊？要死了啊，房间臭得人能住吗？孩子一副天塌下来的样子。

唉，这样的孩子真是没办法啊，不知道什么时候才能长大啊！

磊磊成天关在房间里打游戏，有时在凳子上坐累了，他就会像只猴子似的蹲在凳子上。偶尔也会将双脚搭在桌子上看电视剧。他打游戏的时候，一副自顾不暇的样子，眼睛盯着屏幕，两只手摆弄键盘鼠标，嘴还在不停地说着什么。虹有时试图闹明白玩那些游戏究竟有什么意思，但还是失败了。那些五颜六色的画面上，一个个小人如蝗虫一般地蠕动着，实在是看不懂在干啥。

真是白糟蹋生命啊。望着儿子，虹不止一次悲哀地想道。

林强对儿子磊磊也是非常失望的。比如有一次他对虹说，咱们干脆抱养一个孩子吧，抱养一个女儿，如何？当时林强就是这样说的。

其实在虹看来，自己四十四岁了，说大不大，说小不小，经期正常，人也还年轻，是完全可以再偷偷生一个的。但丈夫却不说生，说来说去总想抱养一个。虹觉得，也许在潜意识里，丈夫已对和虹一起生的孩子感到失望了，才会说出抱养的话来。但儿子不明白这些，他也不需要明白这些。他总是在噼噼啪啪地忙碌着，雷打不动。

过完这个年，孩子都二十二了，可在虹眼里，他总是一副长不大的样子。自己像他这么大的时候，一个人开门市，要销货要进货，风里来雨里去，早已独当一面了。可儿子总归是儿子，总有让她操不完的心。

虹拿了夹子来，将孩子脚底的手纸清掉了，然后打开窗户，开始清理儿子的房间。但儿子却决意不再穿那双运动鞋了，他新换了一双，然后嘟囔着将那双鞋子直接扔进了垃圾桶。

虹忙完手中的活，又去看母亲，只见母亲这一阵依然目光呆滞地坐在阳台前撕着布条，她似乎对条状物情有独钟。

虹拿着夹子给母亲叮咛道：妈呀，以后用了纸，千万要扔进纸篓中啊。

母亲听到了她的话，抬起头来，呆滞地望着她，显然不明白她在说什么。虹叮嘱了半天，望着母亲的表情，悲哀地想道，叮嘱也是白叮嘱，能怎么样呢？只能以后她上厕所跟着她吧。她正在瞎想着，忽然听见噼里啪啦的响声，接着嗅到了浓浓的烟味。虹大吃一惊，连忙向厨房跑去。只见锅里的菜已经着火了，正在冒出浓浓的烟来。

原来锅里炒菜放了一些肉，火一直烧，菜干了，肉着了，就把塑料锅盖烧着了。塑料盖子一燃烧，冒出浓浓的烟来，弥漫了整个屋子。虹急忙关了煤气灶，盛了一些水将火浇灭了。这时磊磊也赶来了，忙打开所有窗户，让满屋的烟气跑出去。

林强回来了,知道了这件事,大约是心情好吧,他并没有责怪虹。

吃过饭,由于屋里的浓烟导致厨房这一块屋顶全熏黑了,林强找了凳子来,踩上去,拿笤帚扫屋顶。但扫完的屋顶是一道一道的,白的白黑的黑。后来他就想了办法,举着拖把擦屋顶。但是又有新问题,擦过的地方白,没擦的地方黑,再后来只得将整个屋顶重新擦了一遍。

林强一边擦着,一边压低声音给虹讲述了送钱的过程。说张靠山说,不出意外的话,今年7月娃娃进厂的手续就能办好了。

虹包个红头巾,拿着东西刷墙壁,听了这话也很高兴。娃娃不爱念书,如果能有一份正式工作,那是再好不过了。

林强又说,刚才在回来的路上,他考虑着要叫包天才吃一顿饭,感谢一下他哩,把这个人情还了。——我真没想到他会那么慷慨,借咱们那么多钱。林强又感叹道。

提到包天才,虹就不吭声了。

两口子忙停当了,林强就给包天才打电话,说想请他吃顿饭。一会儿电话打完了,他对虹说:包天才说了,如果要在外边请,他就不去了,他不愿意咱们家多花钱。说如果真要请的话,那他就来咱们家,一起喝几盅。——你别说,这个人胖胖的,想得倒还蛮周到的。林强高兴地说。

虹听到包天才要来家里,心又开始跳得厉害,她说:咱们家还有老人,怎么请啊?

哎,那有什么事,哪家没有老人呢?林强说。

怕咱家会有味吧?虹说。

林强说:咱把窗子打开,把房子拾掇一下就行了。——不过老包也知道咱们快要住新房了。

  第二天,虹起了个大早,将屋子打扫了,又将窗子打开,开始做菜。林强给包天才打电话,包天才说,他过会儿就到。
  11点多,虹家有了门铃声,林强去开门,果然包天才来了,他穿着一套蓝西服,高大的身材,四方大脸,黑塔似的。他踏进门,一下子就把三分之二的光线都给遮住了。
  哎呀,不破费了,你们还这么客气。包天才寒暄着。
  林强说:没事的,大正月天嘛,一块儿聚聚。
  虹打算准备四个凉菜与四个热菜,此时凉菜已准备好了,一溜摆放好,用罩子罩着。见包天才来了,虹就要往桌子上端菜。但包天才却不在客厅坐,而是一边嘴里说着话,一边在房子里转了一大圈。他到了卧室,看到虹的母亲,见她正坐在床上,就寒暄着问她话,虹的母亲似乎知道有人来看她了,脸上呈现出激动的表情来,满脸抽搐着,但只是啊啊的,却说不出任何有用的话来。
  虹解释道:老人有些痴呆了。
  包天才从衣兜里掏出五百元钱来,塞到老太太手中,说:大过年的,我过来看看你啊。
  虹夺着不让他给,但他还是塞到了老太太手中。
  包天才出了大卧室,又要进小卧室,但此时磊磊还没起床,三个人就回到了客厅。
  包天才胖胖的身体一屁股塌在了沙发中。林强此时把他当个恩人般奉承着,包天才于是滔滔不绝地说起话来。虹将菜端上了桌子,两个大男人开始喝酒拉话。虹本来也能喝两杯的,但在今天,她下了决心,绝对不让自己沾一滴酒。她主要还是担心包天才喝多了会耍酒疯，会出问题。

两个大男人也不勉强她，一边说着话，一边杯来盏去地喝了起来。

两人吃着喝着，但谈话却是极散乱的，是无所不包的。大都是学校的一些人和事，说的也都是一些平常都见不得的人的笑话与趣话。包天才喝了几杯酒，话就滔滔不绝起来。他缺了一颗下门牙，说话的时候唾沫星子乱溅，没办法，林强只好把自己的餐具拿远一点，尽可能坐得离他远一点。包天才还讲了一件趣事，说学校的某个领导和他一块儿出门，晚上都登记好房间了，结果领导突然提出要和他调换房间，于是就换了房。哪知半夜他刚入睡，却传来了轻轻的敲门声，他睡得呼噜呼噜的，只以为是服务员，就起身开了门。一开门，那女的径直进来了，竟然只穿着睡衣。他揉揉眼睛仔细一看，那女的竟然是单位的女会计。那女的一看是他，大吃一惊，顿时惊得一句话也说不出来，疯了似的跑回自己房间去了。

两人杯来盏去，一瓶西凤酒很快就喝完了，又开始喝第二瓶。林强酒量小，这时就撑不住了，到卫生间呕吐去了。一会儿林强出来了，他脸色苍白，尽管挣扎着还要陪包天才喝，但包天才这时却怎么也不让他喝了。

磊磊起床了，林强就招呼娃娃给包天才倒两杯酒，包天才爽快地喝了，他用手摸着磊磊的头说：好侄子啊，好好念书啊，向你爸学习。说着又掏出五百元钱来，要塞给磊磊。虹和林强这回按着他的手无论如何也不让给，最后包天才就塞给孩子二百元钱。

两人又说了一些闲话，包天才起身要走，虹还准备了一些馍要他吃，他说他喝了酒从来不吃饭的。虹和林强站起身来忙送他，但此时的林强已有点口齿不清了，走路也东倒西歪的，包天才就坚决不让林强送了。

虹一个人送包天才出门，身体胖胖的包天才走在前边，虹跟在后边，说着感谢的话。但在这时，不知是有意还是无意，包天才身子晃了一下，碰到了虹。虹瘦削，被他一碰，身子一歪，一下子要倒向墙壁似的。这时，包天才赶忙伸出手来，搭在了虹的肩膀上。虹此时颇有些尴尬，想要拂掉他的手，又怕引出更多的事来，只能尴尬地忍受着。

走到楼梯口，虹停住了脚步。包天才很自然就松了手，给虹说：你回去吧，把林老师照顾好，林老师酒量不行。另外，你有什么事，只管说，我能帮上忙的就给你帮哩。

说着他挥手示意，下楼去了。

看到他的身影消失在楼梯的转角，虹长长地舒了一口气。

虹一边回屋，一边还想着刚才的事。她不懂这包天才到底是有意还是无意地碰了她一下，联想到往事，她觉得他肯定是有意的，是试探她，来自己家喝酒也是冲着她来的。但又想到他这么个粗人，个子高，身体胖，说话大大咧咧，酒喝多了，说不定就会把手搭在任何人的肩膀上，然后说一些亲热的话。也许是无意识的吧。虹这样想道。

由于昨夜睡得少，今天又起得早，送走包天才以后，虹收拾了东西，在床上躺了一阵。

林强喝多了酒就上床睡了，一睡睡到下午5点多。虹做好了饭，他吃不下去，独自转了一圈，又回来了。到了晚上，林强因为下午睡了觉，晚上不瞌睡。他睡不着，虹就得陪他说话。他喝了酒口渴，又要喝大量的水。这样，折腾到晚上11点多，两口子才关了灯睡觉。

刚睡了一阵,林强又起身上厕所,这时却惊动了母亲,母亲又大声问道:刹外?

母亲这一声问话一下子也把虹惊醒了。虹和林强多年来养成了半夜摸黑起床的习惯,一是怕惊动对方,二是蒙蒙眬眬尿一回,回来也好入睡。可老太太的这一声问话,一下子就将刚睡着的虹吵醒了,睡意顿时无影无踪。虹坐起身说:妈,你只管睡觉,不要再问了。

母亲没了声息。

林强上完厕所,回来打着哈欠,嘟囔着说:不要让咱妈问好不好?自己家,半夜吓一跳,又半天睡不着了。

母亲不习惯,习惯了就好了。黑暗里虹小声对林强说,并把身体往男人身边靠了靠。

黎明时分,虹起身上厕所,当她蹑手蹑脚拉开卧室门的时候,母亲的声音又一次响了起来:刹外?

这时的虹实在受不了了,她一愣,随即拉开了灯,大声说:妈,你晚上不要老刹外刹外地问好不好?大家还要睡觉哩,你这一嗓子,折腾得人又半天睡不着。你白天没事,可林强还有事哩。再说,都是家里人,半夜起来尿一泡,值不值得问啊?

虹的大声斥责似乎把老太太惊醒了,这时的她仿佛才从梦中醒来,坐起身来瞅着大发脾气的虹,一脸的茫然。虹训了她几句,但看到母亲一脸茫然的样子,又不忍心了,叹息了一声,随即关了灯又上了床。

到躺下的时候,她才记起自己还没上厕所呢。

这时,天渐渐明了,窗户渐渐发白,窗外有汽车声与摩托声传来。老远的,火车大概要穿山洞了,传来了鸣笛声。虹醒来了,林强也醒来了,两口子翻来覆去都睡不着。林强说:实在受不了啦,今晚我要睡客厅。

虹十分替母亲觉得抱歉,说:咱妈不习惯,过两天就会好的。

林强说:你没注意到吗?妈每次半夜问话的时候,眼睛是闭着的。这说明她的问话只是一种习惯,一种对门响声的条件反射而已。唉,和吃饭的坏习惯一样,一辈子了,改不了了。

虹不言语,但从心里承认丈夫说得对,因为据她观察,母亲每次问话的时候,都不是处于清醒状态,而是处于半睡半醒中,或者是一种假寐状态。只要有门响声,她都会有反应。虹有时也会想到这种习惯的成因。母亲长年生活在农村,家家户户都居独院。每到晚上,人们就会关了大门睡觉,但是耳朵却时时处于警觉状态,外边偶有风吹草动,就会从梦中惊醒过来,条件反射似的问是谁。母亲只要听到了答话声,就会睡得更安然。如果没答话声,她很可能会问第二句,甚至有时嘴里还会嘟哝出一些莫名其妙的话来。这些话虹虽然听不清是什么,但能感觉到她在生气,在骂人。

我真受不了啊,今天我要睡沙发了。林强再次说。

虹不说话,默默地表示了同意。因为她清楚地知道林强即使睡到客厅的沙发上,也只是因为他真的嫌晚上吵得慌,而不是想和自己分居,她对这一点还是有把握的。

然而为了老妈却把丈夫逼到了客厅,虹想着,这究竟算是怎么一回事啊!

四

其实,任何人之间的相处都是一种磨合,或者说一种妥协。在这样磕磕绊绊的日子里,几天时间过去了,母亲也在慢慢适应着。照虹的话说，是在妥协着。比如系围裙这件事，后来两人都有了一点让步，吃饭时，围裙的一头不再挂在脖子上，而是两条带子勒在腰间就行。再比如说，对于母亲早睡这个习惯，虹采取的是延长晚饭时间这个办法，或者吃过饭后和林强推着母亲在广场转一圈，尽可能延迟她入睡的时间。还有，对于母亲半夜总爱问人这件事，虹索性一次性买了三个小盆子，分放在三个房间，这样每个人半夜小解就不用再起来开门了，母亲当然也不会再问是谁了。晚上安静了许多。

但母亲有些习惯却是难以改变的。比如上厕所乱扔手纸的问题，虹想了一个办法，待到她上厕所的时候就跟着，然后叮嘱她要将手纸扔进纸篓里。可是偶尔虹不跟了，地上又会出现手纸。

有一次虹瞅见她上厕所了，就悄悄地透过门缝观望着她。虹看到她上完了厕所，用了手纸，然后似乎要往废纸篓里扔了，这时，抬头四周看了看，见身旁没有人，竟然把那团捏着在纸篓上空转了一圈的手纸，重新扔到了地上。

一旁偷偷瞅着的虹这时可真气坏了，她一把推开门，训斥道：妈，你这不是故意搞破坏嘛。给你说了多少次，废纸要往纸篓里扔，你不知道啊？刚才看你都要扔进去了，可又故意扔出来了。你这不是诚心跟人作对吗？不是故意找碴啊？虹结结实实地给母亲上了半天课。她上课的当儿，老太太就佝偻着身子，仿佛一个做错事的孩子低着头。在虹的训斥下，她重新捡起手纸放到了纸篓里。

但再次上厕所，虹如果不跟了，她还是会乱扔手纸。

比扔手纸更难监督的，是吐痰。不，不是痰，而是唾沫。老太太坐着，或者是吃饭，或者是睡觉，反正不分场合，不分时间，每每会突然噗的一声将痰随口吐在某一个地方。虹在清理痰迹的时候，总是会埋怨她。但说了几次后，就懒得说了，因为说也白说，不会有任何效果。

母亲有时在自己的床上坐累了，还会下床爬到虹的大床上去歇着，甚至会拉了枕头在虹的床上睡觉。碰到这时，虹就不给她好脸色，她说：妈，你这是怎么呀？你的床好好的嘛，干吗不睡自己的床？下来，下来！老太太就在虹的训斥中回到了自己的床上。不过这样的事情并不多，后来，老太太就再也不上虹的床了。

虹个性强，脾气急，时不时生气了，会忍不住大声训斥母亲，但等静下来时心里就有了悔意，有时会为自己的话语与行为感到内疚，后悔得直抹眼泪。

母亲还有一个毛病，只要卫生间里有人洗脸——不，只要听见水龙头流水声，她总会颤颤巍巍地从卧室里出来，有时端着茶缸，有时拿着吃饭的碗，还有一次竟然拿着浇花的洒壶。她会站在你身后，然后把器具伸过来，让你帮她给容器中盛满水。虹起先以为她渴了，就给她倒水喝，但时间长了，发现根本不是这么回事。她是不能听见流水声，只要听见流水声，她就会把自己眼睛所能看到的容器都盛满水。

磊磊以为外婆要喝水，就说：外婆啊，你这是怎么回事啊？生水又不能喝，喝了会得病的。

而这些端到她床头的水，总会在不经意的时候，被碰倒在床头柜上、衣服上或被子上。这些都得虹来清理，她一边清理一边说：妈，你就不要攒水了，这是城市，不是黄河畔，缺不了水的。

话虽是这样说了，但虹知道母亲对水的这一种特殊的情感来自哪里。

虹住过的村子在黄河岸边，叫烟山村，全村有上百口人，每晚夜静了可以听到黄河的滔滔水声，每天早晨可以看到弥漫在黄河上空的雾气。然而就是这样的地方，一年四季却缺水，土地异常干旱。尤其是前半年，种子撒进土地刚长出小苗的时候，总会有旷日持久的干旱。虹记得，早年水还没上塬，家家户户吃水要到黄河边用毛驴驮。那时天要下雨了，各家各户总会把锅啊桶啊缸啊全都搬到院子里，或放在房檐下等着盛水。到了冬天，下了雪，虹就会提着筐跟着母亲一起去挖积雪，她俩总会把一些干净的麦地里，或人家柴火垛上的积雪挖到筐中，提回来倒进锅里，再煨些火，使雪化成水，然后用来洗脸洗衣服，或者作为牲口饮用水。偶尔她们也会用融化的雪水来做饭，但由于落雪时空气中含有大量的尘土，所以用雪水做的饭在碗底或锅底总会沉淀一层薄薄的泥沙。

碰到母亲来盛水，虹总会数落母亲几句，然后将她拉到一边去。说的次数多了，后来再听见水声，母亲就会站起身拿着缸子，眼巴巴地呆望着卫生间的水龙头，却不再迈动步子，只是可怜巴巴地望着。

虹每每看到母亲这副可怜巴巴的样子，就会生出无限感慨，觉得真是世事轮回啊，小时候自己受母亲斥责，母亲的权力被无限放大，母亲总是对的，妥协的总是自己。而现在呢，两人对换了角色，在这个家里，自己是女主人，强势的是自己，在这里学会妥协的应该是母亲。有时她会想到，将来呢？将来自己老了，会不会也有个女人训自己，然后自己又和今天的母亲一样，脸上流露出怯怯的神情呢？

五

老太太在吃饭的时候，总爱瞅一瞅自己的菜与饭是不是和大家一样,如果发现不一样了,她就会拒绝吃饭,甚至每每在吃饭的当儿,她会吃一阵儿就扭头瞅瞅大家在吃什么。虹起先觉得很好笑,觉得这哪儿跟哪儿啊,当妈的怎么连自己的女儿也不信任了。后来经过几次,虹就相信母亲真的是这样认为的,她是年龄越大越不相信任何人了。为了让母亲放心,虹就从超市买了一个自助餐的小盘子来,每次自己和家人吃的各样儿,哪怕是一碟泡菜、几颗花生米,都会分给她一点,这样她才会吃得安心。

  不过,问题又来了,初九那天下午吃荞面饸饹,虹觉得荞面饸饹难消化,不敢让母亲吃,就单独给她做白面面条吃,可母亲就不愿意了。初十下午,虹包韭菜馅的饺子,她害怕韭菜难消化,母亲吃了拉肚子,又单另给母亲炒了菜来吃。母亲发现了,就不肯吃饭。虹将馍递到她手里,说:不是不让你吃,而是怕韭菜你难消化。母亲还不吃。虹哄她说:你吃吧,把这块馍吃完就让你吃饺子。母亲不信任地瞧着虹,接过了馍,却并不吃,只是嘴里不停地嘟哝着。

  磊磊听见了,说:外婆不满意哩,在骂我们哩。

  虹督促着说:妈,你怎么不吃啊?快点吃啊。

  这时,谁也没想到老太太开口竟然说道:我给来祥说呀,他会骂你们的。

  虹清楚地听到"来祥"两个字,顿觉稀奇,就问:妈,来祥是谁啊?

  你二舅呗。老太太说。

  这几个字说得非常清晰,三人都听见了。这话也恰恰说到了点子上,虹的二舅小名叫来祥。

  虹一时觉得有趣,因为母亲很难有脑子这么清醒的时候,虹接着问：我二舅什么时间来啊？

明儿个。

他来干什么呀？虹问。

母亲张着嘴说不出话。和母亲对话，只能停留在几个字上，也大约是吃不吃喝不喝的，然而今天她说舅舅会来，会来骂虹，虹却知道这是母亲不满意自己的表现。在虹出生的地方，所有的媳妇在婆家受了气，都指望着娘家人为自己讨个公道。即使在离开人世，下葬时，也须设桌摆酒，请娘家人当着参加丧葬的所有来客的面把每个儿子或儿媳、女儿对老人孝顺不孝顺挨个数落一遍。母亲大概是因为不让她吃饺子又无可奈何，所以就指望着娘家人为她主持公道。但她哪里知道，她二哥，也就是这个来祥，现在病得连自己也顾不了呢。他年前上厕所滑了一跤，盆骨骨折了，此刻正在医院的床上躺着哩。据医生讲，因为年龄大了，骨头很难愈合，如果天天躺在床上，长此以往，腿部肌肉就会萎缩，人也可能永远下不了床了。如果是那样，情况要比她这个妹妹还糟糕许多倍呢。

然而，母亲的话仿佛预言似的，第二天娘家真的来人了。二舅的儿子亮亮和媳妇万珍一起来到了虹的家里。他俩来到了虹母亲的床前，拉住她的手问长问短。亮亮的媳妇能说会道，握着老太太的手，一声声姑叫得亲热，老太太似乎认出了这位娘家人，她的情绪开始激动，脸部的肌肉在大幅度抽搐着，仿佛马上要号啕大哭，泪飞顿作倾盆雨了，但是最终还是没哭出声来。两位来客和她寒暄了一阵，把拿的礼一股脑儿全放到了床头，接着返到了客厅，跟虹和林强说起了正事。

正月里天，是讲究留客吃饭的。虹忙活着做几道凉菜，林强就陪亮亮和他媳妇一起说话喝酒。虹一个人在厨房里忙着，透过厨房与卧室门相隔的狭小的一条缝,虹可以看见母亲端坐在床上,正拿着剪刀在剪布条。她整个儿神态宛如一尊石雕,非常专注,隔壁客厅喝酒的喧嚣声丝毫没有影响到她。

虹一边做着饭,一边瞅着母亲,看着母亲的专注神情,她不由得想到:母亲果真能认得娘家人吗?她刚见娘家人时流露出激动的表情,说明她是认得的,或者至少想起了什么。但一瞬间,她又开始忙自己的事,把一切都忘得干干净净了。那么,会不会有另外一种可能,就是母亲根本不认识任何人了,她不认得虹,也不认得林强,不认得家人,当然也不认得娘家人,她的一切抽搐与激动只是一种表象,会不会只是针对某种特定氛围的条件反射呢?就是说,她对世事什么也不知道了,当然也就不会在意了。

想到这里,虹又动了心思,不由得想到了小时候自己总会为一朵小花一个泡泡糖而伤心;长大了,为自己的额头有点窄恨不能死去;再大了,为自己脸上有了细小的皱纹而每夜睡不着;近几年,又为自己发福的身体而吃不下饭。可到了今年,虹已不为这些身外之事伤心了,自己除了有点害怕得病外,关心的就是孩子的就业,其他的事早已不上心了。对于虹来说,一个小女孩到中年女人的转变,其实就是一个对某种东西从在意到不在意的转变。这些事就像猴子掰玉米,掰着一穗丢一穗,丢了又掰,最后胳肢窝里仅有一穗。而母亲恰恰连这一穗都丢了。

但这只是一瞬间的想法,很快地,她的头脑就转到别的事情上了。亮亮两口子来看姑姑只是借口,关键是要给孩子转学的。亮亮说,娃娃本来学习很好的,是个好苗子,可去年在县城中学学习成绩一再下降,主要的问题是和班主任有了矛盾,而县城中学转班又很难,所以打算托林强把娃娃转到实验中学来上学。

这可难住了林强。

林强所在的学校，是仅次于市一中的重点学校，每年升学率在全市排名第二，录学生自然是好中挑好，都要经过严格考试的。学校教职工的子女可以享受下调十分的优惠，其他的就不再有了。校长多次在会上讲，市级所有副职领导给他批的条子他都不认，所有的教职员工更应免开尊口，不要让领导为难，也不要为难自己。

转学，林强两眼墨黑，是真的一点办法都没有。

但亲戚又这么热情，两家来往多先不说，前几天磊磊要就业的这个口，还是亮亮媳妇的姨父给帮的忙。一口拒绝他们，不要说林强，任何人都不好意思。所以，林强只能硬着头皮不吭声，哼哼唧唧的，就是没个利索话。

亮亮两口子一个比一个能说，一个比一个会道。大致说来，就是他们的主意已定，无论如何娃娃非要转到这个学校不可。在县城，班主任不待见儿子，儿子也见不得班主任，上一学期双方闹到了势不两立的局面，甚至一到班主任的课，儿子就逃学。

虹在一边听着，想不通一个念书娃娃和老师哪儿来的天大矛盾。见两口子说得恓恓惶惶，林强又在一旁没个利索话，她就干干脆脆地说：行行，我们给你们尽量想办法，你们的事不就是我们的事嘛。

两口子听到这话，长长地出了一口气，然后双方又喝了几杯酒，说了一阵闲话，他们就千恩万谢地走了。

一送走这两口子，林强就阴沉着脸训虹：你乱表什么态？转学，连门路都没有，你瞎答应什么？

虹说：人该是活的，咱们慢慢想办法嘛。

林强说：学校铁板一块，你又不是不知道，多少有本事的人都转不进去，靠咱们能转进去哩？

虹说：人家刚给咱们帮这么大的忙，咱们总不能连句热情的话都没有吧？

林强说：反正我是没办法，你能行，你看着办吧。

虹说：我能办了，我要男人干啥哩？

林强说：我不行啊，你尽可以找个能行的。

虹一时生了气，就说：找就找，离了你这样的萝卜丁儿还不设席了？

家庭的争吵就是这样，没有目标性，像乱刮风，一会儿东，一会儿西，吵着吵着，总会有狠话出来。

林强哼了一声，砰的一声将门拉上走了。

虹当的一声将盆摔在了洗菜盆中。

有时候她真生自己男人的气，只会死教学，和社会没一点交往，也不干一点正事，工作半辈子，人没认得，钱没赚下。如果没有教学这个行业的话，估计他非饿死不可。

咋哩？老太太忽然问。

虹一抬眼，才发现老妈不知什么时候扶着墙从内屋出来了，她扶过的墙上有一排黑手印。她大约见两口子吵架，有点害怕，眼睛流露出怯怯的神色。虹长叹一口气，把手中的活停了下来，过去搀住了母亲，搀她坐到阳台上来。

正是中午，窗户对面的山底下，一列火车鸣着笛，像一条蛇似的，往山洞里钻进去了，一会儿就从山洞里钻出来了。

母女四目相对，虹唉声叹气地说不出话来。

正在这时，林强回来了。他回到家里，不说话，也不进卧室，只是在客厅里乱翻腾着，翻箱倒柜的，传出了很大的声响，仿佛在寻找着什么。虹没心思理他，也懒得问，只冷冷地坐着。

一会儿，林强又砰的一声把门关上走了。

关门声惊动了虹，虹的心里就有了疑问，不知道林强刚才在找什么。夫妻结婚二十三年了，多年的磨合，两个人可谓是知根知底了，一个眼神或一个动作，对方都能领会的。但丈夫刚才在找什么呢？虹很好奇，她起身到了客厅，只见地面很凌乱，有几本书乱扔在茶几上。靠墙处有一排柜子，俗称"五门柜"，两个柜子之间有一点缝隙，将将能伸进去一只手，很显然这些落满尘土的书就是丈夫刚才从那里翻寻出来的。那么，林强刚才在那里找什么了？他究竟找到没有呢？他要干什么呢？

虹满腹的疑问。

林强一走不见面。虹守着母亲，哪里也去不了。到了下午下班时间，虹做熟了饭，还不见丈夫归来。虹实在忍不住了，便拨丈夫的电话，结果却是关机；再打，还是关机。虹就给林强把饭热到了锅里。到了晚上，林强仍不见影儿，虹便有些着急了。

本来，虹就是个肚子里藏不住事的人，一时脾气发了也就过了。往往过去了便开始后悔，就像今天这事，给亮亮娃娃转学的事自己连一点把握都没有就乱答应，这不是明摆着给丈夫出难题吗？再说，本来母亲到这里来，就给家里添了不少麻烦，丈夫又不埋怨自己，而今天吵了一架她竟将丈夫气走了，想想实在是不应该。

晚上，伺候母亲睡下，虹烦躁不安，简单地给磊磊交代了一下，然后走下楼来。出了小区，门口有一排门市，离得老远就见那儿有一大群人正在下象棋。一个个头朝里围着，向日葵似的都面朝着棋盘。虹知道林强偶尔也会到这里来，她就靠近这里瞅瞅看有没有林强的影子,瞅了半天,不见人。在她要走的当儿,忽然听见一个熟悉的声音:跳马,要不,你就输了。

虹听出这是丈夫的声音,又扭回头来找,果然在人群里边的最中间见到了丈夫,他正蹲在里边下棋呢。因为他身材瘦小,所以虹刚才没发现。

她靠上前去,伸手从人群缝里扯了扯林强的衣襟。林强扭回头看到了她,并没有说话,扭转头依然下着棋。

林强不走,虹自然不会走,她就那么一直站在旁边等着他。

这样过了大约有十五分钟,一盘棋完了,有人开始散去,林强这时也起了身。他不说话,只是扭头往自家走。虹见他走了,就跟在他身后。两人一前一后,都板着脸不吭声,脚步声扑踏扑踏,又扑腾扑腾,一先一后上楼梯,一先一后回到家。

进了门,林强也不说话,在客厅的沙发上睡了。虹也就到了卧室和母亲一起睡。

睡到半夜里,虹又一次被母亲含混的声音惊醒了。

要死人了啊,要死人了啊!母亲喊着。

虹扭亮了灯,只见母亲将全身缩成小球一般,半张脸蒙在被子里,不睁眼地喊叫着。但看得出,她的身体在瑟瑟发抖,似乎对什么东西充满了恐惧。

虹起身叫醒了母亲,说:你不好好睡觉,胡说什么哩?

母亲被虹惊醒,睁开了眼睛,坐起身来,将被子拢成一团,将自己裹在中间,双手扯着被角。她的头发披散着,眼睛有几丝血红,神情有几分恐惧地说:呲怪子叫,死人了啊!呲怪子叫,死人了啊!

虹静下心来,这才听见了遥远的地方似乎有一种鸟在叫,声音和小孩子的笑声一般，咕——呱呱呱呱呱，咕——呱呱呱呱呱。

在农村，俗话说：信猴（猫头鹰）叫老，呲怪子（一种鸟）叫小，崖吼子（一种鸟）一声就吼到。意思是信猴、呲怪子、崖吼子这三种鸟都有一种神秘的力量，个个都是索命鬼，只要这三种鸟发出叫声，就会有人的灵魂被带走，人就会死亡。

虹所在的这座北方城市，前些年夜里几乎听不见鸟叫声，这几年退耕还林，牛羊卖掉了，林草长茂密了，晚上就时常能听到猫头鹰或者布谷，以及其他鸟的叫声。虹也曾多次从梦中惊醒过，她早已见怪不怪了，但这时的母亲却瑟瑟发抖着不能入睡。

在客厅睡觉的林强也醒来了，隔着窗户问了几声。虹应了一声，她看看表，时间还早，给母亲解释了一番，然后把母亲按倒在床上，关了灯，让她睡觉。

老太太身子躺下了，但嘴里却依旧含糊不清地说着什么。

虹瞌睡极了，一转眼，又睡去了。

但在黎明时分，虹又一次被母亲惊醒了。她嘴里一遍遍地说着胡话：我妈来了，我妈叫我走哩，我寻我妈呀。这些话吵醒了虹，也令虹有了几分恐惧，因为虹的外婆早已去世三十多年了。

虹扭亮了灯，只见母亲已坐起了身，头上的白发仿佛纱蓬，都朝上散乱地翘着。

虹起身安慰母亲，试图说服母亲，让她再睡觉，但这时的老太太却固执地不听劝，非要穿衣起身不可。虹劝着劝着就烦透了，说：你妈来了，你要走，就走吧！去吧，去吧！

老太太得了这话，就开始嘟囔着窸窸窣窣穿衣，不一会儿衣服穿齐整了，她拿了拐杖，大约见虹还在床上睡着，就过来扯虹的被子，说：我妈叫我哩，咱寻我妈走啊。虹实在是被折腾得不耐烦了,就起身来,一把将卧室门打开了,指着门外说:你要走就走吧,去寻你妈呀!说完自个儿上床又拢起被子睡觉。老太太见虹不去,又睡下了,就嘟囔着过来扯虹的被子,但这一回虹将被子压了个结实,她怎么扯也扯不动,这样过了一会儿,她就放弃了。

一会儿,虹听不到母亲的动静了,扭过身来看,只见不知什么时候老太太已上床了,这一刻,她将被子全拢到了脖子上,睡得正香哩。

天渐渐地明了,虹却怎么也睡不着了,她头贴着枕头,隔床望着母亲,心中无限悲哀。

虹的外祖父是经商的,在县城里开有几家骡马店,母亲也算是小县城里大户人家的女儿。当时县城刚解放,父亲在县中队当兵,是个班长。中队驻扎在外婆的骡马店旁边,这样一来二去,他们俩就相识了,开始偷偷交往。但外爷外婆是决然不同意他们的婚事的,他们嫌父亲是个当兵的,有句俗话说,跟上当兵的活守寡。他们怕世事再乱,怕母亲没了依靠,所以拦着这门亲。但母亲这时却做出了一个意想不到的大胆决定,她背着外爷外婆偷偷地跟着父亲跑到了烟山村,一下子住了大半个月。后来,像所有的这类事情的结局一样,她的父母亲最终只能同意了这桩婚事。

然而,虹的父亲在当兵的第十个年头里,前途却出现了戏剧性的转折。有一次,虹的父亲带兵去追逃犯,那时他已是连长了。追到了凤凰山上,父亲喊着让逃犯停下来,可那犯人不听,只是一个劲地跑。父亲就呐喊道:再跑,我就开枪了!犯人仍不听,仍在跑,这时跟在虹父亲身后的一名姓董的战士,也不知是激动,还是枪走了火,反正就在这当儿开了一枪,结果这一枪刚好打在了犯人的后背心上,犯人嗵的一声摔下崖死掉了。姓董的战士当即吓傻了，跪下哀求虹的父亲帮忙。那时虹的父亲也就二十八九吧，他擅作主张，将血迹用土埋掉了，然后回来给中队报告说，犯人跳下崖摔死了。——不谙世事的他不知道，公家的事，哪会有这么简单啊。一个人的死，哪怕是一个死刑犯的死都是有一整套完整的手续的。后来事情理所当然被发现了，那个战士被判了刑，而虹的父亲呢，也以包庇罪被关了一周的禁闭，后来就被清退回了农村。——生活在一瞬间呈现出了狰狞的一面，本来虹的母亲还指望跟上父亲当官太太哩，养尊处优哩，有丫鬟伺候哩。结果这一枪，把父亲打回了农村，也把母亲编织的少女梦打了个稀巴烂。

从此以后，虹的母亲便跟着虹的父亲回到了农村，回到了黄河畔上这个古老的村子里，生儿育女，一辈子在这儿住着，再没有出去过。

世事，他妈的世事啊！虹想着，一阵阵感慨着，心里也不由得为母亲一生坎坷的命运抽痛着。

不知何时，有几滴泪珠从她的脸上流了下来，冰凉冰凉的。

六

眼看要开学了，亮亮娃娃转学的事还没定下来。虹非常着急，就给林强说，要他找学校领导去。但林强不肯去。虹说：不论转得成不成，你总该问一问嘛。但林强就是连问都不问。有一阵儿，虹就想到了包天才，她想说：那你找找包天才嘛，看能行不。但话到了嘴边，还是没说出来。因为那天借钱林强都是咬了牙的，他当时来回在房子里转着圈，按手机键的时候手还有点颤抖。现在再让他给包天才说，一是他肯定不愿意说；二是照他的话说，找谁也办不了的,学校就是铁板一块。

亮亮回去后,又打了几次电话来催。说来说去,林强不管,虹没办法,她又想到了包天才。管他的,试着打打电话,死马当活马医呗。不这样,还能怎么样呢?

找个机会,趁林强不在,虹就给包天才打了电话。电话通了,包天才正在酒场里,酒场嘈杂的声音也传过来了,虹跟他说,要他出得门来接电话,跟他说点事。一会儿,电话里清静了,包天才出到了过道里,虹低声下气地说了亲戚家孩子转学的事,又补充说:眼看要开学,实在没办法了,给林强说,他好赖没办法,所以只能跟你说了,看能不能想点办法出来。

包天才在电话中迟疑了半天,接着说:你先别着急,让我问一下啊,让我问一下啊,现在转一个学生很难的。

虹一听他话里有了松动,就好像黑暗中看见一丝灯光,连忙急急地说:我家林强办不了嘛,所以才托你办嘛,你能耐大,大家都知道哩,千万要想想办法啊。话中一时有了几分连她自己都没想到的撒娇的味儿。

包天才说:那你等我电话吧。

虹正要挂电话,包天才又说:那你过来一起喝酒吧。

不了,不了,走不开呢。虹说。

接着虹又千叮咛万嘱咐的,然后挂了电话。

虹与林强又和好了,其实两口子间,床头打架床尾和,只要双方都安心过光景,平常的磕磕碰碰,又有什么是不能化解的呢?

虹两口子每天下午都出来转一转,出来时总会把母亲领上,因为母亲走路太慢了,他们就会用轮椅将母亲推上。其实,有些时候,下午出来散散步,也是想避免跟儿子磊磊在一起,儿子什么事也不干,成天关起门来打游戏,让他们看在眼里心里就烦。

有时推母亲下来,他们会在楼下的马路边停一阵,但更多的时间会推到广场去,那里每天下午总有一大群妇女整齐划一地跳着广场舞;或者推到附近的百货商厦的门口去,那儿下午也总有一些人在打着锣鼓,扭着秧歌。

一到外边的天地,老太太就会非常兴奋,神情如同小孩子似的,东瞅西瞅,四处张望着,有时嘴里还不知在说些什么话。一连几天下午坐轮椅后,偶尔在上午的日子里,老太太转到客厅来了,瞅到了墙角的轮椅,她便会自个儿坐上去,然后用手拍打着轮椅的扶手,嘴里说着什么,或者抬头向虹与林强张望着。但坐了很久,见没人理她,她自个儿又下来了。

这天下午,虹与林强将母亲推到了超市。虹与所有的女人一样爱逛超市,尤其是见到许多零碎的精致的东西就走不动了,导致时不时总买一些自己不需要的小玩意儿。母亲到了超市,看见琳琅满目、花花绿绿的东西,果然十分兴奋,她兴奋的时候,头就会扭来扭去,东张西望。

虹和林强买了一些菜,提了一箱酸奶,还给磊磊买了一大瓶可乐放到了购物车上。

在要返回的当儿,虹接到了电话,是包天才打来的。包天才说,转学的那个事情已有些眉目了,问虹这一阵正干啥哩,要虹到滚石KTV来。虹接到这个电话,首先想到的是拒绝,但又不好意思,犹豫了半天还是答应了。林强问是谁,虹不想让他知道是包天才的电话,就对他说:一块儿站门市的同事晓丽今天过生日哩,现在打电话让到歌厅去玩呢。说时她都觉得自己的脸在发烧。

林强想也没想，就说你去吧。

虹掩饰性地整理了一下衣服，然后出了超市门，准备搭出租车往滚石赶。一边走着，虹的心里又一次在忐忑，包天才曾那么粗暴地伤害过自己，自己曾发誓终生不理他了，可现在却赶着往他身边去，这他妈的究竟是怎么回事啊？但想归想，她仍然没放慢行走的脚步。

虹赶过来，歌厅有四个男人，个个都有点醉，除了包天才。其他人虹一个也不认识，那三个男人身边都坐着一个陪酒的小姐，唯独包天才是一个人，虹去了，自然而然坐在了包天才身边。

歌厅里，灯光很暗，声音很大，几个男的倒是你唱了我唱，个个和狼嚎似的，那几个陪酒女却不唱歌，一门心思只劝别人喝酒。她们一会儿单个喝，一会儿碰喝。要不，就摇色子喝；要不，就找个理由提议整体喝。

虹一来，包天才很兴奋。这时的他身上已有了浓浓的酒味，他告诉虹说：转学的名额已弄好了，到报名时间，只要来找他就行了。他说着，像老朋友似的，手自然搭在了虹的肩上，虹躲了一下，他也不在意，就松了手。于是虹就跟大家在一起玩。

虹一过来，包天才就帮她点了几首歌。虹有副好嗓子，年轻的时候曾登过台的，但也只会唱老民歌。她唱了一首《兰花花》，一首《敖包相会》，还有一首《山丹丹开花红艳艳》。一唱果然不错，赢得满堂掌声。这时的包天才显然喝多了，他听见了歌声，似乎不能自禁，站起身子来，眯着眼睛，摇摆着身子手舞足蹈地给虹伴舞。他胖胖的身子摇来晃去，做出各种舞蹈动作，神情陶醉，甚至有几回扭着扭着都快要栽倒了，十分可笑，但又有几分可爱。

那三个男的很快就失去了唱歌的兴趣，要么与舞伴抱着跳舞，要么就与小姐头贴在一起喝酒。有握着手的，有勾肩搭背的，都在低低地说着什么，但歌厅噪声很大，虹也不明白他们和这些女人究竟有什么可说的。

虹唱了两曲，便不再唱了，她看到包天才喝得实在有点多，就劝他不要喝了。这时又有其他陪酒女来劝包天才喝。包天才目光有些呆滞地接了酒来还要继续喝，虹此时心中有所不忍，有点心疼包天才，觉得实在不能让他再喝了，就自己端起来一口气喝掉了。

这一喝就有了大问题，其他几个男女见她能喝酒，都过来劝酒，这样，虹一连又喝了好几杯。

待了一个多小时，其他几个人都毫无倦意，仍在玩着。虹操心着自己的老妈，便起身告辞回家。包天才也不多留，摇摇晃晃地将她送出了KTV。

送她出来的时候，包天才的手依然搭在她的肩膀上，像他这样强壮的人，手搭在别人肩膀上几乎成了一种顺其自然。虹因为喝了几杯酒，此时也放得开了，就没有拒绝他。但她心里此时牵挂着老妈的安全，只盼着早点回去。

出得门来，包天才要开车送她，虹见他喝成这样了，无论如何不让。他就和虹一起站在街边为虹挡出租车。

已是深夜，街道有些清冷。一辆车过去了，又一辆车过去了，都有人。

虹见包天才胖胖的身子有些摇晃，眼睛也快眯到一块儿去了，就说：你以后还是少喝点酒吧，看都喝成什么样子了。

包天才说：没办法啊，整天都得喝。

虹说：成天喝伤身体哩。

包天才沉默着不说话。

虹又说：一会儿你也早点回家。

包天才说：不回去了，就在楼上住呀。话到这里，他一把拉住了虹的手，有些恋恋不舍地说：你干脆今晚不要回去了。

虹愣了一下，把他的手推开了，说：今晚不行，家里还有老妈哩。

这话说了，两人不再说话，不看对方，都望着大街，气氛稍有点尴尬了。好在此时，出租车过来了，虹便告别了包天才，坐上了车。

回家的路上，虹的心又开始怦怦直跳，她回味着自己刚才脱口而出的话，怎么也不明白自己为什么会说出那样的话来。今晚不行，那是不是明晚就行了呢？今天不行，那是不是有合适的时间合适的地点就行了啊？这样一想，她惊出了一身冷汗来。什么时候自己竟然变成这种女人了啊？况且一切的变化竟然都是这样悄无声息。

不过，很快地，她就不想这么多了，因为比起这些来，给亮亮娃娃转学的大事办妥当了，这让她提了很久的一颗心终于放下来了，她很高兴。

虹回到了家里，屋里灯全黑着，虹以为大家都睡着了，就小心翼翼地开了小灯，换了鞋，把小灯关了，蹑手蹑脚地来到了卧室。一打开卧室灯，她吓了一跳，看见卧室的窗帘也没拉上，林强正一个人在黑乎乎的阳台上呆坐着呢。

你发什么神经啊，这半夜不睡觉，在这里瞎坐？虹说。

林强不扭头也不吭声，这时，对面山下正好有一列火车从山洞里穿洞而过，火车发出了巨大的声响，哐当哐当——

林强忽然说：你说是先有火车还是先有铁轨？

虹正拉被子呢，听了这话，住了手，过来伸手摸了一下林强的额头,说:你没病吧?

林强不理会她调侃的话语,只是沉浸在自己的思维里,说:我觉得应该先有铁轨,在火车没有造出来之前,已经有路在等着它了。也就是说,火车自一出厂就必须沿着铺就的道来回走。

虹不爱听林强瞎说,就一件件脱了衣服,说:你睡不睡?你不睡,我可要睡了。说着伸手就要关灯。

林强懒洋洋地站起身拉上了窗帘,打着哈欠,伸了一个懒腰,然后到客厅睡觉去了。

虹睡到半夜,却醒来了。屋里黑乎乎的,传来母亲的鼾声,虹觉得口渴,就伸手摸着茶杯,喝了几口水,躺下了。但这时她的脑子却处于极度兴奋状态,怎么也睡不着。那些往事与今夜的事交织着出现在她眼前。她回想了以往与包天才的交往,第一次发现他这个人其实蛮可爱的,他虽然粗糙,但质朴,为人仗义、大气,为朋友两肋插刀,并且是性情中人,身上时有几分如孩子般的可爱。自己以前怎么没发现呢?归根结底可能是自己自结婚后所有的情感都在老公一人身上,也就是说,由于情感的高度集中,其他男人就都成了过客,她打心底里认为没必要或者不必在意其他男人身上的优缺点。而在这个寂静难眠的夜里,她心里又自然不自然地把包天才与丈夫林强对比了一下,虽然林强业务能力强,科班出身的他有些瞧不起行伍出身的包天才,但是比起做人来,他显然小气了许多,琐碎了许多,软弱了许多,斤斤计较了许多,这样的人显然是不能够成大事的,充其量也只是养家糊口而已。想来想去,她得出的结论是,每个人的成功背后其实都有超越别人的一个方面,就像包天才,他做人的大气显然是别人比不上的。

一夜无话，第二天，虹由于昨晚喝了几杯酒，精神不大好，起得迟了。那时林强已醒来了，正躺着翻一本棋谱。虹帮母亲穿衣服，忽然发现母亲的被子里有一个粉红色茶杯。杯子是全新的，非常精致，上边画着一对卡通男孩女孩，下边是一行英文字母"FEEL SO GOOD"（感觉如此好）。虹很惊讶，没见过这杯子啊，就问母亲。母亲说着什么，但含糊不清，虹听了半天也弄不清楚杯子到底是哪里来的。

虹便拿着问林强，她以为是林强昨晚在超市买的。林强懒洋洋地躺着，爱理不理地说：不知道，没买。

虹心里纳闷，就喊孩子开门，问磊磊这个杯子是哪儿来的。但儿子也说不是他的。

虹多疑起来，联想到母亲有时会将家里的一些小东西藏起来，蓦然间就有了一个可怕的想法，拿起杯子仔细看，果然在茶杯上看到了超市的标识，上边贴有价格标签，显示的价格是二十一块六。

显然，如果这个杯子不是儿子的，也不是丈夫昨夜买的，那么只能是母亲昨天从超市里偷偷拿回来的，只是林强没有注意而已。

一家三口围着这个杯子问来问去，但老太太口齿含糊，仿佛很激动地在说，但说不出个所以然来。

儿子磊磊说：外婆，你怎么还是个小偷啊？

滚一边去！虹急了，骂了孩子一句。她不允许孩子这样说自己的外婆。

确定这个杯子是母亲从超市擅自拿回来的时候，可把虹气坏了。

妈，你怎么可以这样啊！虹怒不可遏，长期生活在城市里，她知道这件事的后果。虹清楚地记得有一次，不知道为什么，一个抱孩子的女人被打倒了，头上的血直流，一旁的孩子在哇哇直哭。还有一次是个孕妇，也被打得满头是血。如果母亲这种行为昨晚被发现了，保安抓住会不会殴打且不说，但大家都会围观，并且闹不好还会被送到派出所去。所以，围绕这件事，虹厉声把老人训了一顿。

老人像一个做错事的孩子，乖乖地坐在床头，低着头，面对众人的愤怒，眼中流露出了几分怯怯的神情。

林强看到老太太这情景，有了几分怜悯之情，就对虹说：算了，不就一个茶杯嘛，可能她见咱们随便拿，也动了心思，就拿了。

可现在到处都有摄像头啊，如果他们把录像传到网上，可怎么办啊？你可是人民教师呢！虹说。

贴就贴吧，七八十岁的老太太，有些痴呆，谁又能怎么样呢？再说一个老师，又不是当官的，不是大老板，靠自己能力吃饭，谁又能怎么样呢？林强拦住了虹的话。

虹蓦然间觉得林强的话有些弦外之音，但此时顾不得想这些。她让母亲站了起来，要对母亲实行一次彻底的搜查。她把母亲铺的盖的全部都提放在一边，看看还有些什么。这一查，果然有了新发现，在母亲铺的褥子下，虹发现了家里失踪的几个打火机，同时又意外地发现了一个印着"实验中学"的信封。虹打开信封一看，顿时惊得合不住嘴了，信封里竟然有两千元钱。

妈，你这钱是哪里来的啊？怎么会有这么多钱啊？虹大声问母亲。

母亲见虹的架势有些着急，就含糊地说着，但她说的是什么，别人都听不懂。

林强听到虹的声音提高了八度,就赶过来了。他拿起信封看了看,然后对虹说:不要问妈了,这是我的钱。

你的钱?你怎么会有钱?是哪里的钱?哦,对了,你前天翻来翻去的,原来就是找这个啊?是你个人藏的小金库,是吧?你藏钱打算干什么呀?你们就一天都有事瞒着我,是吧?

虹的话如冰雹似的将林强砸了一顿。

我就不能存钱啦?就不能私藏一点钱了?难道花一分钱都向你伸手,你才满意啊?面对虹的一连串追问,林强也生了气。

谁不让你花钱了,钱就在抽屉里放着,你要花不会自己拿啊?哪里就用得着这样偷偷摸摸地这儿藏一点那儿藏一点,你在防谁哩?你是防贼呀还是防小偷呀?这个家不是你的家啊?你是不是有了异心了啊?虹正在气头上,一点也不让林强。

跟你真没法说话!林强说了一句,然后扭头砰地把门闭住走了。

你回来,你把话说清楚!虹大声吆喝着。

但林强早已走了。

虹哇的一声,委屈地哭了起来。

听见了虹的哭声,老妈就眼神迷茫地过来了,她望着虹,望着眼前这个凌乱的世界,感觉到似乎发生了什么事,但最终还是什么也弄不明白。

七

家家都有一本难念的经。平时虹两口子吵吵嘴,早上吵了,下午就过去了,然而这回和解却有些慢,一直到了第三天晚上。

哭肿眼睛的虹在床上躺着,这时林强给虹倒了一杯水,坐在床边说:我这不是给咱们家装面子嘛,身上不装点钱,朋友要是一起喝个酒、吃个饭,这钱包是空的,也不好看啊,你不也没面子吗?

虹将身子扭到一边不理他。

林强想将她身子扳过来,但扳不动,她依然背对着林强。停了一会儿,林强自言自语说道:你说这也奇怪,我藏的地点是我想了很久的,两个柜子中间那一条细缝,只能伸进去几个指头,钱还用一本书夹着。都藏了半年了,你一直没发现,我翻都没翻出来,你说咱妈行动迟缓,眼神又那么不好,怎么一眼就瞅见了呢?这我好不容易攒的钱倒好像是给咱妈攒的,你说她是怎么发现的?她是不是能掐会算啊,就和那庙里的和尚会算卦一样啊?

虹听到这里,觉得林强说的话不中听,忍不住回敬了一句:你妈才和尚呢,还尼姑呢!说完这句话,她觉得这话像小孩子吵架的话,忍不住自己先笑了。

随着笑声,两口子的这场小纠纷也就过去了。

旧历正月十五是过年中最热闹的一天。今年春节,这座北方城市打起了"过大年"的招牌,很是精心营造了一番过年氛围。街道打扫干净了,栏杆也清洗了,街道两旁的树上挂了许许多多的小彩灯。据说还有以过大年为主题的晚会、民俗展览、百货展销等。在正月十五晚上,还要举行盛大的焰火晚会呢。

白天,磊磊照样在家里,眼睛盯着电脑。虹和林强在展销会上转了一圈。傍晚,吃过饭,华灯初上,虹与林强将母亲用轮椅推下了楼。这时,所有的店铺与单位门口都挂上了红灯笼,街上一派喜庆气氛。

放焰火的地点设在大街的另一头,离这里很远,街上喧嚣的人流都朝那儿赶。虹和林强站在路边,轮椅上的老妈似乎此时从阵阵鞭炮声与偶尔升腾的零散焰火中感受到了什么,嗅到了什么气味,她的神情也有些激动,两只眼睛活泛了许多,滴溜溜转个不停,嘴里还在不停在嘟哝着。

这几天,虹与林强因娃娃快要有工作而高涨的情绪落下来,此时两人都有些心疼自己的钱。但林强是个把什么事都压在心底的人,他什么也不说。倒是虹稍有些压不住阵脚,偶尔就沉着脸问林强:你说那张靠山到底靠不靠谱啊?

林强把轮椅停在了路旁,隔离带内有许多树,那些树上都缠着灯束,有蓝色的、红色的、紫色的、黄色的,一棵一棵的都用灯线串了起来,灯又被设成各种闪动模式,有的一齐闪动,有的如流水般,有的如瀑布般,抬眼望去,整座城市流光溢彩,美轮美奂。

虹与林强两人并排站着,有一搭没一搭地说着话,虹这时又想起娃娃工作的事,自言自语道:你说那张靠山到底靠不靠谱啊?别是赔了夫人又折兵吧?

林强不吭声。

虹又说:去年冬天,我上清凉山算了一卦,算卦的人说,咱们家从今年开始会有贵人相助,会有十年红运。现在看来,他算得可真准。

林强依旧不吭声。虹觉得他的情绪不大对,正要说什么,但在这时,她蓦地听到了母亲在说话。她怕老太太觉得冷或者要大小便了,就俯下身子问母亲:妈,你说什么哩?

这时只听老太太说道:元宵到,真热闹;提花灯,放鞭炮。

咦?咱妈会念儿歌了。虹惊奇地对林强说,你听,你听!

林强这时也俯过身子来，只听老太太又念道：元宵到，真热闹；提花灯，放鞭炮。

好啊，好啊，妈，你念得真好。虹来了兴致，拍着手说，再念一段给我们听。

但老太太的情绪瞬间被虹打断了。虹将身子贴近她时，发现她念儿歌时脸上有几分害羞的样子，但随着虹激动的喊叫声，一瞬间就像风一样被吹散了。随着虹的再一次问话，她抬起头来，满眼迷茫，神情空洞。

但母亲仅有的这几句话却如一阵风吹散了埋在虹心中的阴霾，激发了她的情绪。虹就是这样，是个极度情绪化的人，脾气大，容易生气，也很容易过去。母亲的异常引起了她的兴趣，也激起了她说话的欲望，她像个孩子似的兴奋起来。她对林强说：这首儿歌我也会念哩，是小时候咱妈教给我的。新年好，真热闹；穿新衣，戴新帽；提花灯，闹元宵，小朋友们拍手笑。小时候元宵节，我最爱到外婆家玩，那时候县城有体育场，有灯会。有公家做的灯，也有自制的灯，灯上贴着各式各样的图案，有"年年有鱼""嫦娥奔月""唐僧取经"什么的，我最爱数灯了，一盏一盏地挨着数。还有一年元宵节，咱妈不让我到城里来，我就吵闹着要灯，妈被我缠不过，就找了个大红萝卜，中间用刀子剜了个圆坑，放了点煤油和棉捻。然后在两头系上粗红绳儿，拴在一根棍子上。这样，一个萝卜灯就做成了。天擦黑了，我就和本村的孩子们提着灯笼在场里跑来跑去……

林强看虹这么兴奋，也附和着说：我小时候爱看热闹，最喜欢高跷，那些着古装的人，踩着长长的拐子，可依然能蹦能跳，能捕捉蝴蝶，能翻桌子……

两人正说着话，忽然咚的一声，接着咚咚咚的声音此起彼伏。这座城市的焰火晚会开始了，在遥远的街的另一头，一束束焰火腾空而起，然后在空中绽放开来。有的如小蝌蚪似的拖着长长的尾巴吱吱地叫着，仿佛是一群找不到妈妈的孩子。而更多的则是如五颜六色的菊花般在空中绽放开来，一个套一个，一个挨一个，绽放在墨黑的夜空里，光芒璀璨，绚丽无比，把夜空装扮成了一个美丽的童话世界。

街道上，所有的行人都停住了脚步，仰头观看着。虹与林强也仰着头，虹被这种喜庆的气氛感染着，心中充满了喜悦。

虹说：林强，我有个感觉，觉得咱们的好运气就要来了，你看连咱妈都开口念儿歌了，这是个好兆头啊。咱们娃娃7月就要毕业了，到那时不出意外的话便可以顺利地工作了，咱们家就三口人挣工资了。还有，你前几天不是说想给学生补物理课吗？今年等房子一成，咱们就搬过去，但把这一间仍租着，星期六、星期天可以招些学生来上课，你物理一流，会有许多家长慕名而来的。这样还会增加一大笔额外收入。咱们还年轻，还会赚许多的钱，也会过上像包天才一样的好日子的。

学校不让补课的，到时会处分的。林强说。

不会偷偷补嘛，撑死胆大的，饿死胆小的。你看看人家包天才，不是在外边还有个公司吗？虹依然沉浸在自己兴奋的情绪中。

可是……林强想说什么。

虹打断了他的话，说道：可是什么？娃娃即使有了工作，不还得要买房子要结婚嘛，需要钱的地方多着呢，我们还得拼命挣钱，才能过上富人的生活。另外，我还想瞅空生个女子呢，待将来咱们老了，儿媳不待见了，还有个可去处……

林强欲说什么，但没说出来，低下了头，不吭声。

你咋啦？情绪不好？虹这时才发现今夜的林强有些怪怪的，有些吞吞吐吐的，便问道。

听见虹问，林强像下了很大决心似的抬起头来问道：我想问一件事。

什么事？

那一晚，真的是你同事过生日吗？

哪一晚啊？

就是你喝酒那一晚啊。林强说。

当然啊。同事晓丽过生日，我去了她们就缠着我多喝了几杯，还唱歌跳舞呢。虹说。

可是……林强依旧吞吞吐吐。

可是什么？虹问道。

其实听到林强开始这么问的时候，虹的心里一惊。事情过去好几天了，老公现在才问，显然是对自己有了怀疑。但既然先前都说谎了，现在也只能硬着头皮编下去了。

我昨天见着晓丽了，她说她昨天才从老家回来的……林强依旧压低声音说。

虹听得这话，不由得打了一个寒战。

两人都静默起来。只有母亲手中依然专注地在扯着一块条形的布料，刺——发出了细碎的撕裂声。

城市里，焰火晚会已结束了，马路上潮涌似的人群开始散去。时不时有三三两两的小烟花从城市某个小区或某个角落钻出来，发出尖锐的呼啸声，宛如一个个尖着嗓子的女人在哭泣。

八

又是新的一天，早晨做饭时，虹蒸了几块红薯吃。那是亮亮年前拿来的，本来还有南瓜的，但因为南瓜与难过是谐音，在农村有南瓜不过年之说，所以虹就赶在年前把南瓜吃完了。家乡的红薯个头齐整，大小均匀，甘甜可口，他们一家人都爱吃。饭熟了，虹揭开锅，把红薯放到餐桌上来，坐在沙发上等待吃饭的母亲这时也发现了红薯，她眼巴巴地瞅着，然后伸出了手。虹不敢让她吃红薯，怕吃了不好消化，容易拉肚子。

虹不让母亲吃，母亲就不吃饭，嘴中嘟哝着，依旧伸着手。

磊磊看见了，说：让吃上一块吧。

我怕她吃坏肚子。虹说。

林强不吭声，顺手拿了一块红薯递给了老太太。

老太太接到红薯，仿佛宝贝似的。因为红薯有些烫，她就来回在手心里倒着用嘴吹。不一会儿，她吃完了，又站起身来，伸出了手。这时盘中的红薯总共剩三块了，虹不敢再让她吃，就顺手把剩余的三块红薯全部塞到橱柜中了。然后举着空碟子对她说：没有了，吃完了。老太太不信任地瞅着他们几个人，然后恋恋不舍地回到了沙发前。

今天是正月十七，因为磊磊明天要开学了，要到省会去上学，虹今天上午和儿子一块儿上街，给儿子买了几件衣服。儿子还想给同学捎几碗面皮，虹也安排好了。按照虹的想法，儿子明天12点坐车，到下午4点就到了，然后再坐一个钟头的公交车，最起码赶在天黑前，儿子就能安安全全地到学校了。

下午，照虹的想法本来是一家人坐在一起吃一顿团圆饭的。但到了下午4点多，儿子的一个叫马江涛的同学约他去吃饭。他俩是高中时的同学，现在虽都上大学了，但在两座城市，平常难得一见。虹见儿子有几分兴奋，就叮嘱儿子少喝点酒，因为假期里儿子已经有两次接近于醉酒状态了。磊磊说，同学请吃饭，一点不喝不好意思。虹建议说，柜子里有一瓶超市过年发的红酒，你们拿去喝吧。儿子答应了，拿上红酒出了门。

林强下午也没回家吃饭，据说是被学生家长叫去吃饭了。虹与母亲一同吃了点饭，又推着老太太在楼下转了一圈，回家时已8点多了，老太太疲惫不堪，就先睡了。虹看了一会儿电视，这时林强也回来了，喝得有点多，他一回家，弄出了巨大的声响来，一个人在客厅先睡了，虹装作不知道，没理他。自从前天晚上以后，后来事情虽然都明了了，但两人彼此都有了心结，两天了，该做的事都在做，却很少说话。10点多了，虹操心着磊磊的安全，拨打儿子的电话，但电话却怎么也打不通，虹估计应该是手机没电了。再说这么大一个小伙子，哪里会出什么意外呢？她打着哈欠也上床去睡了。

睡到半夜，林强起身有些要呕吐的样子，虹也惊醒了，这时她蓦地想到了儿子，慌忙到儿子房间去看，只见床上还是白天的样子，电脑也还开着，却没有儿子的踪影。虹一下子着了慌，对林强说：怎么办啊，磊磊到现在也不见回来！

林强一听酒意全散了，也着了慌，因为两人都清楚，儿子虽不爱学习，有这样那样的毛病，但从来没有夜不归宿过。再说先前他如果晚点回来，总会事先给家里打电话的。

电话呢？短信呢？林强问。

电话打不通,发短信不回,估计是手机没电了。虹说。

林强又拿自己的手机拨了一通电话,但提示的仍是"你所拨打的用户已关机",林强看了一下表,此时已是近凌晨两点了。他心里着了急,急忙穿衣服,边穿边问:磊磊下午和谁在一块儿?

好像跟一个姓马的,还有一个姓李的同学。

他们电话呢?

不知道。

那赶紧联系他们的父母。林强说。

虹与林强就开始打电话找熟人,问磊磊同学马江涛的父母是谁,经过一个多钟头的努力,终于联系上了两个同学的家长,但得到的消息更让他们大吃了一惊。三个孩子一起喝的酒,酒喝多了,三人到迪厅蹦跳了一阵子,就分了手各自回家了,现在人家的两个孩子都晕晕乎乎地在家里睡着,唯独不见了自己的儿子磊磊。

听到这个消息,虹的心猛地一沉,林强在一瞬间脸色也变得惨白。事情在一瞬间有了质的变化。两人的心都提到了嗓子眼。墙角里只有钟表的指针在噌噌地走着,声音格外响。

怎么办?一个喝醉酒的孩子不见了,会有无数种可能啊。待在家里等,只会越等越着急,但是现在出去找,已是凌晨3点多了,到哪里去找啊?

林强和虹心急如焚,寻子心切。商量了一下,还是得出去找。可家里有一个行动不便的老妈啊,深夜要带上她,这显然是行不通的。唯一的办法,只能暂时将她丢在家里。

她会安然地睡吗?林强说。此时的老太太,呼吸均匀,睡得正香。

虹干脆利落地说:顾不得了,我们先去找磊磊吧。咱妈晚上睡觉安然，不会有什么事的。再说门窗都关着，她即使起来，也没个走处。现在这半夜三更的，我们把老妈往哪儿带啊？整感冒了，又惹出一大摊事。

说着两人就起身出门，大街上，夜是如此之冷，也是如此之静，没有人群，没有车辆，失去了以往的喧嚣。

好不容易打到了出租车，两人先到三人一起喝酒的速 8 酒店，但酒店门关得紧紧的。两人又找到了三个娃娃蹦迪的叫 JJ 的迪厅，但门依然关得严严的。虹和林强都怀疑儿子肯定在迪厅睡着了，就使劲擂门，但任你敲死敲活，门里边却没有一丝声响。敲不开门，两人便放弃了这个打算，围绕迪厅周围展开搜寻，看看孩子是不是喝多酒躺在哪里了，但找了一圈，毫无收获。

这时，那个叫马江涛的孩子也与父亲一同赶来了。四人又找，还是没有任何消息。

迪厅的旁边是夜市，有三三两两的小贩还在懒散地卖着羊蹄。几人赶过去挨个询问几个小贩见没见到一个二十来岁、比较瘦的男孩子。

小贩爱搭不理地说不知道或者没看见。

一个多钟头就这样过去了，几人没有找到任何与孩子相关的线索。

两人站立在无风而清冷的街头，面面相觑。这时，只有最后一招了，就是报警。林强拨通了 110 电话。110 说，他们这里没情况，要立案，孩子失踪二十四小时以后再说。同时说这个辖区归风天派出所管，可以问一下他们情况。林强又打电话给风天派出所，派出所的值班民警在电话中说，他们巡逻时发现有人喝醉了，就送到醒酒室了，建议他们到东关醒酒室去看一下。林强还想问更多的情况，问送到醒酒室的人年龄大小、个子高低等，但值班民警懒得回答，很快挂了电话。

几人抱着一线希望又往醒酒室赶。醒酒室设在这座城市的东关，占用着一家门诊医院一楼大厅的两间房子。大厅灯亮着，灯光昏暗，没有一个人。两人进了大厅，一眼就看到了醒酒室三个字。虹一时情急，便在大厅里大声呼唤着儿子的名字。就在这时，醒酒室里边竟有了回应，林强与虹仔细一听，果然是儿子磊磊的声音。看来风天派出所民警送到这里的醉汉竟然真是磊磊。

儿子在房子里边听到爸妈的声音了，隔着关得紧紧的门，连叫了几声妈。这几声叫得虹眼泪直淌，她捂着眼睛呜呜哭了起来。

但儿子显然尚未从醉意中醒来，他在里边一遍遍地呐喊着，让他妈去找服务员来，给他把胳膊上的绳子松掉。他呐喊着：胳膊要坏了啊，胳膊要坏了啊！

虹听得儿子在里边受罪，便让林强想办法将儿子救出来。林强打开手机，准备寻找熟人，但看看此时近6点了，就关了手机。

隔着门，虹掉着泪一遍遍地劝着儿子不要哭闹，想办法将胳膊上的绳松一松。一会儿，孩子渐渐平静了下来，不再闹了。

马江涛与他父亲回去了。林强与虹两人坐在空荡荡的大厅里。大厅顶上的一盏灯有气无力地照着，大厅直立的墙面上镶着一块石英钟，噌噌噌的，一秒一秒走着。两人谁也不说一句话，就瓷楞楞地坐在那里等着天明。

8点整，负责醒酒室的医生准时来了，林强赶了上去，给他唠唠叨叨说了一通，他将一张单子塞给了林强，要他去结账。林强结完账，想进屋领磊磊离开。但医生告诉他说，人是派出所送来的，只有派出所来人了才能放人。林强没办法，只能又给风天派出所打电话。

9点的时候,一位戴眼镜的叫冯亮的警察来了。虹与林强忙迎了上去。这位民警说,孩子没有案子,由于JJ迪厅前几天出过一起命案,这一段对那里巡查得比较紧。他们昨晚巡逻至此,见一后生东摇西晃从迪厅出来,满身的酒气,他们上前盘问,可这后生口齿含糊不清,竟然闹着要脱衣服在门口的台阶上睡觉哩。他身上没身份证没学生证也没手机,和家长没法联系,出于安全考虑,几个民警一商量就把他送到醒酒室了。

说着,他让医生打开了门,虹与林强两口子来到了醒酒室里面。

醒酒室里有七八个人,一个个眼肿着。虹进去一眼就看到了磊磊,他的嘴唇有一处破了,在渗着血,黑墩墩、胖乎乎的,似乎一夜间长大了许多,胡须也浓密了,身体看起来结实了许多。他的衣衫破了,一条袖子耷拉着,一只脚穿着鞋,一只脚光着。虹看到这情景,眼泪又下来了。儿子哭丧着脸,告诉母亲说:手机不见了,一只鞋也不见了。

虹还要去问警察手机与鞋,但林强心里清楚该丢的早就丢了,让虹别问了,两人一人拽着一条胳膊把孩子领了出来。

三人出了门,又打的。上得车,车上气氛沉闷,三人都不说话。这时已9点半了,太阳从东山头升了起来,圆圆大大的一轮,像儿童画的气球。街上一如既往地开始热闹与喧嚣起来了。出租车从大街上穿过,进到一条小巷。下了车,三人就往山坡上走。这时,三人都注意到他们楼下围集了五六个人正抬头往楼上看。但大家此时心情都烦,谁也没吭声。

上了坡,面前是楼,进了家门,屋里的光线有些暗。虹和林强正在换拖鞋，这时却听见卧室里传来了砰砰作响的声音。两人都吃了一惊，连忙跑到了大卧室，推开门一看，登时惊呆了：大卧室内，满屋的臭气，虹的老妈此时穿着半拉裤，手中拿着拐杖正在一下下砸窗玻璃呢。有一块窗玻璃显然已被她砸碎了，窗口露出了一个如西瓜般大小的椭圆形的洞，透过这个洞可以清楚地看见外边隐形防护网。

母亲正用手中的棍子使劲戳外边的防护网哩。

床上，母亲的被子散乱着，有一半已掉在地上。虹掀起母亲的被子，臭气扑面而来，只见母亲的被子、床单上全是屎，黄黄的一大片，糊得到处都是，床周围散丢着一大沓一大沓的卫生纸，上面也都粘着黄黄的屎。

妈呀，这究竟是怎么回事啊！虹这个刚强的女人，看到这个状况，不由得尖着嗓子放声大号了起来。

林强看到老太太还在阳台边站着，脚上拖着鞋，玻璃虽然碎了一地，但好在手脚没有被划伤。他就赶过去，把她手中的拐杖拿掉了，扶她坐到了椅子上。

搀扶着她坐下来以后，闻着她满身的臭气，林强忽然想到了什么，又急忙跑到厨房里，他打开橱柜，只见碗碟摆得整整齐齐的，昨天虹顺手塞进来的那个小碟子仍然摆放在橱柜中靠后一点的位置，但剩的那三块红薯还有正月十五晚上剩的一碗元宵不知什么时候已被老太太吃得一干二净了。

其实，此时正在号啕大哭着的虹还不知道，就在这一夜，在这个对于所有人来说再平常不过的夜晚，这座北方的城市还发生了一件大事：有一个领导被组织"双规"了，这个人的名字叫张靠山。

郎的诱惑

一

袁青子正坐在炕头吃饭，忽然接到了一个电话。他的手机铃声是女儿给下载的，是凤凰传奇唱的《郎的诱惑》，"娘子，啊哈"的声音传来，接着便是这首歌叮叮咚咚的前奏。袁青子这时正盘腿坐在炕上，手机装在裤兜里，干着急，掏不出来。他将半截身子侧过，头几乎要倚到被子上了，才将手机从兜中掏出来。而这时，《郎的诱惑》已唱到"看最美的烟火"这一句了。袁青子掏出手机，手机的另一头却拴在裤腰上，袁青子只能把头低下来，猫着腰哼哼不已地接电话。

他老婆停住了筷子，说：几十岁的人了，还郎啊郎啊的，不嫌臊。

袁青子白了她一眼，但这时，他已顾不得和老婆说话了，他一边嗯嗯地接电话，一边用另一只手摸索着将手机那一头拴着的线解开了。接着，跳下了炕，光着脚丫到院子里去接电话了。

一起吃饭的老婆还有女儿的女儿燕燕这时都停住了手，瞪大了眼睛，不知道到底发生了什么事令袁青子举止这么夸张。

这个电话是袁青子想也没想到的，来电显示是"秘书长"三个字,但这秘书长是谁,袁青子一时却怎么也想不起来。电话那头,是一个说着普通话的男人温柔的声音,问他是不是蒲剧团团长袁青秀。接着告诉他说,自己是云台山民间协会的尚秘书长,几年前曾与他打过交道的。现在眼看又三月十八了,是云台山娘娘庙会的日子,看他们剧团能否来庙会助兴演出。

接这样的电话,在前几年对于袁青子来说是平常事,只是自从前年剧团解散后,袁青子就很少接到这样的电话了。他此时捂着电话,尽管对方一再提醒,但他仍然想不起来这个彬彬有礼的男人是谁,只是一面嗯嗯地胡乱应承着,一面脑子里快速地回想着这个人的信息。等对方提起云台山,提起娘娘庙这茬儿的时候,袁青子才隐约想起来了。四年前,他们剧团曾经在邻县的云台山演出过。印象中,那时的云台山景色似乎不错,但山上的庙却破旧不堪,根本不成样子。山上的主庙是娘娘庙,同时还有祖师庙、财神庙、药王庙、牛王庙、马王庙、龙王庙、土地庙等一大堆庙,但这些庙都名存实亡了。连保存最完整的娘娘庙也是四面墙虽在,但屋顶的瓦片与木料都被揭了,墙上的壁画破烂不堪。他们演戏的那一阵,娘娘神像还没塑起来,临时用红布写了"九天圣母"几个字摆在了中间,至于娘娘庙顶呢,则横担了几根木料,用塑料布遮着。

山想起来了,庙也想起来了,但袁青子却怎么也想不起这个姓尚的秘书长来。在电话中,袁青子告诉他,剧团前年解散了,那些演员当小工的当小工,站超市的站超市,还有开出租车的、赶红白喜事的,就连他自己,这两年也是靠种几亩果园养家糊口哩。

对方在电话中耐心地听完了他的话,叹息了一声,说:那可真是太可惜了,你们当年的演出可是给这里的人们留下了很深印象的。今年有位大财主,亲自点了你们的戏,并且言说非你们的戏不看的。

　　对方语调不冷不热，短短的几句话，却有着丰富的信息。一是话语包含了情感因素，留恋并且惋惜。二是称赞袁青子的剧团戏演得好，给人留下的印象深。三是有一位大财主非他的戏不看。至于财主有多大，对方没明说，但从言谈中，袁青子还是感觉到了这个大财主沉甸甸的分量。通常情况下，跟班素质的高低是最能体现主人身份的。袁青子常年在外边跑，这些他当然知道。

　　袁青子人本就眼浅，被对方几句高帽子戴得舒舒服服的，这时有几分得意忘形了，说：那可不，别看我这个蒲剧班子小，可是西北五省唯一的一家。别说在咱们陕北，就是当年在山西也是数得上的。当年我们到山西临汾演出过，知道不，临汾可是蒲剧的发源地啊。唱得好了，有掌声；唱得差了，有砖头。我们和临汾一家有名的县剧团唱过对台戏，唱到最后，他们台子下的人全跑到我们台下了。那天晚上，那家剧团的团长还请我们大家吃了一顿饭呢，婉转地请我们离开，说如果我们再演下去，他们就没法子演了。

　　袁青子在电话中说的这些都是事实，当年他确实带着这个蒲剧团到临汾演出过，也跟一家剧团唱过对台戏，但对方并不是县剧团，而是和他们一样的，只是一个民间剧团而已。

　　对方耐心地听完了，然后轻声问道：那你说，你们是真不能来了？

　　这时千不该万不该，袁青子信口问了一句：那演一场给多少钱啊？对方听到这话，呵呵笑了，轻声说：只要你们来，应该一场至少五千吧。

　　对方说得轻描淡写，但这个数字还是把袁青子吓了一跳。要知道，一个县里五六十号人的大剧团演出一场也不过三千多啊，他这么个小戏班子演一场就值这么多钱?

袁青子又问了一遍,当听到对方肯定的答复后,他就急急地说:那让我看一下,看看人能拾揽得齐不,我回头给你回电话啊。

对方仍然细声慢气地说:那好吧,演与不演你及早给个话。说完,就挂了电话。

电话一挂,袁青子就恨不能扇自己两耳光,觉得自己真是没出息,在人家面前表现得这么轻浮。按道理说,人家这么看重自己这个剧团,自己又是一团之长,应该势扎得更牢一些才是。然而刚才自己的表现完全像个没见过世面的人,或者就像个耍猴的,只要谁给两个钱,自己就可以随着锣声蹦跳一阵,真是有辱身份啊。

老婆这阵端了碗正倚着门吃饭,看他满脸的喜悦,就问:又怎么啦?

袁青子神秘地说:天大的喜事,有人愿意出大价钱让我唱戏哩。

老婆问:多少?

袁青子伸出五个指头。

五百?

五千!袁青子得意地把手翻转晃了两下,说,我每天在家里哼几句,你嫌难听哩,可你不知道有多少人都在等着听我唱戏哩,刚才这个大财主还非我的戏不看哩。

老婆这时已返回到炕边了,她大声呵斥说:把米汤喝了,我要收拾碗哩!随即她一边收拾着碗筷一边嘟囔道:也不知道谁把眼睛瞎了。

袁青子端起碗一口气将米汤喝掉了,伸手在嘴上左右一抹,穿了鞋,出来站在了院子里,然后清了两声嗓子,拉开了唱戏的架势。

> 为王的坐椅子脊背朝后,
> 头朝上脚朝下两眼朝前,
> 走三步退三步等于没走,
> 一双手伸出来十个指头。
> 啊啊啊啊——

没办法,我们的主人公袁青子,就是这样一个没出息的人。

这是个黄河岸边的小村子,隔着一条大河,对岸就是山西。由于只相隔一条河,所以,两岸人来往非常多。袁青子他爸本就是山西人,当年在山西唱蒲剧就唱得红火,人是男的,却主演旦角,人称"迷三县"。后来日本人打进来了,阎锡山的大部队退守到黄河这一边的陕西境内,驻扎在了宜川的秋林镇。这个"迷三县"也稀里糊涂地跟着部队过了黄河。他先是在部队里唱唱戏。过了两年,阎老西的部队又回到了山西,可这时"迷三县"却走不了了,因为他爱上了本地一个长腰身的女人,后来他就在这里结了婚,扎下了根。留在本地以后,他重新组建了一个蒲剧班子。新中国成立后,这个戏班子被县政府收编了,他也顺理成章地成了蒲剧团的团长。县蒲剧团刚成立的那几年,是剧团的兴盛期,来来往往,演出很多,"迷三县"还有剧团的其他演员在民间可谓家喻户晓。但很快,"文革"来了,县里的红卫兵分成了两派,剧团也分成了两派。"迷三县"参加了其中的一派,结果两派打仗,这"迷三县"的长腰老婆被另一派给俘虏了,当成战利品,送给了革命造反派的头头。"迷三县"气不过,就拿了一杆枪和人家去理论,结果走在半道上,遭到了对方的伏击,被开枪打死了。至于他那个长腰身的女人呢,也是个有志气的女人,听说老汉被打死了,她扔下了八岁的儿子袁青秀,找了一根绳子上吊了。这样,生活一下子面目全非,袁青秀就成了孤儿。成了孤儿后,大家就不叫他大名袁青秀了,都喊他袁青子。

俗话说:老鼠的儿子会打洞。这袁青子虽是个孤儿,但长到二十岁时,却是一表人才,个子高、脸白。脸虽是个平板脸,但一化装却无比生动,天生是块演戏的料。他不肯务农,先是乱跑,跟几个民间剧团到处唱戏。后来,他招兵买马,在辍学的亲戚中挑了几个长得白净、不爱念书的人,组建了蒲剧团。这个剧团断断续续起起伏伏唱了多年,先是跑各村演出,赶庙会演出,也应付一些红白喜事。到了前年,剧团终于维持不下去了。物价天天涨,可唱戏的钱却少得可怜。收入少了,剧团的衣服破了没钱添置,人员工资发不出,无奈之下终于散了伙,各回各家去了。

剧团散伙了,袁青子一连许多天闷闷不乐,但这事却正中他老婆的下怀。他老婆是个典型的庄稼人,认为庄稼人就得有庄稼人的样子,天天到地里务农,日出而作,日落而息。她很是看不惯袁青子这样的二流子,五十多岁的人了,整天没大没小地在女人堆里混,一会儿夫啊一会儿妻,一会儿爹来一会儿娘,真是丢人现眼。再说近两年,村里家家户户种苹果,收入也不错。所以,她一提起袁青子唱戏就来气,干啥不像啥,弄啥不成啥,钱没赚下,人没认下,城里乡里都误了,只图了自己痛快,这算什么事呢?

然而就这样安安分分过了三年之后,竟然还有人惦记着袁青子的戏,还愿意掏大价钱看他的戏,可真是奇了怪了,太阳从西边出来了。是谁这么不长眼呢？

　　袁青子这时却顾不得许多了，他开了偏房的门，唱戏的家当全部堆积在这里，大大小小的箱子有十多个，有堆在炕上的，有放在脚地的，都乱放着。这些箱子原来四角都包着，镶着铜边，可能是长久运输的缘故，漆都碰掉了，斑斑驳驳的。袁青子随手打开一个箱子，里边是服装，他提起一件龙袍抖了抖，扑面而来一股发霉的味道。他放下了，又提起一件来，却是一个老妪的长衫，淡灰色，上面印有淡画，但衣角开了缝。袁青子叹息了一声就放下了衣服。他又打开一个箱子来，却是铜器箱，里边放着二胡、唢呐什么的。由于剧团解散了，一些乐器就被亲戚、村人借走了。他翻看着这些，想着庙会能演三天四夜七场戏，每场五千元，算下来就有一大笔，除过人员发工资外，还有大部分结余，是可以添置一些新行头的。再说，有人愿意出大价钱看戏，说不定对于剧团今后的发展是个好兆头呢。干脆就干吧！可是，人呢，这些演戏的人在哪儿？想到这里，他就出了小偏房，又在院子里打了一通电话，等电话打完了，他心里就有数了。

　　这时，一旁的外孙女燕燕过来扯住他的衣襟，要钱买泡泡糖吃，袁青子心里一时乐和，就拉着她的手来到了村口的小卖部。

　　小卖部旁，村里两个小伙子正在那儿神神秘秘地说话哩，看到袁青子来了，一个小伙子赶上去，拦住了他，给他发了一根烟，说：叔，这《空城计》里，司马懿围了城，诸葛亮在城头上一边弹琴，一边拿着鹅毛扇，当时是不是这样唱的？这个小伙子边做动作边唱道：我坐在城头观风景，只听得城外闹嘈嘈……

　　袁青子看到这段有名的诸葛亮的戏被这小伙子唱得这么别扭，立即制止住了他，说：你别再糟蹋戏了，这诸葛亮听到你唱非被你气活了不可。说着，袁青子就摆正姿势一招一式一板一眼地唱了起来……

他唱了一段，正唱到高兴处，还要往下唱。两个小伙子中的另一个就从小卖部买了一瓶酒出来了，他像拿手榴弹似的把酒瓶倒拿在手中，制止住了正有滋有味地唱着的袁青子，说：叔，你别唱了，我算是把你服了，我婶子这几年算白管你了。

原来，这两个小伙子正拿他打赌呢，一个说能让袁青子开口唱几句，另一个不相信，两人的赌注是一瓶酒。

你们这些驴尿娃！袁青子知道了这个缘故，停住了唱，扫兴地骂了一句。但他似乎还没唱过瘾，依旧哼哼着领着燕燕进到小卖部里。

到了下午，袁青子给那个尚秘书长打去了电话，确认自己的剧团一定去唱戏。戏价就按先前说好的，但可不可以先打一些定金过来，其他的到演出结束时一次性付清。

对方说，钱不是问题，只是他们想要前几年唱戏的原班人马。

袁青子一听，心里有了疑问，说：都几年了，有些人都不知还在这世上活着不，我到哪儿去找哩？

对方依旧是一副平淡的声调说：那主要演员总得要呢，就像那个赵红霞什么的。

听到对方提到赵红霞，袁青子顺口问：为什么就赵红霞不能换呢？

她不是戏演得好嘛。对方依旧淡淡地说。

挂了电话，袁青子想，这人可真是不可貌相啊。赵红霞是袁青子一个远亲的娃娃，十四岁进的团，今年算年龄也该二十四了吧。人聪明，长得也漂亮，很快就成了团柱。只是在袁青子的眼里，她戏演得并不好。因为她练功不刻苦、懒、娇气,为了这,赵红霞没少挨过他的骂。但这女子自有一套,说话娇声娇气,话语里常常有一种额外的撒娇的韵味。开起玩笑来没大没小的,常常弄得袁青子发脾气也不是,不发脾气也不是。

比如,有一次赵红霞演戏出了错,袁青子当着大家的面批评她。谁知,正当他气势汹汹地训话之时,这赵红霞反而露出一种无辜的表情,嘟囔着说:师父,我该是笨嘛,该是没学会嘛,你就不能小点声说啊?这句话一下子就把袁青子的火给泻了。还有一次,全体团员早晨起来都在一起压腿呢,赵红霞却闲站在一旁,袁青子说她,她却说:师父,我今天不能压啊,我今天穿的裤窄,要是扯了可就丢人丢大了。当时听了这话,袁青子心里那个气啊,他直接上手,一把将她的腿抬起来,放置在了墙上,动手给她压。但只压得两下,红霞就吃了疼,只听她哎哟了两声,说:师父啊,慢点啊慢点,我妈今天正打算给我找个对象哩,这腿坏了,谁还要我呀?大伙正哼哧哼哧练功哩,听了这么娇气的话,一时扑哧都笑了。袁青子虽然还绷着脸,但一肚子的气瞬间没有了。

在袁青子的眼里,女大十八变,赵红霞在剧团十年,人是越长越漂亮了,但演戏的水平也只是马马虎虎而已。可万万没想到这世上还有人瞎了眼,觉得她戏唱得好呢。不过话又说回来了,现在是个流行看脸的年代,赵红霞年轻、漂亮,声音温柔,唱功还过得去,人家喜欢看她的戏也是天经地义的啊。而像他袁青子,年轻时虽然帅,但现在已是半老汉了,腰弯了、背驼了,搽再厚的粉也遮不住满脸的皱纹,唱得再好,又有什么用呢?要知道,赏心悦目这四个字可是连在一起的哦。

袁青子打电话联系的几个老人手都非常痛快地表示愿意去云台山。其实，这中间一部分人和袁青子一样，天生爱红火，一听锣鼓响，屁股就坐不住了。还有一些人是想跟着去玩，反正连来带去就那么几天工夫，权当游山玩水，何乐而不为呢？到了下午，唯独两个主角——二堂与红霞没联系上。

二堂在剧团解散后，领着几个人组建了一支乐队，整天在农村跑红白喜事，同时还兼搞个开业庆典什么的。至于赵红霞，袁青子只听说她先前在超市打过工，再后来就不知道了。

袁青子拨打了几个电话，问着二堂的号码，打电话却没人接。他是个心里藏不住事的人，听人说二堂在县城南关租了一处地方，便打算骑着摩托去找他。二堂与红霞都是台柱，没他们这戏可是唱不成的。另外，他心里估摸，找着了二堂，可能就找着红霞了，原先在团里，他俩的关系是最要好的。

袁青子发动了摩托去找二堂，刚出村，摩托车胎就没气了，于是又推回到村口补了一回轮胎。后来要上路，他又觉得自己的穿戴不行，就回到家里，在镜子跟前照，发现先前浓密的头发已脱了许多，头顶上透过稀稀疏疏的头发已可见头皮了。胡子也好长时间没刮了，黑的与白的交织着。瞅着这些，他不禁叹息了一回，真是岁月不饶人啊，想当年，自己可真不是这样的。他拿了一把剪子，仔仔细细将胡子剪了，又在偏房的箱子里找了一顶礼帽戴上，重新骑着摩托上路，风风光光地去城里找二堂了。

找到二堂租住的地方，门却上着锁。问主家，主家说二堂今天到一个叫烟山村的地方去应白事了，要明天下午才能回来的。这时天已黄昏了，县城河里有了一丝淡淡的雾气。袁青子想来想去，反正回去也是睡不着，干脆就骑着摩托往烟山村赶去。

到了烟山村,天已完全黑透了。摩托开着大灯,顺着大路往村子走,离得老远,袁青子就听到了响吹细打的声音,沿着声音一路往后村里走,便找到了位于后山沟里过事的主家。这家人姓张,正给母亲办丧事,大门口两边摆满了花圈。院子里搭起了帐篷,一大摊人跪着,正举行"行礼"仪式。袁青子把摩托停住,从人群里挤进去,见二堂几个果然在这里,他们此刻正忙得不可开交。院子门口燃着一堆火,放着张小桌子,这里常是吹手待的地方,袁青子就在这里找了个小凳坐了下来。

他的到来引起了不小的轰动,由于他多年唱戏,在这个小县城里颇有一些人能认得他。大家好长时间没见他了,这回见了,只见他上身穿呢子袄,下身穿灯笼裤,戴个大礼帽,活脱脱一个汉奸形象,都忍不住笑了起来。他一坐到这里,许多人便围过来跟他拉话,也有笑骂的,登时乱成一团。那姓张的主家也认得袁青子,见他来了,就把白衣服下摆往腰间一别,提了一瓶酒来倒给他喝。主家的几个侄儿见了,也都跑过来倒酒,一时这里倒比帐篷里更热闹了几分。

袁青子是性情中人,爱喝几口,又爱让人戴高帽子,大家一个个都奉承他,又挨个给他敬酒,他便多喝了几杯。

寒暄了一阵,几杯酒下肚,主家与侄儿都忙去了。这时只听帐篷里有礼生呐喊,诸祭客各自就位,于是所有参加祭奠活动的人都一股脑儿挤到了帐篷里。大家一一站好,开始按礼生的吆喝声四叩八拜。跪拜毕,诸祭客将中间的场子让了出来,孝子个个低着头猫着腰拿着哭丧棒上前去,一一空开距离跪下。二堂在前端个盘夸张地扭动着,后边跟着的四个响吹细打的人开始一一围绕孝子转圈,俗话叫"掏剪子关"。这个仪式也是今天祭奠仪式的最后一项,但得好长时间才能完。

过得一阵，来回忙活着端盘的二堂不忙了，就走过来坐到了师父身边说话。

这时天早已黑透了，有微风起，柴垛上的火焰便直向一边扑。师徒俩围着篝火喝着浓茶，袁青子便对二堂说了到云台山演戏的事，二堂一听这么高的价格也吓了一跳，忙说没问题的，没问题的，只要师父去，他肯定就去。

袁青子问起红霞的境况来；二堂听了红霞这个名字，情绪有些低落，当时低了眉眼，说：她早不在超市了，后来还跟我们跑了几天，就不跑了。听说现在傍了一个大老板，成天推销汽车哩。

袁青子听他这么说，登时心里起了疙瘩，就问他：那红霞不知愿意去不？

二堂脸上似乎有些不高兴，怨气十足地说：人家现在成了能行人了，我哪里知道啊！

袁青子是过来人，当初在剧团里，他就看出这二堂一门心思对红霞好，眼下见二堂这般样子，估计两人可能又闹别扭了，只是不便多问。想了一刻，他觉得这红霞去不去可是大事，得及早定下来哩，便对二堂说：你现在去找红霞吧，就说我都答应人家了，要她无论如何也要去演戏的。

二堂说：我明天去吧，再说这里还有一大堆事哩。

但袁青子此时心急如焚，就说：你去找吧，这里有我哩。

二堂忐忑着说：一会儿要哭灵哩，你年龄大了，恐怕不合适吧？

袁青子说：演戏的，成天都在台子上哭哩，有什么哩？再说，我心里有谱哩，保管吃不了亏。

师徒俩在这里说着，二堂就开始脱衣服，一边脱，一边说：去估计也是白去，人家才看不上演戏这点小收入哩。

袁青子听到这话心凉了一截，就说：死马当成活马医吧，行与不行，你尽早通个气。

二堂换了衣服，把三轮丢下，骑着袁青子的摩托走了。

而院子里，这时行礼已毕，开始轮到今晚最后的哭灵了。

二堂一走，袁青子就动作起来，开始化装。他今天临出门时把胡子剪了，所以一时化起装来倒有模有样的。烟山村里的人知道袁青子要哭灵了，都觉得稀奇。有小生哭的，有旦角哭的，但是老汉哭灵还是第一遭。于是大家就一传十、十传百，一时间，帐篷外、脑畔上，都挤满了人。更有一名妇女，挤进人群去看袁青子，没想到，一脚踏进了灰堆里，刺啦一声，倒把袜子给烧着了，引出了一场笑话。

一会儿，袁青子化完装了，他将戏装穿戴齐整。因为帐篷里挂着个一千瓦的大灯泡，大家离得远，在灯下只能看个大概。大家觉得果然是人凭衣裳马凭鞍，这一化装，袁老汉也年轻了许多。此时，孝子已全部在当院跪了，袁青子走进帐篷，从陈尸的床边抱起了主家去世的母亲的照片出门来。那相框缠着一圈黑纱，框中的老人一双眼睛正深情地望着大家。袁青子抱着相框，一迈开方步，他的内心就有了情绪。——他就是这么个人，仿佛今生是专为唱戏而生的，只要化上装，走两三步，他就有了感觉，就入戏了。此时，他缓缓地挪动着脚步，一步一步，出得门来，把遗像摆放在门前的香桌上，然后单腿跪地，点了三炷香，浇了三杯酒，磕了三个头，站起身来。母亲——呀呀呀呀……只叫得一声，就开始有了眼泪，声音也开始哽咽了。大家伙都围着，先见一个老汉哭灵，都觉得惊奇，再见他一化装觉得果真有了那么点意思。只听他"母亲呀"喊了一声，声调中便有了哽咽，仔细一看，他竟然在灯下抹起了眼泪，而所有的人都发现那眼泪竟然是真的，一时大家惊呆了，气氛也悲伤了起来。这时仔细听着，只见袁青子用衣袖左右拭了一下泪，一字一板地唱了起来：

> 我的母生我干草间，
> 缺吃少穿常熬煎，
> 母亲为儿半夜把衣缝，
> 母亲送儿把书念……

唱着这些词，袁青子悲从中来。他想到了自己的父亲，一辈子爱唱戏，可最后却惨遭人射杀；他想到了自己的母亲，当初是方圆几十里的美人，最后却上了吊。此刻，他唱着，面前的所有人都不见了，觉得就在自己家里，主家门口哗哗飘动的招魂纸也似乎挂在自家门口，而里屋门板上躺着的这个老女人，此时也仿佛变成了自己的母亲。他一边唱着，一边想着母亲的一切，禁不住心头一阵一阵的悲哀往上涌，顿时就泪水涟涟。袁青子这一哭，登时有许多亲戚来客也都想起了去世的老人家的好来，就也都跟着抹眼泪。

唱了有四十分钟，词是唱完了，可是袁青子竟然跪在灵牌前，咿咿呀呀的也不知是唱还是哭得站不起身来。主家姓张，今年也五十大几了，满脸的胡楂儿。他母亲八十三了，瘫痪在床七八年了，他早已对母亲没什么感情，心里只盼着她早走早投胎，今天这么铺陈丧事也只是走个过场而已。他先前见袁青子哭得这么实在，心里高兴哩，暗想着今晚可实在把人赢了。但见词唱完了，袁青子还在咿咿呀呀地哭着不起身，他就有些忙乱，上前拉着袁青子说：行了行了，哭一哭，意思到了就对了。但还是没把正沉浸在悲痛中的袁青子拉起来。这张主家见袁青子还在哭个不停,便凑近耳朵上悄悄对他说:这是我妈,又不是你妈,你瞎哭什么哩?钱都给了,再哭可不加钱的。

主家的这一席话,才仿佛把袁青子从梦中惊醒过来。他停了哭声,抬头左右看看众人,黑压压一大片,都在望着他,都在抹着泪。他一下子回到了现实中,心里不禁为自己感到生气:他妈的,别人的老妈殁了,我在这里瞎折腾什么呢?

当下起身,他心里也颇感尴尬,觉得自己吃了亏,就想开个玩笑缓一缓气氛,说:把他的,哭着哭着,我就想起我家丢了的那头驴了,一时哭不停。

这句话一说,登时引起了大家的一阵笑声。那主家跟袁青子也熟,当时就做了个要踢他一脚的姿势来。

这时有礼生呐喊道:众人烧纸了——

于是围观的村里人开始一一散去,孝子、亲戚朋友、帮忙的开始烧今晚的最后一场纸。

袁青子没有卸装,他径直从人群中往外挤,一边走,一边就觉得自己脸上皱巴巴的,伸手一摸,就摸见脸上的粉此时已被泪水冲成了一道道细壕。

这他妈的,人家埋娘老子哩,咱是没屎事做了!袁青子说着,听见电话响,他连忙掏电话,打开一看,只见有四个未接来电,这些未接来电全都是二堂打来的。

二

袁青子组织了人,忙忙碌碌排练了六七天,又准备了几天,就到了三月十八庙会的日子。

这一天，袁青子雇了一辆面包车，又雇了一辆三轮车，一前一后，拉着全团的十五个人和所有的戏箱子来到了太平村。离得老远，袁青子一干人就瞅见村子红砖绿瓦，房屋甚是齐整。过了太平村，就到了云台山脚下。这云台山不知什么时候已铺上柏油路了，路虽然弯弯曲曲，但相比上一次，显然好走了许多。车缓缓上行，又拐弯又转圈的，大约行了有十里路，大家就看见云台山的主峰及主峰上的娘娘庙了。这时，却没了公路，面前只是一个个石台阶。车在这里停了下来。袁青子跳下车，一面招呼一干人将车上的东西卸下来，一面就给尚秘书长打电话，要他找一些当地的人来搬戏箱子。尚秘书长接了电话，要袁青子在原地暂时等候。过了大约有四十分钟吧，沿路就上来了一辆三轮车，坐着八九个人，清一色的年轻后生。这些人来了，二话不说，扛起戏箱子就上山。袁青子心里还在打着小算盘，不知这搬运钱可怎么算呢？因为按照惯例，这笔费用都是由剧团自己出的。

承头的小伙子看出了袁青子的顾虑，说：你就别管了，钱也不用操心了，你们只管空手上山吧。

钱有人付？袁青子听了还不大相信。

当然。小伙子说。

袁青子听到这话，就安了心，忽又想着，该不会从戏钱里扣吧？但觉得此时自己再说这话就显得小气了，便没再吭声。于是，那八九个小伙子把大件箱子都抬上了，剧团的人就拿些小件，大伙三个一群、两个一伙地沿着石台阶向山上走去。走了近一个钟头，一干人到了山顶。山顶上一个穿西服的中年人正在庙院里等着袁青子他们。袁青子见此人个子瘦高，胡子刮得溜光，头发秃了，露出一大片光秃秃的额头来,估摸着他就是尚秘书长,一下子热情地握住了他的手。尚秘书长的身后跟着一个道士,道士年龄有些大,穿着灰布衫,下巴上有一绺青白色的胡子,说话时总会用手捋一下胡子。尚秘书长见了袁青子,就对他说:山上地方紧张,一些拉电的工人还没撤下山呢,占着两孔窑洞,所以只能给剧团腾出四孔窑来,实在腾不出更多地方了,大家将就一下吧。

袁青子自打上了山,真是不看不知道,一看吓一跳。几年没来,山上虽然景色依旧,但庙院建筑却大变样了。房舍焕然一新,红墙灰瓦,气派了许多,他一时感慨地说:都认不出了,前几年可不是这个样子。尚秘书长说:县里成立了民间协会,政府支持开发哩,动静就大一些。袁青子忽然想到尚秘书长电话中说有个大财主愿意掏大价钱看他的戏这回事,一时就问这个人是谁。尚秘书长听了,打着哈哈说:你戏唱得好啊,远近有名的,有人愿意掏大价钱也在情理之中嘛。然后他掏了一张名片给了袁青子,说:有事请随时和我联系。说完就走了,他一走,那个道士也跟在他屁股后面走了。

剧团里的东西这时已全部搬上山,胡乱堆放在窑洞前。但这时,剧团的姑娘小伙们都顾不得收拾东西了,他们一个个一上山,便瞧见山上的庙院富丽堂皇,焕然一新,都相跟着先看稀罕去了。

原来这云台山和外界的名山比较起来是不算大的,也不算有名,但在陕北这片光秃秃的黄土地上,却是赫赫有名的,漫山遍野都是白皮松,青翠欲滴,有风刮来,松涛阵阵。在看惯了黄天黄地的人们眼里,便觉得这座山格外特殊了。山上几座庙都分开建在山的几座峰头上,正殿是娘娘庙,据说是主管孩子的成长与婚姻的。年龄大了的善男信女没有合适对象,都来这里求婚姻,结婚后他们又在此求子。有了儿女了,民间讲究这儿女是娘娘给送的,父母亲就在娘娘庙里求几根红丝线拴在儿女的脖子上,俗称"锁",儿女每长一岁都要在红丝线上包一层红布,长到十二岁时,父母亲就来还愿,将"锁"摘下来挂在山上的松柏树上。所以沿途的松柏树上都可以看见悬在枝条上的"锁"。

袁青子本来想让大家先收拾好地方、安排好住处的,但此刻见众人都走了,就不愿意扫大家的兴,想了想也跟着大伙去凑热闹。一大群人沿着一条线路走,先从侧面走过去,到南门上去看最高处的祖师爷殿,接着看了药王殿、财神庙、土地庙、龙王庙什么的,最后才来到了正殿。正殿里供了三尊神,中间是九天圣母,两旁还有两个圣母,但大家都不知道是谁。出了正殿门,左右是两个偏殿。偏殿里也各有三尊神像,一尊尊神像下边放着牌位,写着引蒙娘娘、送子娘娘、斑疹娘娘什么的,似乎是为了娃娃成长,神都要各管一套的。剧团的一大群人看完左右两个偏殿里的神像,都觉得这些新供的娘娘仿佛是一个模子里刻出来的似的,除过手里拿的东西不一样外,面目都是一样的。个个身材苗条,脸也不再是和正殿中的娘娘一样的富态的圆形,而是瓜子脸。在五官的塑造中,眼睛与嘴巴之间的距离拉开了,鼻子塑造得高而挺,因而这六尊位于偏殿的娘娘神身上多了一些人间气,多了一些现代气韵。

剧团里的彩霞素来以口快著称,她来回瞅着这些娘娘神,瞅了半天,突然开口说道:我咋觉得这些神像和咱们团里的一个人像哩。

大家听了这话,一时望望塑像,一时又望望赵红霞,瞅了半天,大家都不禁啧啧称奇,说鼻子眼睛果真有几分像。

红霞看见大家瞅她,这时也意识到了,就开玩笑地说:那不如我站在你们面前,你们给我磕几个头算了!

天明打趣地说:现在都是给有钱的主儿磕头哩,你不给钱,还充什么爷啊?

红霞开玩笑地说:那可说好了,等我有钱了,你们都来磕啊。

彩霞说:唱个戏一天赚一点糊口钱,猴年马月才会有钱哩。

这时,个子较低的小子在一旁听见了,接口说道:那可说不定,说不定红霞一下子就成有钱的主了。

一旁的二堂听到这话,瞪了他一眼。

一群人嘻嘻哈哈地将庙院转了一圈,临走了,转到了正殿后面来,但见这里对面是黄土高原,连绵起伏,苍茫阔朗,果真是一番好景致。娘娘庙后,还胡乱堆放着一些石碑,有许多字迹已模糊了。有半块碑子被半压着。天明戴副眼镜,他是剧团中少有的爱学习的人,见了石碑,便想卖弄一下。他用嘴吹去碑上的土,开始念起来:新建圣母殿记,明,张尧辅。夫天地间有化生,有气生,有形生。化生者,渺而不可知;气生者,虚而无能为;形生者,蠢而为物,灵而为人。物固不足论矣,独坚人得天地之气以成形,果谁根柢?是世人金曰:圣母徽柔懿恭,娴雅贞静,为见天之妹,司人间祖宗继嗣、儿女根源者也……

念到这里,下面的字就模糊不清了,他又发现旁边有一方新石碑,刚刻好的字,还没竖起来。接着念道:强邑七十里许旧有名山,以每日有云雾笼罩,故名云台山,稽其绝顶,则有圣母娘娘庙一座,英灵丕著。但墙垣倾圮,庙台坍塌,正殿献殿,丹青剥落,几不足以蔽风雨,乐楼戏楼,栋宇摧残,更有轻亵神祇也。于是高氏玉海等有识之士,竭诚捐助,公元二〇一一年十月十六日动工,二〇一四年十月完工;在山之西南,又有祖师献殿及药王、财神等诸殿，具皆增新，不一年而功告竣焉。"

见碑上提到了高玉海，这个人大家都知道，是远近有名的房地产商。一时，大家围绕高玉海说了一通"人有钱了，可真了不得"的废话，然后一个个转回到窑前了。

剧团的住宿，按照袁青子的安排，一共四孔窑，剧团十六个人，未婚的男的占一孔，女的占一孔，几个结了婚的成年男人占一孔，再剩一孔当然是留给自己住，只是自己住的这一孔，兼带半间厨房。剧团的人对这些安排当然没什么意见。长期出门，大家都习惯了，不觉得苦，只是怕潮气，有些人就近捡了些干草铺在褥子下面。而更多的，在出门时则带了防潮的塑料布什么的，这一阵子就忙着铺被子了。

一时被子铺好了，今晚还有挂灯戏，一些人就各自忙去了。大伙栽杆的、挂幕的、接电的、抬戏箱的，忙忙碌碌，不一而足。

天明、天亮是亲兄弟，这两人还兼着团里的厨师，这一阵两人就在袁青子住的这孔窑门口开始和泥盘炉灶。袁青子和彩霞一起把箱子打开来，将锅碗瓢盆油盐酱醋这些东西一一从箱子里拿出来摆在了空床上。

忙活了一通，天明、天亮兄弟俩就将炉子盘好了，两人捡了些干柴来，在灶火里引着了火。因为炉子是湿的，灶火中的柴火一边燃烧着一边发出吱吱的声响来，浓烟这时也不从炉筒子里往出冒，全从锅的一周冒出来了。湿气太重，一时火着了又灭了，天亮着了急，趴下身子，用嘴呼呼地吹着火。

袁青子看见天明、天亮两人身上都沾了不少土，想着走时匆忙了，也没给他们弄条围裙来。他一边想着一边拾级而上，穿过一个门洞，跑到上院的正殿里来找苗道士。

这时的苗道士正穿着长袍坐在钟磬旁，忙着给三个人做祷告。

正殿内，娘娘塑像前，三个蒲团上都有人。两旁跪着一对夫妻，年龄有五十多岁。男人个子低，土眉土眼的，满脸的愁苦。婆姨胖胖的身材，皱纹像蜘蛛网似的布满了脸。中间的蒲团上是一个二十七八岁的女人，大约是这一对夫妻的女儿，她却是蹲在蒲团上的。袁青子去的时候，夫妻俩硬要女儿跪下来祷告，但女儿无论如何都不肯。夫妻俩左右各扯着一条胳膊，拉了半天，那女子始终没有跪的意思。男人不好意思了，对苗道士说：好你哩，苗道士，这几年这女子的婚姻不顺，就得了邪病，一阵好一阵歹的，你该知道的。

苗道士身材干瘦，坐在一旁，不动声色，他照旧捋着下巴上的几根胡子，说：女大不中留，留来留去留成仇。还是早点嫁掉为好啊。

可不是嘛。胖女人也说，只是没个合适的对象。她说着，就趁女儿不备，猛地扯着女儿的胳膊，一使劲，女儿一趔歪，一下子就跪倒在蒲团上了。但女子虽被拉着跪下了，却并不低头，只是挺直着脖子，抬着头，一动不动地瞅着神像。

苗道士递了三根香给男人，男人跪着伸长胳膊在桌案前点着了。上完香，他起身往捐赠箱里塞了几块零钱，然后祷告着说：神啊，我们就住在山下，一直都信你哩；一年来好几次哩，你保佑我们平安吧！我们是小民，是平头百姓，实在是折腾不起了，也让出事出怕了。

就是哩。胖婆姨似乎非常爱说话，她接着男人的话说：神啊，你保佑着我们，只黑不要明，只下（雨）不要晴，给人一点小病，莫要小命。我们不求荣华富贵，只求日子过得顺当一些。

二人正这么说着，中间抬头仰望着神像的女子忽然说：这么多神，长得漂亮哩，苗道士也爱哩。

这句话一出，夫妻俩大吃了一惊，脸上的颜色顿时变了。男人神情紧张地一把捂住了女儿的嘴，责备道：神面前可不敢乱说！

女子似乎还要说什么，但被捂住了嘴，只是挣扎着说不出话来。

一旁的苗道士这时站起身来，他来到女子的身后，说：人各有志，不必强求。凤英不愿意磕头就别磕了，神大度，是不会计较这些的。说着，他伸手在这个女子的头上来回抚摸了几下。经得苗道士这一抚摸，这个叫凤英的姑娘情绪立时好多了，神情也宁静了下来，他的父亲这时也放开了她的嘴。这女子抬头望了一眼苗道士，眉宇间顿时流露出一种风情来。这一幕恰恰被站在身旁来借围裙的袁青子看到了，他一时看呆了。

三人拜了神，起了身往外走，袁青子目送着这三人离开。他见中间的男人腿有点瘸，走起路来一跛一跛的，右边的妇人满脸的麻木相，左边的女儿神情颇有些暧昧，东张西望，左顾右盼。望着这一切，他总觉得这个场面有一点诡异，但具体又说不出是为什么，不禁低了头独自琢磨。这时，苗道士抬腿从庙里面出来了，他看了袁青子一眼，也没吭声，只管走路。发呆的袁青子看见了他，忽然想起了自己来这里的正事，就连忙上前去，说了借围裙的事。

苗道士听了，依旧不吭声，只是返到正殿来，见墙上挂着一块红布，上边写着"有求必应"四个字，他一把用手扯了，接着，从四个字的当中撕开成两块，团成一团塞给了袁青子。袁青子接了红布，一边低着头往回走，一边仍想着刚才的事。

晚上是挂灯戏,山上人很少,剧团凑合着演了三出折子戏,《拾玉镯》《三娘教子》《三岔口》。台子底下有几个是庙会的工作人员,还有几个是栽电杆的工人。这群工人个个身体壮实,他们七八个人本来在房子里喝酒,后来索性将桌子搬到院子当中来。山上没什么菜,就切了点辣子、灰子白、葱什么的做了一大盆,放到了桌子中间。七八个人围着桌子大呼小叫地喝着酒。一时,台子上的戏演到高潮了,台下的酒也喝到高潮了。有一个工人跟演戏的二堂认识,他喝多了,见二堂正在台上演《三岔口》,就端了一个碗跑到台子上一定要二堂喝几口。袁青子当即把他劝下去了,但那人不依不饶,非拉着袁青子一起喝几杯不可,袁青子怕他们胡捣乱,把戏演砸了,坏了自己的名声,碍于情面,便把台子上的事全交给了二堂,自己跟着这个小伙子下台喝酒去了。

一会儿戏演完了,演员收拾东西各自回去了。但这时院子里的酒场却没完没了,袁青子又喝了几杯,觉得自己不胜酒力,想回去,但这时几个工人都喝多了,不让他回。袁青子只能又喝,再喝了几杯,就觉得肚子里的酒从喉咙里直往出涌,他偷了个空,跑到围墙外边吐了一阵,然后偷偷回去睡觉了。

睡到半夜,袁青子的酒就醒了,他死活想不起这是什么地方,拉开灯,瞪着窑顶出了半天神,才想起这是在云台山上。喝了酒睡不着觉是他这几年养成的毛病。凡喝酒,总是半夜醒来,然后脑子高度兴奋,睡不着。今天也是这样,一时翻来覆去,他心里懊恼极了,觉得自己怎么是这么个人,总是沉不住气。带着这么多人上山演出,大家都在演戏呢,戏不知演成什么样子,自己却醉成这般,丢不丢人啊!一时就恨不能扇自己两耳光。翻看手机,有几个未接电话,都是老婆打来的,想给她回一个,但觉得现在已凌晨两点多了，老婆肯定睡了，想想就算了。一时听见门外风呼呼地刮着，传来阵阵林涛，他多了个心眼，操心着风该不会把幕布刮坏吧？就起身从屋里出来了。

出了门，圆月当顶，发着白森森的光，满世界静悄悄的，林涛一阵阵传来，浑厚而巨大。间或有破门板被吹得呼啦呼啦的声音。他尿了一泡，就走到戏台子上来，只见作为背景的厚帐布右下的一个角先前拴着的绳子脱了，风把帆布掀起一个三角形来，上下呼扇着，他走过来将绳子重新绑到了石头上，又去检查其他几根绳子，都绑得还算结实。他想了想，又怕不保险，便就近捡了两块大石头压在了帆布的左右角上。这时，随着林涛，幕角是动不了了，但幕帐中间却依旧来回呼扇着，观望了一阵，他也没办法，只能寄希望于风能小一些。在台子上站了一刻，他蓦地抬头，就看见了对面庙里的娘娘像。原来这三月十八，是娘娘的生日，这戏是给娘娘演的，娘娘所处的正殿位置高，和这儿的台子是正对面。现在，四周一片漆黑，庙里边的灯却亮晃晃的，披红挂绿的娘娘此刻正和自己相对，瞪眼望着自己。在这万籁俱寂之时，这样的情景反倒添了几分恐怖。袁青子心里一紧，赶忙往回返。到了窑里，却怎么也睡不着，这时他隐隐地听见了有什么声音夹杂在林涛中传来了，"噢——噢——"。他仔细听，似乎是狼嚎的声音，一阵有一阵没的。听着听着，他浑身起了一层鸡皮疙瘩。他虽然没见过狼，但狼嚎的声音，他小时是听过的。小时他还常听人们说起狼吃人或者狼叼猪娃的事情，村里有个女人的脸上有一道疤，大人们都说那是小时候被狼抓的。但自从 20 世纪 70 年代以后，狼就销声匿迹了，再没有听过狼的半点传说。难道，如今狼又回来了？

由于喝多了酒，第二天，袁青子起得迟，一出门，就看见娘娘庙后有一大群人都在山顶上站着，似乎朝山下张望着什么。袁青子不明就里，也赶了过来。只见大家都站在悬崖边，向山下瞧着，轻声议论着。

听了听才知道，原来，昨晚大家都听见狼嚎声了，清早起来一个对一个说，都觉得多年不见狼了，颇感奇怪，也觉稀罕。这二堂与天明两人都说昨晚是从庙后这个方向传来的狼嚎声，声音很近，两人也是逞能，便从这石崖上溜下去，到树林中看到底有没有狼踪。袁青子赶了来，和众人一起站在了这里。只见这云台山山势果然很雄伟，站在这里视野很开阔，朝远处看，对面是连绵的黄土地，沙浪似的，一波连着一波，起伏不断。近处看，山下是一棵连一棵的白皮松，绿汪汪的一大片。在绿波掩映的尽头，也就是在山脚下，隐约可以看见一些红砖黄瓦的建筑，那些建筑掩映在苍松翠柏中，颇有一番景致。袁青子张望着，又想起来那天上山时路过的那个叫太平的小山庄，不由得说：这几年农村变化太大了，都盖得和皇宫似的。刚好天亮在身边，他脸瘦而小，偏偏爱戴着圆墨镜，看起来和电影中的账房先生没有两样，他接过话说道：师父，这哪里是新农村啊，那是豪宅，是有钱人家盖的别墅。

两人正说着闲话，山下传来了二堂的喊声，说：我在这里发现狼踪了！

山上的人听见了，精神都为之一振。天亮拉长声音问：狼踪是什么样的？别是猪踪吧？

二堂在山下喊着说：有五个蹄印，是梅花形的，清晰得很哩！

山上的人也不知道这梅花印是什么样子，当然都不能断定是不是真正的狼踪。

这时山下又传来了天明惊喜的声音：这里还有狼粪哩！

天亮听见了，站在山顶上呐喊着说：所有动物吃了都拉，哪有什么狼粪不狼粪的？说得和真的似的。

山下的天明听了这话似乎不满意，他大声说：肯定是狼，狼吃东西是全吞的，连骨头也吃哩，这粪便中还有毛哩。

其他人站在山顶上，边听边议论着，但大家年龄都小，没这方面的专业知识，也都不知道山下他们发现的究竟是不是狼踪。大家议了一通，见袁青子在身旁，便将脸转过来求援似的望着他，看能不能有个定论。但袁青子对这些也没研究，知道的和大家一样多，也说不出个所以然来。偏巧这时，苗道士过来了。这苗道士先前本是山下的一个老教师，退休了，老婆去世了，娃娃也长大了，他就穿起道袍当起了道士来，碰到有人来烧香了，他便装模作样地敲一下磬。因他识得一些字，有人抽签了，他就给解释一下，收十块钱。他一过来，大家就把他围住了，纷纷问他这山上到底有没有狼。

苗道士穿着长袍，袖着手说：解放前，这里狼多得很，后来山下修大路，没日没夜放炮炸石头，那些狼就全被赶到深山里去了，多少年再没出现了。这两年听人说又有了狼，我在夜里也常听见狼嚎哩，只是还没见过。前一段时间，林业上派人来了，还有个记者扛着摄像机，他们沿山转了几天，说是看见了狼踪，瞅见了狼粪，但还是没有遇见真正的狼。他们走时给我叮嘱，这狼如今是稀罕了，属于国家二级保护动物，如果遇见了，就要报告哩，还要向上边争取经费哩。

袁青子说：这几年生态好了，有狼是自然而然的事，没什么大惊小怪的。

彩霞就在一旁问道士：那狼吃人不？

道士说：当然吃啊。

彩霞说：那神也不管啊？

道士听见她话中有调侃味，扭头戗了一句说：死的还能管住活的？

天亮这时在身边，听到两人的对话，说：我听人说，神怕恶人哩。人越恶，神就越怕哩。

袁青子在这里待着，觉得没甚意思，就站在山顶喊二堂和天明说：不要看了，快点上来，要吃饭哩。

天亮站在山顶也大声呐喊道：快点上来，小心狼把你俩屁股咬了——

二堂与天明在下面应了一声。袁青子对周围剧团的人说：大家都回吧，吃了饭要演戏哩。

一大堆人听了，就往回返，红霞和彩霞相跟着，红霞对彩霞和另外几个人说：我给你们说件趣事。我听说这个苗道士到咱们县城去化缘，到了一家四宝堂店里，那里只卖毛笔和纸张。那家女主人说：现在刚开门，还没收到钱，你拿上一支毛笔去吧，这支笔值上百块哩。这苗道士说：神不爱毛笔，爱钱哩。后来他就一直等着，那个女老板只得向隔壁借了一百块钱给他，也就是给了神。

这话听得大家都笑了起来。

袁青子走在后边，看着红霞、彩霞及其他几个人嘻嘻哈哈相跟着走路。望着他们，蓦然间，他觉得几年没见，红霞的身子骨特殊了一些。再仔细看，似乎她比先前丰满了许多。她的身材臃肿了，腰也有些粗了，屁股似乎没先前紧致了，而是向两边分开。这样，她走起路来就有了一种慵懒感。一瞬间，袁青子就有种感觉，觉得她的神态似乎不像是姑娘了,而和地道的婆姨没有什么两样。

袁青子刚回到窑里,尚秘书长就跟进来了,告诉他上院里又新腾了一间房子,剧团人也可以搬到那里去住,尤其是台柱,可千万别委屈了。

袁青子听了这话,听他提到台柱的事,要说台柱无非二人,一是二堂,文武都能来;一是红霞。他就喊红霞过来,说:上院里腾了一间房,要不,你和彩霞一块儿搬上去住?

红霞一听这话,脸腾地红了。尚秘书长在一旁,这时似乎也赔着小心对红霞说:姑娘一个人住也成,省得怠慢了姑娘。

红霞听了他这话,神态似乎有几分愠怒了,她把脸一拉,说:下院里住得好好的,换什么换?谁跟你说要换了?说着一拧身走了,把尚秘书长给晾在了这里。

袁青子觉得红霞的语气太冲,人家是好心,怎么能对人家这么说话?和个解不下世事的没教养的农村娃娃似的,就给尚秘书长解释说:娃娃小,没礼貌,别见怪。我们出门惯了,只这么几天,在哪里睡还不是睡哩?想当年条件比这艰苦的我们都住过。

没想到尚秘书长对红霞发脾气的事一点也不记在心上,他似乎一点也不怪红霞,说:当然当然,就是就是,无论睡哪里,都是睡在夜里。说着就唯唯诺诺地走了。

尚秘书长走了,袁青子就觉得自上山以来,所有的事情都有点奇怪,也有点诡异,但却不知道怪在什么地方、诡在什么地方。看尚秘书长与红霞两人的神态,觉得他们俩似乎很熟似的,红霞在他身边说话也很理直气壮。但究竟是什么原因,他自己想了半天,也不得窍,也想不明白。

三

　　三月十八的庙会，其实是从三月十六日晚挂灯戏算起，一直演到三月十九晚上，就是通常所说的"三天四夜戏"。

　　三月十七日这一天，演的是《穆柯寨》，二堂演杨宗保，红霞演穆桂英。戏是中午 12 点开始，大约能演到下午两点半。清晨吃过饭，山上陆续有了香客，男男女女、老老少少，还有不少扛着大捆东西，提着篮、拿着香的小商贩也都陆陆续续上山来了。山上的地方小，到了中午，就到处是人了。

　　到 12 点整，一阵紧张的"吵台"声后，戏台前就安静了下来，一大群人都站在院子里抻长脖子看戏。这场戏是剧团上山的第一场正式戏，所以全团的人都铆足了劲。由于人员少，除过几个主角外，有些人就得一会儿扮这个角色，一会儿扮那个角色，甚至有些连装都顾不得重化，出台进台，忙个不停。袁青子是总导演、总监台，要照看着大家别忘记戴胡子，或者别忘记扣扣子，时不时还要客串个角色。但这场戏演着演着，大家忽然发现有什么不对劲的地方。在剧院的后半场，在众人之后，几个人不断地在打着呼哨，大声喊叫着什么，动静比较大，时不时引得全场观众都扭头去看他们。但台子上的演员们心思都在唱戏上，器乐声太大，大家虽然直觉有人不那么友好，但一时也听不清他们在喊什么，也看不清他们的动作。

　　戏演到一个半钟头的时候，杨宗保正与穆桂英两人拿着枪在台子上来来回回打呢，这时，台下有一块鸡蛋大的石子飞了上来，正落在二堂的脚下，二堂一愣，扭头观望了一下，恰巧这时红霞一枪刺来了,他只能将头一避,这一枪差点把他帽子戳掉,引得台下一阵喧哗。二堂与红霞跟随师父多年,他们听师父说过,在20世纪六七十年代到山西去演蒲剧的时候,戏唱得好了,大家会有一片叫喊声,唱得差了,台下就有砖头瓦块直接飞上来了。但自从80年代以后,剧团还从没有遇到过这些事。大概也跟看戏的观众年龄有关吧,80年代以后,年轻人都不知道干什么去了,台下只剩一些老年人与小娃娃了,当然也就没有二愣子再捣乱了。

二堂下了场,满脸的愤怒,把这个事给袁青子说了。袁青子刚才没注意到,这时就掀开帷幕一角盯着下边瞅了老半天,也没发现异样,便回头给大家说:上台后,要多注意一些。

又到二堂上场,还是和红霞对打,但没想到,两人正在忙忙碌碌你来我往之际,又有一块石子从台下飞过来了。这一回,正打在了红霞的腿上。红霞不经打,登时哎哟了一声,扑通一声坐在台子上,枪也扔到了一边。她抱住了腿,疼得直哎哟。

二堂一看红霞倒地了,心里着了急,一时也顾不得多想,把手中的枪一扔,穿着戏装就从台前沿跳下去了。一跳下去,他就向后边的观众席跑去。台下的观众不明所以,见舞台上一个武将背后插着旗从戏台上跳下来了,都纷纷闪开来,但院子太小,一时躲不开。这二堂干着急,半天挤不到后边去。那天明、天亮在台子上看到二堂跳下去了,两人本来就是二堂的死党,这时也顾不得什么,从后台蹿了出来,跟着二堂从台前沿跳了下去。三人只管往院子人群后边赶,一时间整个剧场就乱了。

二堂跑到人群的后排,一把揪住一个小伙子的衣领打了起来。这里本来有两个小伙子,他们是一伙的,是专门来捣乱的。两人见二堂虽来势汹汹,但毕竟是一个人,也不害怕,双方就在后场厮打起来。后来他俩见天明、天亮都赶来了,心里就惊慌起来,先是一个瞅空挤开人群,也顾不得照应另一个就沿上山的路跑走了。另一个见这人跑了,也瞅个空,却是沿下山的路跑。

二堂追那个往山上跑的人去了,天明、天亮过来得迟,就追这个穿过山洞往山下跑的人,追到洞口,那人就挤出人群不见影儿了。二堂追的这一个,先是顺着山上的路一直往上跑,也就是往祖师庙那儿跑。二堂追得快,眼看要追到了,这小伙子一机灵,忽然往一边的斜洼上一溜,从满是荆棘灌木树枝的土洼上溜了。他这时自是逃命要紧,也顾不得刺、顾不得扎了。

二堂停住了脚步,眼睁睁地看着这人从丛林的斜洼上连滚带爬地溜下去,越来越远了。这时,天明、天亮来了,剧团的人也都来了,还夹杂着许多不明就里看热闹的人,个个站在山路边。天明、天亮捡了些小石头砸那个人,但因为有茂密的树木拦挡着,有打着的,也有打不着的,一时间眼前灰土乱扬。起初还能看见那人的影影,紧接着,那人就消失在丛林中了。站在山顶上的一群人,此时就像在田里喊山鸡似的,一个个扬着手,呜呜哇哇地呐喊着。

折腾了三四十分钟,大家自是没了兴趣,便都回到戏台子上来。袁青子问情况,几个人心情激动地说着。红霞把裤腿拉起来,袁青子看了看,见红霞虽挨了一下,但没有大碍。只是二堂的戏装扯破了,裤子扯得一片一片的,背上的四面旗也只剩了两面。

这时大腹便便的民间协会会长来了,大家七嘴八舌把刚才的情况对他说了,都说这两人分明就是前来捣乱的,在后边乱喊叫,还多次冲场子扔石头。袁青子说:无论如何,你们要保证安全啊,要不连性命都搭上,这戏谁还敢演啊?

会长说:举办这次庙会,县里说要派三名警察来,可警察嫌山上住处差,就扎在山下的太平村了。一会儿我派人把情况向他们汇报一下,让他们查查究竟是咋回事。不过,这么多人等着,这戏演了半场,还是要演完的。

袁青子应了一声,就劝大家再接着演戏。只是他脑子里想不通,这两个人究竟是谁呢?他们为什么要捣乱呢?

剧团的姑娘小伙子都在气头上,个个怒气冲冲地分头去补妆了。只有红霞与二堂低着头在一旁嘀嘀咕咕地说着话。

袁青子问他俩:那两人,你们认识吗?

二堂抬头看了看红霞,不吭声。

红霞,你认识吗?袁青子问。

不认得,没见过。红霞轻声说道。

袁青子怀疑地上下打量了两人半天,说:咱们是出门人,出门人三辈小,不要再惹事,凑合着把戏演完。咱们就是混一口饭吃,挣两个钱,本质上和耍猴的艺人是没区别的。

白天,人群熙熙攘攘的。到了晚上,因为山上住处少,就没几个人了,只留了一些小商贩与工作人员。演戏时,台前的人也少得可怜。观众少,演员自是没了精神,该演的戏早早就演完了,但剧团的男女却意犹未尽。天明从道士房子里搬出一台电视机来,搬到了台子上,插上线,把剧团的功放机接上,大家一起唱起了卡拉OK。这台电视机是一台老式的彩色电视机,平时在山上只能收到中央台与省台,信号差,雪花点多。由于山上风大,电视音响传出来的声音就小,也没了平时歌厅唱歌的味。但大家都不在乎,依旧兴致盎然,你方唱罢我登台,玩得不亦乐乎。有几个女的会跳广场舞,于是有人唱有人就在台子上跳,还有人在一边学。除过剧团的人，有滞留在山上的人也参与了进去。二堂唱了一首《郎的诱惑》，有人就说：还唱啊，小心把真狼叫来了。袁青子没这兴趣，就上台招呼大家无论如何把幕布弄好，免得被风刮坏了，幕布可值上千块钱哩。他转了半天，见有两个男演员不在，知道是喝酒去了，女的独独红霞不在，就问彩霞：红霞哪里去了？彩霞说：她刚才还在这里，现在大概到房间里发短信去了。袁青子就说：让她不敢乱跑，人生地不熟的，别把自己弄丢了。

彩霞说：师父，你就别瞎操心了，我们都不是娃娃了。

一夜无话，第二天就是三月十八，传说这一天是九天圣母的生日。一清早，院子里就有了喧闹声，袁青子刚起身，便听见院子里有唢呐声。他掀开门帘，只见四个穿白色乐队队服的人正用唢呐吹着《大摆队》，在乐队的后边，跟着苗道士，他手里拿着一把拂尘，装模作样地甩来甩去。紧跟着有两人抬着一张桌子。桌子是平常的桌子，在桌腿处横穿过一根杠子，两人一前一后地抬在肩膀上。桌子上铺着台布，上面放着蒸馍、猪头、香蕉什么的，最中间的盘子里放着几沓崭新的人民币。大约怕桌子来回摆动吧，旁边又有两人左右扶着桌子。抬桌的后边跟着一大群人，似乎有民间协会的会长、副会长什么的。尚秘书长手中拎个包，走在中间。他一边走，一边给一个矮个子男人说着什么。他说话的时候身子微侧着，似乎对那个矮个男人赔着小心。那个矮个男人的形象有些特别，个子低，身材短，大约五十岁的样子，身体格外壮实。他的头比较大，几乎没有脖子，犹如一颗头直接放在肩膀上。他扎着一根鲜红的领带，随意地听着尚秘书长的话，并不说话，一边走，一边微微地点着头。他们的身后，跟着十多个年轻后生，个个穿着西服，打着领带，戴着墨镜。这幅景象一下子把袁青子和所有剧团人员都镇住了。彩霞也站在自己住的窑门前看着,见这阵势,她说道:我的妈呀,这咋和香港电影里的黑社会似的。说了这句话,她似乎意识到自己说漏了嘴,就用手捂住了嘴。一大群人就这样从门口吹打着过去了。站在门口的袁青子特意注意着中间的那个矮而壮的男人,觉得在哪儿见过。这男人似乎也认识袁青子,从他身边过的时候,眼光还特意往这边瞟了一下。

这些人的架势,袁青子是知道的,知道他们是赶着来烧第一炷香的。所有的庙院都各有各的讲究,这个云台山是以娘娘庙为核心的,据说三月十八这一天是娘娘的生日,如果谁能在太阳欲升未升之际烧第一炷香,那么事业、婚姻都会得到娘娘的垂青与眷顾。所以,围绕着谁来烧第一炷香,就有了许多竞争者。一般来说,谁对山上贡献大,谁捐献的钱多,谁就烧第一炷香。只是这个人是谁呢?袁青子一时想不起来。

一伙人从门前威风凛凛地过去了,剧团的好多人及一些香客也都喜气洋洋地跟着到西峰那边凑热闹去了。

袁青子没有去,像他这样的人,见过的世面多了,知道仪式也无非是在这座山的最高处,面向娘娘下凡的西天,摆上献供,烧香磕头、念个歌功颂德的词什么的,然后给庙院捐上大把的钱。

袁青子正要往窑里返,这时彩霞从另一孔窑里蹦出来了,她脑后扎了一个小辫,仿佛《卷席筒》中的苍娃,她与红霞是姐妹,走路时总喜欢一蹦一跳的,她过来问:师父,你看热闹去不?

袁青子说:不去,没看头。

彩霞得了这话就要走,袁青子就随口问了一句:这是谁去烧第一炷香啊?

彩霞眉宇间满是喜气,说:师父,你不知道啊?高玉海啊。他可有钱哩,据说建庙的钱都是他出的,山下还有他建的别墅哩。

哦。听到这话,袁青子恍然大悟。原来,刚才中间的那个人就是高玉海。袁青子和众人昨天早晨看到的山脚下那一片别墅,就是他盖的。看来他真是有钱啊。这样说来,尚秘书长在电话中所说的那个贵人,会不会是他呢?

返回窑里,袁青子打了一盆水来,开始洗脸,他洗脸的时候,有个特点,两手不断地在脸上揉着,嘴里发出突突突的声音,仿佛打机关枪似的。

正洗着,门外黑影一遮,袁青子抬眼一看,是红霞进来了。

红霞走进窑里,却没有坐,只是搭讪着说:师父,你没去啊?

袁青子说:有什么看头,都是些有钱人的世事,有钱使得鬼推磨哩。

红霞说:有钱人也不都是坏人啊。

袁青子听了她这句没头没脑的话,有些奇怪,停住了擦脸的手,扭头看了她一眼。但这时屋子里黑乎乎的,也看不清红霞是什么表情。他就顺口问道:你和那个人熟?

不……不熟。红霞说。

袁青子用毛巾擦着脸,红霞不吭声,过来帮袁青子叠被子。这时窑洞外传来了轰天震地的鞭炮声,西峰上的仪式开始了。红霞把被子叠了,见另一张床上还有几个碗没洗,就去舀水要洗。

袁青子说:不要管,我来我来。红霞说:没事,我来洗。红霞就抹胳膊挽袖子开始洗碗。一时师徒二人都没话,只有哐里哐当的洗碗声。不一会儿,屋里东西收拾停当了,红霞坐在了床沿上,叫了一声"师父",袁青子扭回头,见她一副欲言又止的样子,觉得她要说什么,就抬起头望着她。

师父。红霞又叫了一句。

袁青子不明就里,说:你有什么就说。

红霞说:师父,我……我演完这回戏就不演了。

其实这句话倒不出袁青子的意料,自排练以来,虽然他没仔细想过这件事,但总有一种感觉,觉得红霞身上多了贵气,与剧团的这种草根性的民间氛围格格不入了。

嗯,知道了。袁青子一面轻描淡写地应着,一面又不由得把嘴唇咂了几咂,有几分惋惜似的。袁青子说:重新干点什么也行,演戏挣不下钱。现在在农村打个工,给果子套个袋,一个婆姨女子一天都赚一二百块哩,咱们演一天戏才能挣多少?等这场戏演完,大家都散吧,该干什么就干什么去吧。

师父,你还要好好演哩,你和别人不同,你天生就是演戏的料。有人看,有人缘,大家都等着看你的戏哩。红霞说。

红霞的这话,本是实话,却引起了袁青子的伤感,他一瞬间想到了这几年的境遇,就多了几分感慨,说:戏演得好有什么用?还不都是给商人脸上贴金啊,人家掏俩钱,想让咱们怎么咱们就得怎么,还不是和耍猴一个道理啊。国家天天说重视文化哩,但只见政策,不见落实,只说空口白话,不见具体的真金白银。我算看透了,我们这种文化大概最终只是属于敲边鼓的,只能是谋生的一种手段而已。——不演就不演了吧,反正我也干不了多长时间了。红红火火一辈子,城里误了,乡里也误了。

不,不,师父,我说的不是这个意思。我是瞎混的,这你知道,但你和其他人不同,你是真爱戏,你一辈子只有在戏里,才能找到感觉,才觉得自己活得充实。你得好好演哩。红霞着急地说。

袁青子这时已把脸擦了,要去倒洗脸水。红霞连忙过来把盆接了，接盆的时候也不知是有意还是无意，碰了一下袁青子的手指。

不一会儿，红霞倒了水，拿着空脸盆回来了，她一进门，尚秘书长也跟进来了，见红霞在这里，就跟她打了声招呼，然后问袁青子有空没，说高董事长想见一下他。袁青子听了，忙说：行行。红霞，你也跟我到上院里去一下。

袁青子跟着尚秘书长到上院里去，这时，西峰的仪式已举行完了，一大群人都回到正殿前边的院子里了，有几个人正忙着收拾桌子上的东西。那十几个小伙子也在一旁站着，个个依旧西服领带墨镜，都沉默着。尚秘书长把袁青子领来，介绍给了正中的那个矮个子男人高玉海。高玉海握住袁青子的手说：你是咱县文化上的领头人、老艺人，戏唱得好哩。袁青子这时已经知道这个高玉海就是尚秘书长说的那个爱看自己戏的贵人了，一时见了这个大恩人，心里着实感动，握住了对方的手，说话就有点姿态低了。其实在他的人生中，在民间跑了多年，当官的、有钱的，遇到了不少，总结出的经验，就是把个人的身份降低，尽可能地去奉承别人，让别人感到舒服。但这个高玉海肥头肥脑，比他个子低，这让他在心理上一时有了点优越感，倒也不至于显得很猥琐。他摇着高玉海的手说：戏演得好还得有人赏识哩，这回算遇到你这个伯乐了。高玉海简单地问了问山上的生活状况如何，说山上条件简陋，如果有什么要求，就给会长说或者给尚秘书长说，等等。袁青子自演戏以来哪里受过这般宠爱，一时握住对方的手，胡乱应承着：好着哩好着哩，一切都好着哩。

他一边说，一边想到红霞跟自己一起上来了，想把赵红霞介绍给高玉海，就说：还有赵红霞哩，是我们团的台柱，戏演得好哩。但等他说了这话，回头看时，根本不见赵红霞的影子，原来她压根就没有跟上来。

高玉海对身边的尚秘书长说：一会儿，你把钱给他们结了，另外多拿上一些啤酒给他们，剧团人很辛苦的，还有把今天这个猪头也给他们拿过去。

尚秘书长一边听着，一边点头应承着。

高玉海这时有了要走的意思，跟袁青子握手告别。袁青子忽然记起了当初尚秘书长告诉他贵人爱看戏这个细节，就说：那你一会儿看戏来，我们今天演《金麒麟》，在中间给你留个位子。

高玉海哦哦地应承了几句，跟着庙会会长进屋去了。

袁青子抹了抹头上的汗。

返回来时，剧团的人都非常高兴，献供领回来了，有几个女的正在吃香蕉。袁青子告诉大家说：今儿个贵人要来看戏，咱们要演出咱们的名声来，要对得起人家给咱的钱，对得起人家对咱团的重视。剧团的人听了，个个抹胳膊挽袖子，拉出架势，要和人拼命似的。吃完了香蕉，个个分头准备去了，只剩下袁青子。他打量着案板上放着的这个猪头，用手翻转着，想着怎样去对付它。

每天的戏都是12点整演出，可到了11点半的时候，彩霞忽然跑进袁青子的窑里，拖着一副哭腔说：师父师父，二堂与小小子打起来了！袁青子听了这话，着了慌，丢了手中的猪头，连忙往台子那边跑。跑到台子上一看，两人已被人拉开了。小小子被打得鼻子流血了，正蹲在地上哭，哭一阵，用手抹一下鼻子。袁青子来了，把他的头抬起来一看，见满脸都是血，顿时大吃一惊。再仔细一看，原来这些血都是由一个鼻孔流出来的，鼻血还在滴呢。他要彩霞拿了些卫生纸，扯了一小块，卷成个棒棒，把小小子的鼻孔给塞住了。

二堂在一旁的桌子边站着，背对着大家，低着头板着脸，脚在地上一抹一抹的。袁青子过来问他是怎么回事。二堂不吭声，问其他人，其他人都不吭声，个个都在忙着手中的事。

袁青子估摸着没什么大碍，可能就是一时言语冲突。剧团的人念书少，打架的事是常有的，他就当着大家的面责备二堂说：都在一个团里一起长大的，低头不见抬头见，有什么大不了的事哩？都是吃饱了撑的。爱欺负人的人，社会上那么多人，咋不去欺负？欺负自个儿人算什么本事！他训了一通二堂，就打发天明和天亮把小小子拉到窑里去，打盆清水给把脸洗一下。

袁青子训了几句，大家都不吭声，他心里就纳闷，不知道到底有什么过节，导致这两人动起了手。在临走时他就多了个心眼，找借口把彩霞叫来了。彩霞跟他回到房间，他把门虚掩了，然后问她：你告诉我，两人为甚打架哩？

彩霞看看左右无人，说：小小子似乎说了几句红霞的什么事，我也没听清。二堂听着听着，就和他争吵起来了，接着二堂打了小小子一拳，就把小小子鼻子打流血了。

小小子说红霞什么事？袁青子问。

好像说红霞昨晚偷偷下山去了。彩霞说。

她下山干啥去了？袁青子警觉地问。

我也不知道啊。彩霞说。

又是这个红霞，唉！袁青子叹了口气。

红霞晚上说不定有什么事，下一趟山又上来也不是什么大事。只是这个二堂，是和红霞一起长大的，一直对红霞有意。但在袁青子这个过来人看来，如果前几年两人还有一分可能的话，那么现在红霞与二堂是越来越远了。剧团散了的这几年，二堂组建了吹手班子，跑红白喜事，而红霞却找了个活，给人卖车哩，接触的人也大不一样了。在明眼人眼里，大家都清楚二堂这小庙里根本装不下红霞这尊大神。只是年轻人的事，他袁青子不便多管，也不愿掺和进去。还是让二堂去碰一碰壁吧，对他来说，碰壁是好事，能长记性。

袁青子与彩霞正在窑里说着话，二堂来了，他背着一个麻袋，里边装着自己的被子。他站在门口，掀起门帘说：师父，我回呀，我不演戏了。

彩霞一看，刺溜就从房间跑了。袁青子听到二堂说要回，就着了慌，但一时脑子还没把问题想得有多么严重，只是说：怎么啦，刚才我说你几句你就不愿意了？

二堂站在门口，梗着脖子不吭声。

你把小小子打得鼻子流血了，难道就不能说你几句？袁青子又说。

二堂站在门口看起来很纠结的样子，似乎非常犹豫。站了半天，他也没回袁青子一句话，然后放下门帘，扭头走了。

袁青子没当他会真走，只管自己在窑里坐着。这时，彩霞就又跑来了，她掀开门帘说：师父，二堂真的走了，背着被子要出洞门了。

袁青子听了这句话，就赶出门来，发现二堂已穿过院子，正从下山的那个小洞门往出钻，他就大声说：二堂，你到底怎么啦？二堂不吭声，一直就低着头往出走。袁青子叫了几声，二堂的脚步就慢下来了。袁青子赶上前，一把抓住了二堂背上的被子，说：到底是咋回事？你咋像哑巴似的，说来就来说走就走的？

二堂背上的被子被抓住了，他停了脚步，但仍然低着头，一声不吭。他高大的身材和这个狭小的门洞形成了鲜明的对比。从侧面斜射下来的阳光把他的影子拉得好长。

师徒俩都不说话,都呼哧呼哧地喘气。看着二堂,袁青子第一次感到这么伤心。多年来,他待戏班这些人个个犹同亲儿女一样,有一块馍都要掰成几瓣分着吃,可哪里想到,这个节骨眼上,这二堂还是要拆自己的台啊。

师徒俩站在那里,占了门洞的一半,这时门洞里出出进进的人都停了下来,围观着他们。袁青子一时有些伤感,说:戏演了一半了,你走了,你这不是打我脸吗?牌子挂出了,12点开演哩,人围了一大群,你这一走,你能丢起人,我活了五十多了,还丢不起这人哩。

这时剧团里天明、天亮知道情况了,也都围了过来,要二堂回去。二堂不吭声。一阵儿,大家劝得多了,二堂索性把铺盖卷往门洞里一放,蹲下身子埋起了头。

袁青子只当这二堂脾气长了,就继续着刚才的话说:演两天戏你和人打架哩。那演上一周,你难道就要把这庙拆了不成啊?我刚说了你两句,你就吵闹要走哩,你翅膀长硬了,跟我耍脾气哩。你走,你走了这一辈子再不要认我这个师父!袁青子说到这里眼睛有些红了,话语之间也有了一点哽咽。他想起了自己这多么年办班,这些徒弟娃送来的时候才十一二岁,吃在自己家里,住在自己家里,自己从来没亏待过,也是看着他们长大的。他打过他们,也骂过他们,既是老师,也是父亲,还是朋友。但从来还没有发生过这样的事,牌子挂出,人都站在台子下等着看戏哩,却有演员不演了,这让他这张老脸往哪里放啊?

二堂听了这些话,呜呜地哭了起来。这时,旁边围了许多人,都在看热闹。剧团的其他人也跟过来了,都拉二堂回,但二堂就是不起身,蹲在这里哭。

谁都不知道这事该怎样解决,这时已经12点了,往日里这时已开始"吵台"了,锣呀鼓呀都开始敲响了,但今天这时一大堆演员都围着这里,劝着二堂,但二堂就是纹丝不动。

就在这时,红霞沿着门洞外的石阶匆匆上来了,显然她是从山下上来的。袁青子一见她就有些生气,原本想问她昨晚是不是下山去了,但此时不是说这些话的时候,眼前解决二堂的问题才是最当紧的哩。红霞到了这里,看着一群人都围在这里,就问怎么了。袁青子没好气地说:二堂翅膀长硬了,背起被子要回哩,这里的戏没演完,扔下不管了。

红霞听了,劝袁青子说:师父,你先不要生气,你先回吧。说着,她将袁青子推着回。袁青子一边走,一边仍然说:翅膀长硬了,你们就都回!

红霞推着袁青子走了几步,然后把袁青子交给天明、天亮,让他俩拉袁青子回窑里去,说:这里有我哩,不怕哩。

天明、天亮就将袁青子推回到屋里,袁青子坐在床头,非常郁闷。一个人傻呆呆的,只有那个猪头还在案板上放着,两只猪眼毫无生气地望着他。

走吧,走吧,都走吧!袁青子独自说。散伙吧,都回家去吧!他嘟囔着。

过得一时半刻,门外有人敲门了,袁青子在里边没好气地问:谁呀?彩霞说:师父,是我。

袁青子瓮声瓮气地说:有什么事?

那彩霞在外边停了半天,才悄悄地说:二堂不走了。

什么？袁青子问了一句，随即拉开了门。

彩霞挤进来半个身子，对袁青子说：红霞姐刚才劝了半天，二堂不走了。

袁青子说：他爱走不走！

彩霞说：师父，解铃还须系铃人呢。二堂答应不走了，把铺盖也放下了，这阵都上台子化装去了。

听了这话，袁青子的心里高兴了，只是一时脸上还转不过来，他说：他爱演不演。又说，你也去化装吧。

彩霞答应了一句，正准备走，袁青子叫住了她，说：你给大家说，一会儿我把工资要来了，下午就给大家发。

彩霞听说要发工资，平常稳重的脚步轻快了许多。

由于这点事，戏耽误了半个多钟头。

这一天是庙会的高潮，也是人最多的日子。抬眼望去，山上到处都是人，路上有上的有下的，庙门口有出的有进的，来来往往，络绎不绝。正殿烧香的人太多，已跪不下了，香客就跪到了正殿门外。香炉里的香也插不下了，庙会住持便在院子里放了个大石香炉，凡来烧香的，直接将香插进大香炉里就行了。至于想抽签的，也根本不可能像昨天那样，摇上半天，待一支签自动掉落在地，而是跪下磕几个头，舍点布施，苗道士敲几下钟磬，然后香客直接用手从苗道士拿的签盒中抽上一支就行。

戏台子院里站满了人，有许多小娃娃爬到了台子边上。台下的观众一大群，但静静看戏的人少，来回乱跑的人多。时时有人挤来挤去的，还有一些年轻女子小伙子举起手机拍个不停。

今天演《金麒麟》，袁青子演一个小角色，早早死了，就没了他的戏,他给剧团人叮嘱了几句,便卸了装回到了窑洞。他将一件旧衣服反穿着,在炉子上生着了火,膝盖上铺了块油布,把猪头放在双膝上,找着了一根往年用的通火炉子的通条子,在火炉里烧红了开始烙猪头上的毛。这个猪头好大,嘴巴鼻子长长的,有着一道一道的硬棱,脖子里的肉全部翻卷着,牙裸露着。袁青子瞅着,真有几分青面獠牙的意思。

袁青子正专心致志烙毛哩,这时,门被推开了,一个陌生人捎话说,苗道长找他哩。袁青子不知这苗道士找自己有什么事,因为庙会由云台山民间协会主办,戏是尚秘书长请的,庙院这个道士说来和他一样也只是打工的而已,他找自己能有什么事呢?袁青子把猪头放下,将衣服脱了,两只油手在油布上抹了一下,出了门。由于手没擦干净,出得门来,他的两只手到胳膊肘子明晃晃地发着光。他只能把两只手朝外摊开来,免得油手碰到身上,这使他走路看起来有些怪,仿佛鸭子似的。

苗道士还在庙里忙着,他穿着道士袍,半闭着眼睛,有人来烧香了,他就敲敲磬,劝人多给神投些钱。看见袁青子来了,他将手中的活扔给另一个临时雇的道士,然后走出正殿的门,和袁青子一起来到了他住的一间小偏房。

偏房中没有其他人,有盘土炕,炕上放着两床被子,还有一个绣花枕头,半露在被子外边。

两人在炕沿上坐了,道士递给袁青子一根烟,袁青子不抽,只等着他说话。苗道士问:你们团里是不是有两人打架了?

袁青子听到他问这事,就说:唉,年轻人,一点小事,一时火气大,就动了两下手。这时早没事了,都上台演戏去了。他不明白苗道士问这些干什么,话虽然说完了,仍然眼睛直瞅着苗道士。

苗道士语重心长地说：今天是三月十八，娘娘下凡的日子，又说书又唱戏的，就是让她高兴哩，保佑大家都发财哩，都当官哩，都有福哩。你们这样闹，这不是惹神不高兴吗？

听见苗道士这么说，袁青子一下蒙了，他怎么也想不到，苗道士会突然冒出这种话来，一时就有点张口结舌了。

苗道士继续说：我刚才就发现神不高兴了，平常人烧香，烟都是直的，可刚才是散的，有几炷香燃着燃着就冒起明火了。许多人抽的也都是下下签，都抱怨成一河滩了。我就怀疑有什么地方不对劲哩，怀疑有人在作怪哩，没想到却是你们的人惹的事。

这这这……哪儿跟哪儿啊？娃娃家不懂事，闹一闹，有神什么事嘛！袁青子不以为然。

怎么能没神的事？苗道士语气变得有几分激动了：比如一家人给你过寿哩，你享受天伦之乐哩，快快乐乐的，结果有两个儿孙当堂打架哩，你能高兴吗？你还能吃得下这席吗？神也是人啊，她也是有脾气的。今天，上山来的人都希望赚钱、当官，可不是来寻气败家的。你们惹恼了神，神怪罪到你们头上，比如打个头破血流或者男女伤风败俗什么的，你们不见怪，是罪有应得。可如果神一迁怒，报应在大家身上呢？再往大的说，这山上着了火，崖里掉下去几个人，有几起动刀子事件，你说咋办哩？我可提前给你把话挑明了，别说我没提醒你们哦。

袁青子根本不相信苗道士说的这些话，因为在他心里，对神的态度也和众多人一样，是将信将疑的，有时见了神也拜，但拜来拜去不外乎祈求别误自己的事就行，至于求神保佑发大财、一夜暴富，这些都是他从来没想过的。现在听了苗道士这些大而空且充满了恐吓的话，他就不打算再争论什么了。这么大的场面，难保不发生一点事,本来不关自己的事,可最后硬让这苗道士与那场打架事件联系起来,那不是害自己的声誉嘛。再说了,出门人三辈小,将就地把问题解决了就行。

袁青子一时就急着问苗道士:那你说咋办哩?在他脑子里,这个苗道士大概就是想抽点烟、喝点酒,占点小便宜而已。

苗道士听到袁青子问自己,他长长出了一口气,脸上的颜色也活泛了许多,他说:不是我跟你过不去,是神跟你过不去。这件事说大不大,说小不小,你给神祷告上一番,磕上几个头,说上几句顺心话,看神原谅你不。

袁青子听了这话,有点意外,就长长出了一口气,连忙起身往外走。

这时苗道士又发话了,说:要不,你把猪头给神她老人家献上,就不要上布施了,出门挣点钱也挺不容易的。猪头献上半个就行了,年轻娃娃嘴馋,俗话说的,神吃头,孙子吃尾,留些给他们吃。

袁青子还能说什么呢?只能按苗道士说的来。他回到窑里,猪头还死挺挺地躺在案板上,翻着白眼,烙猪毛的通条也在一旁扔着。他心里不美气,不由得骂开了声:他娘的,想吃猪头肉你早说啊,还绕这么一大圈,找这么些借口。但骂归骂,他还是从床下找了把斧子来,将猪头放好了,然后举起斧子,一下两下,连着劈了十多下,终于将猪头沿嘴的方向劈成了两半。

他找了个塑料袋将半个猪头装到了里边,一边装一边嘴里又不由得骂起了二堂与小小子:都是这两个浑蛋,不好好唱戏,惹下这么些事。

袁青子提了半个猪头来到正殿上,跪在了蒲团上,这时一旁的苗道士要他再说上几句祷告的话。袁青子是演戏出身，嘴里当然是说来就来的，他就开始祷告：神啊，今天在你大喜的日子里，在你降临人间为人们带来福音的日子里，有两个弟子不晓世事，不知天高地厚，打起架来，惹你老人家不高兴了。现今将猪头奉上，求你老人家原谅徒弟的过错，也原谅我这个没教育好徒弟的师父。都是些年轻娃娃，你就不要跟他们计较了，他们还要成人哩。他说完这话，接着磕了几个头。这时苗道士站起身来，拿了一沓黄表纸在香炉前点燃了，然后嘴里低声地说了几句什么，看着那沓黄表纸烧的灰全部飘落在香炉里了，他才对袁青子说：神原谅你了，你回去演戏吧。

袁青子起身出了庙门，满肚子的委屈，打算回自己窑里去，又想着今天早上高玉海说给工钱哩，他就赶去找尚秘书长了。尚秘书长这时正跟几个人在房间打扑克哩，见他来了，问起工资来，就说：今天打发人去取钱了，可山下的信用社说取这么一大笔钱得提前预约的，而他们社里现今没这么多钱。我们今天预约了，钱明天一定能取出来。放心吧，明天一早就派人去提钱。

袁青子见领钱的事今天又没指望了，满肚子不高兴，回到窑里去生闷气了。

过了一会儿，戏演完了，剧团人个个卸了装回来了。红霞不知在忙什么，没见影儿，二堂大约心里不痛快，回窑里独自睡觉去了。但很快地，所有的人都知道猪头被苗道士剥削去了半个，一个个顿时义愤填膺。

天明说：他这是故意找碴哩，神不高兴，是不刮风了，还是不下雨了？道士他知道个屁啊，他倒是拿证据来说话啊！

天亮抹胳膊挽袖子说：尿！神，还不都是泥做的？

小小子现在算是好了伤疤忘了疼了,大声说:把老子惹恼了,干脆一下子把神像给砸了!

袁青子见群情激愤,就制止住了大家,说:这不是嘛,毕竟我们还有半个猪头啊。说着便督促天明与天亮两人赶紧去做给大家吃。

一会儿天明与天亮就将猪头弄好了,一部分猪头做了头肉,搅了些蒜、青辣子,拌凉菜吃,剩余的猪头肉则和粉条萝卜炖到了一起。一会儿锅里就开了,开始咕嘟冒泡,肉香四溢,几个女的围着锅,舍不得离开。到了下午5点的时候,一切都准备停当了,大家伙拿了碗来,舀了烩菜吃。碗里有了菜,原先乱乱纷纷的情景就没有了,一时间个个像哭着的小娃娃嘴里塞了个奶嘴似的,都没了别的声音,吸溜吸溜吃得欢。袁青子看见大家吃得开心,也满心欢喜起来,拿了个碗舀饭吃。

因为方桌上有凉菜,大家有蹲着的也有坐着的,围着方桌吃。袁青子来了,大家就腾出一个小板凳来,让他坐到东面来。袁青子说:随便吃一口饭,坐在哪儿都行。天明听了这话,说:就是,又不是吃八碗哩,又不要吹手吹。他这几句话把身旁的小小子与彩霞逗笑了,彩霞扑哧笑了一声,嘴里吃进去的半根粉条从鼻孔里出来了一小截,一时把她呛得连连打喷嚏。大家见这情景,都笑了。

原来天明这句话是有所指的。有一次袁青子一个远房姐姐的娃娃结婚,在民间讲究外甥结婚舅舅是主客。袁青子是舅舅,就早早坐到了上席等着吃八碗哩,可是等来等去,那些来应事的吹手就是不开吹。主事的问他们话,没想到他们竟然说:他们从事这一行有讲究哩,他们只伺候比自己地位高的人,戏子地位比他们低,他们是不伺候的。反正一大群人说来说去,这吹手就是认死理,不开吹，坚持说这是他们师父给他们教的，宁可不应这回事，也绝不破坏这个规矩。后来没办法了，袁青子只能下了桌子，这样，吹手才开始吹了。这件事当时在十里八乡轰动一时，是路人皆知的。

袁青子此时听天明这么说，就骂他道：我把你这个驴×娃，哪壶不开你提哪壶！

四

等到吃过饭，山上的人就不多了，这时袁青子却接下了一桩不大不小的生意，而提供这生意的正是苗道士。

苗道士领着一个农民来找袁青子，他将农民留在门口，介绍说：这个农民叫王六，是山下太平村的人，家里这几年一直不安宁，想让袁青子去安顿安顿院子。

在农村，能唱戏能说书的人在众人眼里都是能人，总是跟神秘文化结合在一起。在以往，袁青子也曾多次干过给人看院子看风水驱鬼避邪的事。

但今天晚上还有戏，自己手下有一大群人哩，袁青子不想去，就对道士说：鬼来闹事，那你咋不去哩？

道士说：我是离不开呀。

袁青子说：装神弄鬼我不会。

道士听见这话笑了，说：这些事也只是图个心安，解解他们心中的疑惑罢了。说着他扭头将门口的农民叫进来了。

袁青子招呼这个农民坐下，打量着他，见他个子低，土眉土脸的，满脸的愁苦，一时感到颇有几分面熟，却又想不起来。就问他到底怎么了，家里出了些什么事。这个叫王六的农民结结巴巴地给袁青子说：这两年，家里老出事。前年家里盖房子，儿子开三轮拉材料，结果掉到了崖里，虽说没搭上性命，但肋骨坏了几根，干不得重活了。家里盖房子上大梁那天，邀请了邻居来帮忙，上完梁一起喝酒，邻居喝多了，他送回了家，眼看他进了大门，哪里想到他死在大门内了。那邻家老婆寻死觅活的，硬说酒是假的，害死了她丈夫，成天向他要男人哩。还有，家里养猫猫死，养鸡鸡死，就不知道这几年到底碰上什么鬼了。

袁青子听这个农民说了这么一大堆事，都是些死死活活的，就本着多一事不如少一事的想法，老老实实地说自己其实什么也不会。没想到这个农民说，自己对这些东西也是半信半疑的，这不是没办法嘛，才到处求人去看院子，反正能治好更好，治不好也不怨他。

道士在一旁看着袁青子推托，说：你看看，这每年三月十八，人山人海的，大家都磕哩拜哩，可有几个人真正信神哩？大家都这么糊涂着，止不了事，该总不会误事吧。

经得道士的一旁帮劝，袁青子一时面软，就应承了，只是说，今晚还有戏的，自己戏演完了才能下山去，看院子的话是五百元，一分不少的。

那个叫王六的农民听到袁青子答应了，赶忙说，他今晚就在家里等，不见不散。然后满心欢喜地起身要走。

袁青子送苗道士与王六出门，临出门时，袁青子见他有一条腿一拖一拉的，蓦然想起这个男人是谁了，就是前天刚上山时在正殿里看见的那个男人。当时他和老婆跪在一起祷告，他们还有个女儿，当时她怎么也不愿意跪下。后来，苗道士还在她头上抚了几下，这一幕袁青子记得清清楚楚。他就顺口对苗道士说：不如你去吧，我看见你与他们全家都很熟的。

苗道士一听这话，脸色都变了，扭头问他：你听谁说的？

袁青子看他脸色变了，连忙说：开玩笑开玩笑。

道士扭过头来，眼光在他脸上狐疑地扫了半天，然后才冷冷地说了一句：这样的事情也能开玩笑？说完扭头走了。

晚上戏快要演完了，袁青子将剧团的事安顿了一下，便回窑里背起自己平常干这种营生的包出了门。那是个破旧的牛皮包，里边装着罗盘、尺子、阴阳八卦图等一些物件。牛皮包破旧了，带子比较长，袁青子背在身上，每走一下，包就打一下屁股。

袁青子其实在这方面没有拜过师，也没有什么天赋，只是平时闲下来爱翻翻这方面的书，看得多了，也琢磨出一些道理来。后来给人看院子、看坟地，他总结出的是，世上本没有鬼，人们只是图个心安而已。出了事才觉得这不对那不对的，再来排查院子，可哪里还会有那么多的事出啊。一来二去，他的名声出去了，就常常有人来请他。另外，他这人脸皮薄，经不得人给他戴高帽子，人家说上几句好话，他就拼上命也要给人帮忙。

一时袁青子一个人到了山下的太平村。太平村人口少，但家户住得分散，间距拉得长，王六家住在村里的最东头。这时村子的灯都灭了，只有一家灯亮着，袁青子估摸着那就是王六的家，便打着手电沿着弯弯曲曲的山路向那处灯光走去。

这里果然是王六家，两口子此时正等着他。他一来，两人像见了救星似的，忙将他迎到屋里，招呼上炕坐，随即将盘子端了上来。菜是早早准备好的，一盘盘用瓷碗扣着，揭开碗来还冒着热气。酒也是准备好的，已温热了。盘子中间是一盘碟，有一凉菜，却是猪头肉。袁青子感到很诧异，因为这个时段村里老百姓是不杀猪的，这盘猪头肉是从哪里来的呢？袁青子莫名地想起了山上被苗道士克扣走的那半个猪头来。

老两口很热情，招呼袁青子吃菜喝酒，袁青子想起那天在正殿里见的那个女子，此时却不见她，便问王六女子哪里去了。王六不吭声，王六老婆长叹了一声说：唉，叫你来，就为的这个女子的事，家里这几年发生了那么多事，也都一件件过去了。人嘛，总得向前看，总得往下活，只是目前最揪人心的是这个女子，得了邪病，好一阵坏一阵的，发了病就疯疯癫癫，没个办法，把我们的脸面也丢尽了。在县城医院看了几回，看了中医与西医，但全都不顶事。

袁青子听了这话，先自吓了一跳，先前他给人看坟地、安顿院子，心里知道只是糊弄人而已。这样的事，经得多了，对与错也没个界限，反正家里出事了，再这么禳治，按概率算，以后出事的概率就小了。但是今天面对的是给活生生的人看病，这可是天大的事啊，自己根本不会这些啊。

当时袁青子拿着筷子的手就开始发抖，问：姑娘得的是什么病？

婆姨说：就是个邪病。

王六对袁青子说：唉，我这女子叫凤英，在农村像她这样年龄的姑娘早就嫁了。前几年处了个对象，只是对方穷，拿不出彩礼，没同意，结果一拖就是几年。接着女子身上跟上鬼了，有了病了，名声出去后，对象也不好找了……老汉说到这里，咳嗽起来。

都是你，把女儿害了！老婆说。

王六说：还不是你，嫌这个不行、那个不行，不知道要给女子寻个什么样的。

两口子互相指责，但袁青子关注的是病情是什么样子，就打断了他们的话，问：原来驱过鬼没？

山上的道士也驱过的，但驱了几次，过不了几天，鬼还是照样来。王六说。

袁青子脑子想着今儿个这事该咋应付哩，看来箭在弦上，不得不发，只能装模作样跳上一阵大神，胡言乱语上一顿，把不痛不痒的东西弄着给吃上一点算了。正在沉思着，只听王六老婆说了一句：你听——鬼又来了。说着起身将门关了，回到炕上来，浑身直打哆嗦。

袁青子一时看着王六与老婆两人神情特别紧张，似乎有几分害怕，自己仔细听了听却并没听见什么。那老婆先前本是在炕沿上坐着，这一阵上了炕，哆哆嗦嗦的，身子直往老汉身边靠。袁青子见此情景，心里也紧张起来。他竖起耳朵听，但听了半天，还是没听到什么，他不明就里地望着二人。

老汉说：这鬼又来了，你听，呜呜呜的。

袁青子这时就将手搭在耳朵上注意听，隐约之中似乎有吹埙的声音，那声音有点尖、有点细，若有若无地飘着，呜呜呜的。

是刮风的声音吧？袁青子说。

不是，时有时无的，也不见有风。老婆说：盖院子里房子的时候，挖出了一具死人骨骸，我当时就说买上两尺红布把这骨骸给埋了，可死老汉子不听，硬是随便找了个地儿就埋掉了。可是谁承想，过了没两天，骨头就让狗刨出来了，散得到处都是。

袁青子静下心来听，就听见声音呜呜咽咽，若有若无，再听了王六老婆说死人这回事，顿时浑身就起了鸡皮疙瘩。

他虽一时紧张，但毕竟是见过大场面的，心里也不信鬼。另外,自己又是别人请来的驱鬼法师,如果和他们一样胆小,那岂不令人耻笑?想到这里,袁青子长长出了一口气,装出一副无所畏惧的样子来,喝了两杯,把嘴一抹,说道:不怕的,有我在此,什么鬼都不怕的。他想着,反正就这一夜,豁出去了。过了这一夜,明天戏演完,自己就回去了,这里天塌下来也不关他的事了。

袁青子忙喝了几杯酒,然后像往常一样,要王六与婆姨在院子里摆了香案,摆放了供品。然后他把包里的物件一件一件掏出来摆在了供桌上,装模作样地,嘴里念念有词了一阵,最后把战战兢兢的老两口叫到当院磕头焚香。王六和老婆磕头时,王六老婆就喊凤英也出来磕头,但那女子死活也不出来。王六说:别喊了,省得又惹咱们不高兴。老婆就不吭声了。磕头完毕,袁青子让老两口回屋,并让他们把门关了,嘱咐道:无论这院子里发生天大的事你们都不准偷看,也不准出来。两人答应后就回房去了。

一轮圆月升半天,月光明亮,但一切仍然影影绰绰。这个夜本来是个静寂的夜,是个安静和谐的夜,但是由于香案一摆,香烟升起,加上若有若无的埙声,倒给这院子增加了几分神秘气息,甚至有几分恐怖了。

待老两口回去了,袁青子一个人待着,一时心里也有点害怕。但事已至此,他只得装模作样做一点功课,想着及早把这一点钱拿到手就好。

袁青子做这一套是没拜过师的,但他小时候见人做过,知道首先要神上身,神是鬼的克星,只有神来了,才能驱鬼。这一阵,他一人待在院子里,猛喝了几口白酒,然后用嘴喷洒开来。他想装腔作势、抡枪舞剑一阵,可是手中没东西啊。他四处瞅着,见墙角有个黑乎乎的东西,却是农村用来碾场的石碾,俗称"碌碡"。这几年农村都种苹果，没粮食作物了，这个物件就扔在一旁了。他将这个碌碡推到了供桌前；又见土窑前挂着一张扬场用的木锨，便转身拿在手中；后又从墙角捡了一个用铁丝缠绕的破笊篱，也拿在了手中。然后他站到了碌碡上。那碌碡是圆的，不稳当，他一站上去就左右晃动。这样，他左手拿着木锨，右手拿着笊篱，小心地保持着平衡。随后他开始念咒语，咒语也是现编的词：

    脚踩碌碡，
    手拿笊篱，
    碌碡不转，
    神灵快显。

  这样一连念了几遍，却并没有神灵来附体。兼之木锨有些重，一只手拿着颇费劲，他就索性将木锨扛在了肩头，另一只手将笊篱乱舞了一通，仿佛一个人正跟看不见的对手在打斗。下了碌碡，他将木锨与笊篱放到原地。这时他思考着，主人的意思是给那女子治病哩，可那女子到底是什么病自己也不知道。看来见见那女子，说说话，问问情况，知道得的是什么病，做一番治疗才是正道理。他看见刚才应声的偏房里灯还亮着，便走过去，一推门，不承想门是虚掩着的，吱的一声就开了。

  这是一间坐东面西的偏房，室内的灯亮晃晃的，室内有一个大立柜和一张老式的桌子，靠窗户的地方放着一张床，这女子正盖着被子蒙着头睡觉哩。

  袁青子看那女子蒙着头睡，就犹豫了一下，思忖着自己到底该不该进去，毕竟这是个单身女人啊。但一时又觉得灯亮着，毕竟此时自己已是神了,是为驱鬼而来的,又不是什么暗地里的营生,怕什么呢?想到这里,他就大着胆子,硬着头皮走近了凤英床旁。

他走近女人床边,俯下身看,只见这个女人将头整个用被子蒙起来了,似乎隐隐约约地能听到女人急促的呼吸声,袁青子一下子心情紧张起来了。

袁青子一时心里忐忑,不知道下一步该做什么。正在发愣之际,女子忽然将被子一把掀开了,被子被她直接撂在了一旁,原来这女子竟然是全裸着的,她这么一折腾,白花花的身体哗的一下全露出来了,但她的眼睛依然闭着。袁青子大吃一惊,第一想法就是赶紧离开,但觉得自己这样大呼小叫地离开,说不定更让她父母起疑呢,再说自己这时已不是人了,是神啊,神遇到人间的事是不会慌张的。想到这里,他就闭起眼睛来,大气也不敢出,只是伸出双手,在女人的身体上空平行移动着,像抚摸什么似的,来回舞动着,嘴里一边念念有词:天神下凡,娘娘下凡,保佑王家女子一生平安,病情好转……

袁青子念叨了几遍,正想着脱身之际,这女人突然动作起来了,她睁开眼睛,一把拉灭了灯,然后伸出双手来将袁青子一把抱住了。这动作来得很突然,袁青子猝不及防。他站在床边,被这女的一抱,腿虽然还站在床头,但头与身子就整个全贴在女人怀里了。

抱住了袁青子的女子发出了一连串的呻吟之声。

袁青子的头被她抱着,抱得很紧,他都有些喘不过气来。姑娘紧抱着他,全身耸动着,双腿绞动着,身体像波浪一般起伏着。她闭着眼,嘴里发出了一串串的呻吟之声。

袁青子依稀嗅到了情欲的气息,只是年龄大了,经过这一惊一乍,身子下面一时没什么反应,只是被动地任姑娘胡乱地抚摸着。

慢慢地,这种强烈的情欲气味刺激着他,他的身体也发热起来了……

但就在此时,姑娘却猛然停住了,她放开了袁青子,紧接着她的身体蜷缩成一团,全身战栗着,说:你听,你听啊……

姑娘放开了袁青子,袁青子直起腰来,感觉到腰有些酸痛,他直了直腰,静下心来听,也没有听到什么。事情一瞬间一个样,他感到非常奇怪。

女人说:鬼啊,鬼啊!你听,她又来了,她要我的命来了!

袁青子此时被这姑娘折腾得也有点害怕,他摸索着拉开了灯,见姑娘在床上蜷缩成一团,身子依然白花花的,他拉过被子给她盖住了身体。姑娘一瞬间又将头蒙住了,在被子里瑟瑟发抖,嘴里含糊不清地在说着什么。

袁青子见姑娘如此害怕,他仔细听,这时听见了,黑暗中果然先前那个如吹埙的声音若有若无地,在如泣如诉着,时而又婉转悱恻。此情此景,袁青子刚刚燥热的身体像被泼了一盆凉水似的,早就凉到脚了,一时有了几分毛骨悚然。

多么恐怖的夜啊。

袁青子硬着头皮说:看来这鬼还难缠哩,难道是吊死鬼不成?他安抚了一下姑娘,硬着头皮拉开了门。

出门到院子里,院子里依旧冷冷清清的,月光惨白,供桌摆在当院,几炷香明明灭灭的。除此之外,什么动静也没有。

袁青子从偏房出来时,顺手从门前抄起个东西,却是一副打场用的连枷。他一边嘴里念叨着:吊死鬼,吊死鬼,你给我往一边走!一边拿着连枷在手中乱舞着。乱舞了一会儿,他就气喘吁吁了。静下心来，听见还有呜呜的响声，这时似乎风有点大了，刚才在供桌前烧的香纸灰被风吹散了，在院子里乱飞，随着风声，那呜呜声似乎也更大了点。此时，袁青子多了个心眼，他凝下神来，又仔细听了半晌，发现风声大，呜声大；风声小，呜声小；风停了，呜声就没有了。他心里琢磨，这呜声是不是跟风有点关系呢？如果有关系的话，那么这呜声肯定是有来源的。他此时多了个心眼，手里依旧拿着连枷，一只手缓缓舞动着，一边暗地里听着风声，缓缓移动着脚步，一步一步向有呜声的地方靠近。折腾了一通，来回听了几遍，循着风声，来到墙角，他终于发现在院子西边也就是厕所一角的墙上有个黑乎乎的东西，原来呜呜声是从这儿发出来的。他用手一摸，却是个破瓦罐。哦，他一下子明白了，原来这家人把一个破了一半的瓦罐扣在墙上，瓦口与墙之间有细细的一道缝隙，瓦口朝北，如果有微微的北风刮来，瓦罐就会发出呜呜的响声，如吹埙似的。如果风大了或者风太小，或者刮南风西风东风，这个瓦罐都是不会响的。想到这里，他一把把瓦罐从墙上提到了手里，想摔个粉碎。但他想了一下，没有摔，只是将瓦罐的口转了一下，朝向了另外一个方向，果不其然，这时院子虽然有风，但没有呜呜之声了。

把这一切弄停当了，袁青子长长出了一口气，他返到了当院的供桌前，又喝了两杯酒，然后一口全喷了出来。大叫道：鬼捉到了，鬼捉到了，你们出来吧！屋里的老两口听到鬼捉到了的声音就赶着从屋里往出跑，都问鬼在哪里。袁青子说：你们拿菜刀或斧子来，这是个吊死鬼在作怪，舌头伸得老长，我给你们劈掉。

王六和婆姨就都回去了，不一会儿，老汉提了一把斧子来，老婆提了一把切面刀来。袁青子两手分别拿了，在空中乱舞了一阵，一边舞着,一边嘴里乱喊着,仿佛一个人正在和一个力气很大的人搏斗似的。

老两口看得目瞪口呆。

折腾了一通,袁青子将斧子与切面刀一扔,咚的一声躺到了当院里。

老两口这一阵早被袁青子折腾得魂飞魄散,看他躺在地上,一时不敢近前。过了一会儿,还不见他起来,老汉就大着胆子近前来,手在自己嘴边先哈了一下,然后伸到袁青子的鼻孔前,悄声问道:你还出气?还活着不?

袁青子长长地出了一口气,然后非常疲惫地从地上起来,说:鬼虽然被我劈死了,但我也折了不少阳寿啊。

这老两口听到鬼被砍了,一时百感交集地扶袁青子起来,将他搀进屋,千恩万谢一般。然后,老婆到女儿房间,跟她说:你不要怕,吊死鬼已被法师收拾了。

这一晚上,袁青子在王六的炕上歇了,一躺下来,那个白花花的身体就在袁青子眼前闪个不停,但过了没一会儿,他就睡踏实了。

第二天早上,袁青子高高兴兴地揣上主人给的五百元钱,早早上了路。在上山前,他忽然记得山上的面粉有可能不够了,就敲开附近一家小商店的门,买了一小袋面,扛在了肩膀上。这时,时间还早,山间的小路不见一人。他一个人扛着面往山上走,走一走,歇一歇,一面走,一面眼前又浮现出了昨晚那个白花花的身子。他心里想,这女的分明是个花痴啊,找个小伙子,结了婚,养个孩子,估计什么病症都没有了。农村十八二十的姑娘都出嫁哩,这姑娘二十九了，还没嫁出去，不病才怪呢。他又蓦地想到了另一点，想到了山上的苗道长，苗道长为啥要派自己去呢？道长给这女子治过病吗？道长会不会和这个女子有什么关系呢？当时他一边走着，一边心里胡乱想着，当然也想不出什么头头道道来。他正呼哧呼哧走着，有一辆三轮在他身后停住了，原来是上山的百姓，见他这么大年纪，还扛着一袋面，就停住了三轮，招呼他坐上去。

三轮车左转右转，在公路尽头停了，前面是台阶了，袁青子和大家都下了车，重新扛起了面。

到了山上，剧团的人都起床了，正忙着洗脸，天明、天亮正忙着做饭，两人围着围裙，一个上边写着"有求"，另一个上边写着"必应"，倒也十分有趣。袁青子把面交给他们，但两人说：山上庙会这几天收的馍多，刚才拿来好多哩，都是上供的，足够剧团人吃两顿哩。

袁青子说：这些馍不要吃，回家拿给娃娃吃，有好处。

天明说：还剩了一些，给每个人能分两个。

大家知道袁青子回来了，都赶了来，问他昨晚干什么去了。袁青子嘴里本来就是个衔不住冰雹蛋的人，便对大家说了昨夜他是如何聪明，如何发现那怪声音，如何给人治病的。但关于那个光身子的女人，他可是什么都没说。大家听了，都觉得有趣，又觉得好玩，一时有拿他打趣的，也有调侃他的。

早晨吃饭吃过一半的时候，山上忽然上来了两名警察，一名年轻，一名年老一些。两名警察脸平平的，找到了袁青子，只是说要他跟他们到民间协会办公室去一下，配合调查一件事。

袁青子也没在意，就跟着他们来到了上院。一进门，两名警察一下子把门关了，屋里边的光线顿时暗了下来。他们要袁青子坐着，老警察在前，年轻警察在后守着他。袁青子一见这阵势，顿时紧张起来。不知出了什么事，就问：怎么了？

年轻的警察趴在桌子上开始做记录，老警察开始问他话：你昨晚是不是下山去了？是不是到太平村了？是不是给人看病去了？

袁青子说：是啊，老苗叫我去的。

老警察说：这就对了，那家的女儿刚才到我们派出所报案，说你强奸了她。

强奸?! 袁青子大吃一惊。他抬起头来左右看着这两名警察，但觉得他们脸色严肃，根本没有开玩笑的意思，忍不住说道：强奸？这怎么会呢！

年老的警察注意观察着他的情绪变化，没有吭声，那名做记录的年轻警察说：是真的，没人跟你开玩笑。强奸案是重案，我们已立案了，你把这里安排一下，跟我们下山吧。说着他站起身来，合住了本子，就往出掏铐子。

一见铐子亮晃晃的，哗啦啦响，袁青子更是着了慌，连忙说：昨晚老苗让我去安顿院子，那个王六给了我五百块钱。说着从身上掏出钱来：一共就这么多，我再没多要一分。搞封建迷信这一套是我不对，但我真的没有碰人家女子。

老警察说：你还没听清吧，没人说钱的事，是她女儿来告你强奸的。你还是跟我们走一趟吧。

听到这话，袁青子一时头就大了，唉地长叹一声，头一下子垂到了胸前，心情十分沮丧。本来自己早就金盆洗手了，但受不了钱的诱惑，来山上演几场戏，哪里想到，这次上山以来，事事不顺，先是有人往台子上扔石头，二堂在半路又闹腾着要回家，本来将就着今晚一散，就回家了，哪里会想到一桩事挨着一桩事，现在凭空又有了强奸人家女子一说。他想到此，当下心情就差得不得了，只管低着头不说话。

老警察站起身来说：你还是跟我们走一趟吧，强奸没强奸是能说得清楚的，再说也不是她一人说了算的，要有证据的。

袁青子长长地叹了一口气，忍不住说道：她脱得光不溜溜的，把我给抱住了，我可没动她一下。我这么大老汉了，有儿有女的，这事传出去丢不丢人啊！

两名警察听他说到这样一个细节，会意地交换了一下眼神。年轻的警察说：你还是跟我们走一趟吧，你如果没强奸是能说得清楚的。

就是，我们不冤枉一个好人，也不放过一个坏人。老警察说道。

袁青子这时也有些无奈了，就说：那好吧，我跟你们下山去，只是不戴铐子行不行？他还没想到事情的严重性，只是想着现在就这么出去，戴着铐子，让徒弟们看见那多丢人啊。

年轻警察听了果断地说：那不行，如果你半路上跑了可怎么办？这样吧，你先把演戏的事安顿一下吧。

袁青子愣了好半天，只是自己这时也没其他办法，谁让他摊上这么个倒霉事呢。他让年轻警察喊来了二堂与红霞。两人来了，看气氛不对，都不知道是什么事，袁青子也顾不得对他们说什么，只说：我有事要跟这两名警察到山下去一趟，一会儿就上来了。你们一个是要坚持把戏演完；另一个，今天记得找到尚秘书长把戏钱结了。

一席话两人听得都有些莫名其妙，看两名警察比较严肃，师父脸拉得老长，满脸的不高兴，红霞问道：师父，到底怎么了？

袁青子说：一时说不清，有点误会。你们先去吧，先不要告诉大家。我估摸一会儿就回来了。

二人满脸疑惑地先走了。

就这样，袁青子被戴上了手铐，跟着警察下了山。下山时，他走在前面，两名警察跟在身后，由于他认识的人多，有上山的人时时跟他打招呼，他一边跟他们说着话，一边就尽量地用衣袖遮住手铐。

山下原来设个乡，后来撤乡并镇把这个乡给合并了，只留了个办事处。这几天这里有庙会，就临时派了几名警察来值班。这些警察原本要安排上山住的，因为山上地方紧张，临时就在山下租用了三间民房来办公。因办公地点是民居，所以，窑门口依然挂着玉米棒、红辣椒什么的。

袁青子被他们带进了院子，来到了一间房子里，这里还有一名警察正在问那个女子情况。袁青子这才看清了那个叫凤英的女子的相貌。她的脸盘子大，颧骨高，但身材奇瘦，脸上黄蜡蜡的，满脸的病容，说话时脸上时时有一点呆滞。凤英给那个警察说，有个法师来他们家驱鬼了，她一个人在偏房脱衣睡了。正睡着，那个法师进来了，拉灭了灯，脱光了衣服，钻进了她的被窝，强奸了她。正忙张着，结果外边传来了鬼叫声，这个法师就跑了。

警察问：你说的那个人是什么样子？

女子说：个子不高，是个半老汉。

这时恰好两名警察把袁青子带进来了，年轻警察问她说：是不是这个人？

那女子盯着袁青子看了半天，说：就是他，个子不高，是个半老汉。

袁青子听到这里就忍不住插嘴说：你可不能冤枉我啊，是你自己脱光的，我见你的时候你就光着身子在床上躺着哩。

这么说，你进到她屋里去了，看着她光着身子，你就强奸了她？你他妈老牛还吃个嫩草哩！那名年老的警察愤愤不平地说。

没有啊，冤枉！我倒是看见她的光身子了，但我什么也没做啊。是她把我一把抱住了。袁青子还要说，但很快地，便被其他两名警察制止住了，他们相视笑了一下，然后问那女的：你说一下过程，越详细越好，他强奸你，你反抗了没有？

然而这女的这时却说不出更多，只是说，她当时好像被人绑住或者固定住一样，哪里都动不得，然后有人从院子里进来了，上到了床上，钻进了她的被窝，摸她的奶，摸她的大腿，趴在了她身上，强奸了她。

警察问：那你当时反抗没有？

女子说：反抗了，但身体好像动弹不得，似乎是被人定住了。一定是他施了什么定身法。他是法师，他会法术。

我哪里是什么法师，我是瞎猫逮住个死老鼠，是你大你妈要我去给你看病、看院子的。袁青子忍不住说。

你不会法术你给人家治什么病？警察斥责袁青子道。把袁青子带下山以后，态度也跟着变了很多。

女子絮絮叨叨讲完了，被带到了一边。接着两名警察开始正式审问袁青子，袁青子一字不漏地说了昨晚的经过，反正自己是没动过人家姑娘，并且姑娘的父母也可以做证的。

三名警察似乎一开始听这名女子来报案，发现她说得有鼻子有眼，相信这是真的。但随着深入审理，他们就对这女子生了疑，发现这女子说话有些颠三倒四，尤其是关于是法师会法术并且能将她定住之类的话，都心存疑虑，觉得这女子是不是神经不正常。不过强奸可是刑事案子，几人都不敢掉以轻心，他们商量了一下，决定先提取证据。

三名警察留一名警察在这里看守着袁青子，另两名警察就和那女子一起到她家里去提取证据了。

三人一起到了女子的家里，王六和婆姨都在家，都不知是怎么回事。怎么突然间就冒出两名警察来了。两名警察也不多说话，来到女子的住处，女子指着床说了一大堆话，说袁青子是从哪里来的，哪里上床的，然后哪里有鬼叫，把袁青子吓跑的。是他当时施法把她定住了，她动弹不了，就这样被他糟蹋了。但说来说去，只是空口白说，并没有一点证据。两名警察就开始在家里搜寻证据，两人将床上的被褥翻了个遍，在地上，甚至在灶火圪崂都找了半天，硬是找不到一点证据。警察就问女子：那有避孕套没有？女子回答不出。警察又问：那用卫生纸了没？女子也回答不出。最后折腾了半天，两人只搜到条女人内裤，问那女子：昨天是不是穿的这条内裤？女子说，她昨天没穿内裤的。警察越问越觉得这女子有些糊涂，怀疑她是智障。但智障也是人啊，权利也需要保障啊。后来他们只能用个塑料袋将搜到的那条内裤装了，到处见不到卫生纸，出得门来看见院子里有烧过纸的痕迹，就问是不是袁青子将卫生纸给烧了。这时王六两口子站在院子里，心里也知道是什么事了，就着急地对警察说：这是昨夜驱鬼烧的黄表纸。我女儿有病，你们就别怪她了，不要冤枉了人家袁团长。

但这时女子却从门里跟出来了，一口咬定袁青子强奸了她，还说乡里不管，她还要到县上告呢。

现在到这时，这件事村里人都知道了，大家都围在院门口看热闹，三三两两地议论着，说这女子近几年来一阵清楚一阵糊涂的，但要说到有人半夜钻她的被窝，大家可都说不出个样子来了。大家都不是当事人，谁知道具体的事呢？

警察不吭声，只管匆匆走路，王六和婆姨赶了上来，悄悄对他们说：女子有病的，可不敢把人家冤枉了，人家昨夜把鬼给驱了。

年轻的警察似乎听得不耐烦，说：精神病人或者精神不健全的人也是有人格的，遭遇了不幸，我们公安也要管的，判刑还更要重的。

两位老人也就没了话。

返回来再说袁青子，他一个人孤零零地被关在一间屋子里。房子的门关着，窗上也钉了板子，整个房间黑乎乎的。他望着四壁，一直猜不透这间房先前是干啥的。这次演戏，遇到了这么多事，如果有下次，孙子才再去演戏哩！至于这起强奸案，先不论是否要坐牢，只沾上这么个名，让自己如何拿这张老脸去见人呢？自己有女儿女婿，还有个外孙女呢，将来他们会怎么看自己呢？

这样乱想了一通，也想不出个究竟来。过了有两个小时吧，两名警察就回来了，他们三人一起简单地议论了一下，就打算给县里打报告，说遇到了疑难案子，请求刑警队支援。袁青子听着，这心跟着怦怦怦跳了起来。看来自己真是跳进黄河也洗不清了。

到下午3点多的时候，红霞和尚秘书长从院子里进来了。显然红霞是戏一演完就赶来的，她的眉角还留着淡淡的化妆痕迹。

两人在警察的陪同下和袁青子见了一面，袁青子十分着急地对两人说了昨晚的事，说那女的纯粹就是个花痴。说完又叹息道：年纪这么大了，经得这事，我这老脸往哪儿搁呢？

两人听完了话,也没多说,安慰了他几句,就出去了。袁青子透过窗上的缝隙可以看见,两人在院子里嘀咕着商量着。一会儿,红霞就打了一通电话,打到一半,尚秘书长又接过手机说了一通。说完了,红霞趴在窗上悄悄地对袁青子说:不要着急,已经找人了,正在想办法。

到下午5点半的时候,那名年轻的警察和那名年老的警察开了门,年轻的警察冷冷地对袁青子说:你把东西收拾一下吧。然后冷笑着说:现在这世道,任何人都不能小瞧,要饭的都有大背景哩。

老警察说:可不,世事全是人情。

年轻警察过来给袁青子打开了铐子,拿出一张纸要他在上边签上名字,然后说:你可以走了。

这时,红霞与尚秘书长都进来了,尚秘书长给两名警察发着烟,说:谢谢警察,谢谢警察!

袁青子也没什么东西,只要了手机,本来转身要走,但这阵又觉得心里特别委屈,就说:那你们给我开张证明吧,证明事情不是我干的。

正在与尚秘书长嬉皮笑脸说着话的年轻警察,听了这话,脸上顿时变了颜色,扭头说道:演戏把你演憨了吧?你咋像个生葫芦似的,你的事还没完哩!你还不知道你咋出去的哩,要我们给你开什么证明,难不成是把你抓错了?

袁青子遭到训斥,但心里仍不服气,嘟囔着说:本来我就没动人家姑娘。

年轻警察说:你自己没做什么,是你自己说的吗?那人家咋能告你哩,咋不告其他人哩?

袁青子听了这话,有些冒火,一时想说:那你们把我关着好了，什么时候把事情调查清楚，什么时候再放我出去也不迟。但他想了想，还是忍住了。

尚秘书长就一边推着年轻警察往外走，一边说：你别跟乡下人见怪，他没见识。

红霞也帮腔说：我师父有些痴，认死理，你别计较。

三人告别了两名警察，相跟着走出院子来，尚秘书长开着车，红霞与袁青子就都坐在了后排。红霞大约怕冷落了师父，就关心地问他冷不冷、饿不饿，一边安顿尚秘书长把车开稳些、开慢些。

袁青子一句话也不说，刚才与警察争了几句，警察也没给个明白说法。他现在心里在等着这两人问他事情的来龙去脉，可两人都不问，一时他心里隐隐感到有些失望，看来两人只是想办法将自己救出来，但事情的真相是什么，没有人愿意关心。这不关心是不是表明他们从心底里相信自己就是那样的人呢？想到这里，他就有些后悔，自己真不该不清不白地被人救出来。

车在缓缓上行，没人说话，车内气氛有几分尴尬。袁青子想，毕竟是别人把自己救出来的，觉得应该说点什么，表示一下感谢，就说：再不出来演戏了，世事和先前不一样了。

红霞小心翼翼地说：其实在农村有几亩果园也能过个不错的生活。

开车的尚秘书长一直沉默着开车，这时接过话头说：是啊，世事变化太大了，经济发展快，所有的一切都在跟着变啊。

五

袁青子与赵红霞一行人上了山，剧团的人员都知道团长回来了,也就露出了少有的欣喜。只是关于这件事大家似乎约好了似的,都不问什么,也不说什么,个个忙着准备晚上的演出或者收拾东西。

袁青子憋了满肚子的话想对人说,但大家都不问他,他诉说的欲望也就淡了。今天折腾了一整天,他十分疲惫,只能自怨自艾地回窑里睡觉去了。

晚上的演出照常进行,最后一夜,山上没几个人,北风呼呼刮着,松涛阵阵,吹得帐幕来回呼扇着。剧团的人演得也没精神,个个无精打采的,都在急切地等着戏演完,收拾场地。天明、天亮站在帐幕口等用完的道具行头,用完一样他俩就装一样。

袁青子正在睡着,尚秘书长来了,他提着个包,装的现金,是来结账的。他把一摞摞的现金摆放在袁青子身边,要他清点一下。袁青子懒得动,大致数了数,就说不用清点了。

就在这时,袁青子忽然想到了一个问题,就问他:你说高玉海爱看我们的戏,但咋没见他来看呢?

尚秘书长停住了手中的动作,说:来了啊,你没见到吗?

袁青子扭头想了想,这几天台子下都是一群散乱的群众,几乎没有一个有头有脸的人物,就说:没有啊,没有发现啊。

秘书长依旧是一副意味深长的笑,说:只要大家爱看,就是他爱看了。说完,两人寒暄了几句,他便离开了。

一会儿,戏演完了,袁青子在台子上转了一圈,见一大群人正在忙着装点东西。剧团明天才回,本来也可以明天再装箱的,但长久以来大家养成了这样的习惯,戏演完的当夜如果没有特殊情况,都会把东西全部装箱。

袁青子去喊红霞,要她造个表把钱发给大家,但转了几圈却找不到红霞了,他问身旁的小小子,小小子沉着脸说:不知道。袁青子又问别人,可别人都不知道红霞去哪里了。后来,还是彩霞告诉袁青子说:红霞下山去了,她说要大家明天只管回,不要管她了,她不回去了。

她不回去了?她要到哪里去啊?袁青子不明白。

彩霞想了想说:我也不知道。

红霞是袁青子的远亲,袁青子知道她的亲戚都在义川县,这里是强龙县,而她一个人晚上却不回去了,这是要到哪里去啊?袁青子便拨打红霞的手机,但发现她的手机已关机了。他这一惊吃得不小,随即把大家招呼起来问:红霞去哪里了?大家面面相觑,都不吭声。她到底去哪里了,难道一个大活人竟然丢了不成?袁青子非常着急地问大家。

大家听到问话,都停下了手中的活,但都不吭声。从大家沉默的眼神中,袁青子猜出大家可能是知道一些事的,就问:到底是怎么回事啊?你们倒是说啊!天明抬头望了望二堂,一副欲言又止的样子。

袁青子敏锐地捕捉到了这个信息,就问二堂:红霞呢?是不是你又把她气跑了?

二堂脖子一拧说:我吃饱了撑的啊。

那她咋不见了?袁青子问。

人家攀高枝了呗。二堂说。

袁青子一听这话更吃惊了,紧接着问:你倒是说明白,她去哪里了?

我不知道,你问其他人吧。二堂说着,扭头忙自己的去了。

此时风还在呼呼刮,箱子横七竖八,凌乱地放着,舞台上一片狼藉。

袁青子问天明：你说，红霞到哪儿去了？

天亮说：师父，你别问了，红霞到高玉海家里去了。

袁青子问：高玉海家在哪儿啊？

就在山下，咱们那天看见的别墅就是他的。天亮说。

哦，袁青子这才明白了，这才想起来，原来高玉海本身就是强龙县的人，这山下太平村就是他的老家。在他少年时，他随着改嫁的母亲到现在的义川县的。

她去那里干什么了？袁青子又问。虽然他已明白尚秘书长说的大财主就是高玉海，但还是把高玉海与赵红霞联系不到一块儿。

天亮不搭话，低下了头，用脚把一颗小石子踢来踢去。

难道她是去唱堂会了？袁青子想到了这一点。在袁青子眼里，他没有把这件事情往别处想，高玉海今年五十了，有家有室，有儿有女，而红霞只是个二十四岁的女娃娃。唯一的可能性就是高玉海钱多，擅自把赵红霞叫到他家里去唱堂会了。赵红霞年轻、眼浅，说不定一时看见钱多，就应承了。自己是赵红霞的亲戚，在他眼里，赵红霞还是个没结婚的姑娘。没有结婚，就意味着没有成人；没成人，他在这里是一家之长，就有必要负责她的安全。

听到袁青子的话，大家都不吭声。明晃晃的灯泡下面，个个开始忙碌手中的活。见大家不吭声，袁青子估摸着自己猜对了，他又拨打电话，还是打不通。袁青子想了一下，就对小小子他们说：你们收拾东西吧。天明和二堂，你俩跟我下山去一趟。

二堂说：我不去，我不拿热脸贴人家的冷屁股。

听见二堂这么说，天明也慢腾腾地说：师父，干脆算了吧。红霞说了不让咱们管的，她已经成人了，再说那么大人，又丢不了。

这是什么话！袁青子一听勃然大怒，厉声说道：她和咱们一块儿出来的，我就有义务把她安安全全带回去，安安全全交给她大她妈。她在我这团里一天，就归我管，明天不在我团里了，她愿意到哪里去，那是她的事。我和她远远近近还沾点亲戚，如果她大她妈向我要人，我咋办哩？一个姑娘家，半夜跑来跑去，这成什么话？

二堂把脖子扭了一扭，说：你要去，你去吧，反正我不去。

袁青子知道二堂还在和赵红霞赌气，就说：你不去算了，离了你这萝卜还不办席了呢！天明，你跟我下山。

话说完，袁青子返回窑里找了一把手电，然后喊天明。天明似乎不愿意去，但架不住师父督促，只好不情愿地跟着他一块儿走。就在两人要走的当儿，彩霞返回女生宿舍也拿了一把手电来，说：师父，我和你们一块儿下山吧。

袁青子说：黑天半夜的，你就不要去了，把手电给天明。

但彩霞并没有听袁青子的话，而是拿着手电与天明一起跟在了后边。

袁青子开始下山，他在前边走，两个青年男女磨磨蹭蹭地跟在后边，两人一边走着，一边低声地说着话，嘴里嘟嘟囔囔的。袁青子只当他俩害怕这世事，就说：你们别害怕，有我哩，咱们就是向高玉海要个说法。这是新社会，不是旧社会了，有钱怎么了？有钱难道可以随便叫女演员唱堂会吗？

三人沿着石阶一起往下走，有窸窸窣窣的声音传来。

不一会儿，走完了石台阶，来到了柏油路上，袁青子瞅见手电光，知道他俩离得还远，就站在路口等他们，没多久，彩霞与天明两人就从台阶上下来了，都呼呼地喘着气。

显然两人在路上嘀嘀咕咕商量了一些意见。一见面，彩霞就急急地说：师父，咱们还是别去了，红霞真的不是被叫去唱堂会了，有好多事，你不知道哩。这几天红霞早就和高玉海好了，他们俩成天发短信哩，写的都是什么情呀爱呀的，红霞还让我看过哩。

是这样？袁青子疑问道，真的是这样？那你怎么不早点说？袁青子训道，高玉海有老婆娃娃的，红霞还没结婚，她掺和到人家家庭里闹什么哩？

彩霞挨了训斥，一时嘴里嘟囔道：师父，现在都什么年代了，早就没人管这号事了。大家都认钱哩，当个小三有什么呀，小三说不定还过得更好呢，又有钱花又有人心疼。

屁话！袁青子听到这话，气极了，大声说，人活在世上难道就为了一点钱？就为了吃呀穿呀？吃得饱饱的、穿得好好的，就不要脸面了？那每个人要手干什么哩？不会自己劳动，自己挣去啊？年轻轻的，净想着给人家当小老婆！

天明在一旁见袁青子训彩霞，心里有几分不悦，就说：师父，法律上规定十八岁就算成人了，自己做事自己担哩。这红霞自己长着脑袋，今年二十四了，她自己的事咱们掺和什么哩？

这句话还真把袁青子说住了，他低头想了一下，接着摇了摇头，说：红霞不是这号人。走，即便事情就像你俩说的那样，我也要见她的话哩。她不愿意回去了，她当着我的面给她父母打个电话，把这事说清楚了，我就不管了。要不，回去她大她妈埋汰我，我该咋办哩？说完这话，袁青子也不管他俩，扭头就走。

不一会儿，袁青子听着后边有了脚步声，看见手电光来回晃着，知道天明与彩霞两人跟上来了。

袁青子与天明彩霞一先两后地沿着柏油路走着。有风从树梢上刮过，呜呜呜的。偶尔树林中有鸟雀惊起，扑棱扑棱地飞走了。林涛阵阵,但身在树林中的他们却没有感到一丝凉意。

一轮明月偶尔在树叶间隙闪一下面。

三人都不说话,只有脚步声。

一会儿下到了山底。

面前是一条河,河上是一座新建的桥,桥下有河水在潺潺流动,过了桥就到太平村了。在这里,可以看见村子建的别墅群,在黑乎乎的夜里,仿佛一个个巨大的野兽似的。别墅群里,没有一点灯光,四周静悄悄的。

天明和彩霞赶了上来,天明说:师父,你等等,我有话说。

袁青子只管往前走。

彩霞赶了上来,扯了一下师父的衣襟,袁青子站住了。这时天明也赶了上来,他的胸脯一起一伏地说:师父,你听我说,我说几句话,你听完,你如果要再愿意去,我哪怕进杀场也都陪你去。

袁青子停住了脚步。

天明说:师父,其实这几天,有许多事你都不知道哩,大家都瞒着你哩。我给你说实话吧,这几天看着咱们在山上演戏哩,可这主角不是你也不是我,也不是二堂,真正的主角是人家红霞与高玉海两人。你先前说有愿意掏大价钱看咱们戏的人,这个人就是高玉海。他有钱了,就给这里的庙会捐了许多钱,咱们这台戏,是高玉海掏钱专门给赵红霞摆的最后一场演出,是人家的告别演出。

这话是怎么说的?袁青子虽有几分明白,但还是不愿意相信自己的猜测。

师父,你想想。天明说,一个县剧团四五十号人演一场戏才多少钱啊,怎么会给咱们这个戏班子那么多钱呢?还不是看在红霞的面子上?说白了,是高玉海在红霞面前耍排场、摆阔哩。再说白了,是红霞给你、我和咱们团的人最后一点面子,让咱们多拿点钱,演最后一场戏。咱们在这里,其实只是人家的棋子、道具,是高玉海用来耍阔的摆设而已。

你说这一切红霞是事先都知道的?

人家当然知道,人家早就是两口子了。彩霞急急地说。

嗯?

彩霞还要说什么,但被天明拦住了。天明说:师父,别的我不敢说吧,先前他们怎么相好我不知道,但从上山的第一天,大家就知道他俩好上了,只是瞒着你而已。那天二堂和小小子为什么打架?就是因为当天晚上红霞偷偷下山没有回来,小小子第二天多了一下嘴,让二堂知道了,他吃了醋,两人就打了架。

哦。袁青子恍然大悟,原来是这样啊。袁青子有些相信了。随即问道:那次扔石头的事呢?

石头的事也是和红霞有关的。红霞先前卖车的那家的老板想跟红霞好,但红霞不愿意,借唱戏请假离开了,那家老板气不过,就派了人来捣乱。这事还有后续哩,那天那两个来捣乱的人告到派出所,说咱们的人把他们打伤了,后来红霞托高玉海把事情给压住了。还有今天的事……

今天的事也是赵红霞托高玉海办的吧?袁青子问。

可不。师父,你傻啊,你看看,现在还有人喜欢看戏吗?你看看人都干什么去了,咱们唱了几天,可台子底下有多少人?大水下来人都捞财哩,谁还看咱们扭秧歌哩?咱们拿唱戏当粉,往脸上搽哩,人家是拿这擦屁股哩。咱们拿这当文化哩,人家拿这吊膀、装点门面哩。

这一席话一下子把袁青子说得目瞪口呆。一切的秘密全解开了，一股凉气直扑袁青子的心头，他一下子颓丧起来，他心里从来没有这么悲哀过，即使今天被铐起来时也没有过。所有的事，这些徒弟都看得清清楚楚的，只有自己还沉醉其中，还想着国家重视文化，还想着重整旗鼓呢。那天早上，红霞来给自己说，她演完这台戏不再上场了，应该就算是告辞的，可自己怎么就没想到呢？

彩霞与天明一动不动地站在桥上。袁青子想着这一切。蓦地，他觉得自己脸上凉丝丝的，伸出手抹了一下，却是几颗泪珠。他掩饰地用双手搓了一把脸，觉得脸皱巴巴的，粗糙不堪。

他返到小河边来，小河流动着，发出了细微的响声，有一清月映在水中，一晃一晃的，潋滟着。他在河边的一块石头上蹲了下去，掬了两捧水，扑哧扑哧洗了把脸。然后缓缓站起身来。

师父，我们还去吗？彩霞悄声问。

回吧。袁青子用衫子擦了擦脸，有气无力地说道。

天明与彩霞听了这话，长长地舒了一口气，相跟着亲密无间地往回走了。

袁青子站起身来，想要移动脚步，但没动身，只是呆呆地望着对面如巨兽般的别墅，他觉得这夜压抑得他如此难受。待两个徒弟走远了，他才迈动了步子往回走，一边走，一边心里觉得委屈得不得了，脸上又凉丝丝的，他知道不争气的眼泪又来了。此刻，他觉得心里憋得难受，想要美美气气地释放一阵。他先是默默地流着泪，接着一个人低低地啜泣着；啜泣了一会儿，他就大哭起来；哭着哭着，他便拉长了声调，像狼一样在这深夜里嚎起来了。

二〇一二年冬天的爱情

一

小董骑着摩托,沿着盘山公路上了坡,这时太阳已升得老高了。正是初冬,带着几分清冷的阳光斜射在簇起来的一堆堆玉米秆上。那时秋天,庄稼人为了腾地,就先将玉米秆割了,一簇簇堆起来,待到农闲的时候再掰玉米。干透的玉米秆在阳光的照射下,金黄金黄的。望着这些,小董先前郁闷的心情没有了,心里多了几分温暖。

小董找到村主任张志学,简要地说了情况,不外乎就是北京这几天正召开会议,风声紧,因为村民老钟和婆姨刘五朵有多次上访前科,省市县乱跑,镇政府害怕两人又借这个机会到北京去上访,所以就让他来监视了。

要是他们要进京呢?小董曾在电话中问过孙晓光副镇长。

孙副镇长说:那就不能让他们去。

可要是他们无论如何都要去呢?

那就无论如何也不能让他们去!

副镇长是包片领导,含含糊糊的几句话和绕口令似的,弄得小董一头雾水。他知道要暗地里监视,有情况要及时汇报,要想办法阻止老钟和刘五朵上访。但究竟用什么办法呢？总不能成天把他俩胳膊腿扯住，或者把窑门院门封住吧？孙副镇长说：你不是大学生吗？你不会动脑子吗？反正是无论如何也不能让他们进京。否则县长挨批、镇长挨批，我也得挨批；至于你，当然也不会有好果子吃。你这个大学生，要多动脑子，要把这当作一项政治任务来完成。

政治任务这个词小董上大学时没听过，但参加工作半年来却常听到，真正的含义他虽有些弄不明白，但大致意思他还是懂的，那就是思想上要重视再重视，要高度重视，这事是重中之重，反正绝对不能有任何差错。

小董来到烟山村，到了村主任家。关于怎样完成这个政治任务，小董心里没谱，就向村主任张志学讨教。张志学听了，什么也没说，他装出十分忙的样子，对小董说：娃娃在城里上学，没柴没面了，得给他们送去哩。这几天你就在我家待着，面有柴有菜也有，要吃自己做，要喝自己烧；如果走的话，千万记得把门锁好。

对了，不要给任何人说这件事，免得引起不必要的麻烦。张志学又补充说。然后他就开着自己的昌河车，拉了一捆柴走了。

这个老滑头，怕得罪人。还不都是因为你们有私心，处事不公，才将事情闹成这样的吗？再说，镇政府要你们这些村主任做甚哩？小董愤愤不平地想。

张志学走了，把小董一个人丢在了烟山村。面对七天的会期，八个昼夜的监视，小董心里一点谱也没有。可是他又能怎么样呢？谁让他是这个村里的村干部呢，谁让这是一项政治任务呢！

小董胡乱吃了一口，就出了村主任家门。村口三毛家的外墙下横放着一根椽，有三三两两的老年人闲坐着晒太阳，有些人认得小董,就问他这个时段了还来村里干什么。小董就说,乡上要他来检查秋收。

秋收早完了,有甚检查的?

看你们收干净了没,要颗粒归仓哩。再说冬天还要防盗哩,去年就发生了几起入户盗窃事件,丢了几辆摩托。还要查赌博,还要防邪教传播哩,听说最近有个全能神教闹腾得厉害。

没听说过,没听说过。村民们一个个摇着头。

小董走了一圈,把老钟家的位置弄了个一清二楚。烟山村这几年经济发展快,再加上移民搬迁政策,大部分村民尤其是年轻人都在塬上建了新房,一家家从先前的窑里都搬到了塬上,住到了新规划区,只有老钟两口子和几户老年人还住在先前的那片旧窑里。老钟住的这个地方分为上下两部分,下面的叫下渠里,有四五院地方,人年久不住,院内荒蒿疯长,窑洞都已坍塌,一孔孔张着黑乎乎的口。上面的叫上崄里,原本散住着八九户人家,个个院落参差不齐地排成"U"形,老钟住在左侧中间,他家的右下方现在还住着一户人家,是个村里的老光棍。站在老钟对面的崖背畔上就可以清清楚楚地看到老钟家的院子。坐东面西的三孔土窑洞,接了个砖窑口子。经年累月,窑背上长着一丛丛圪针树,蓬大的一团,有一些鸟雀落在上面,叽叽喳喳叫了一阵,又呼的一声飞到一边去了。院子里靠墙处凌乱地堆放着一些柴火,旁边建了一个玉米囤子,囤了玉米棒子,大约怕鸡雀觅食吧,其上又纵横压着些枣刺。靠墙外侧种有几株向日葵,都已被割掉了头,无精打采地歪着身子。

小董在崖畔上站了许久,只见老钟两口子从家里出来了,锁了门。男人拉了辆架子车,女人拿了几件家具放到了车上,婆姨、汉一边说着话,一边拉着架子车从坡底上来了。他们的身后,跟着一条蹦跳着的黄毛小狗。

看到这架势，小董知道他们是要到地里去了，提着的一颗心略略放了下来。

老钟两口子下地去了，小董一个人在崖畔上思量着，觉得这样明晃晃地面对面监视终究不是办法，他就沿着窑背畔往前走。忽然间，他发现了在一家半窑背上蓬长着的杂树丛里有一只松鼠窜来窜去，松鼠看见他了，却并不害怕，只是一路沿着杂树枝跳跃着、前行着。小董一时觉得有趣，就跟着它走。这样，走了一会儿，松鼠不见了，小董却意外地发现了一个可靠并且隐蔽的观察点。这也是一户人家废弃的院落，窑面上长出一些圪针、椿头与杜梨枝，枝条交叉杂生在一起。但在一个低缓处，交叉着的枝条露出一个恰如心形的形状来。隐藏在这些杂树后，就可以居高临下把对面老钟家院子看得一清二楚。

可是，怎样能观察到人的一举一动呢？蓦地，小董想到了自己藏在箱底的望远镜。在大学期间，学校有天文小组，小董曾是其中一员，迷恋过谜一样的遥远的太空。在课余时间，尤其是夜间，他把很多时间都花费在了这上边，端个望远镜，呆呆地望着星空，一望就是几个小时。但自从毕业后，因为要打工，要找工作，要复习考村干部、考公务员，所以自是没了这个心思，望远镜则被他锁到了箱底。现在，他忽然想起了望远镜，这下终于可以派上用场了。说寻就寻，他连忙骑摩托回到了镇上，翻箱倒柜拿到了望远镜，又买了一箱方便面，买了两条烟，到下午4点多又重新回到了烟山村。回村的时候，他特意路过老钟两口子的地，见老钟正拿个锯忙着修剪苹果树，而刘五朵依旧穿着一件大红袄，脸拉得老长，正在把老钟剪掉的那些枝丫一根根从地块里清理出来放到公路边的架子车上。

估计今天不会再有什么事了。小董长长地舒了一口气。

晚上,张志学没回来,小董一个人住在他家。住处有了,吃的有了,喝的也有了,张志学爱回不回,都行。

吃了两袋方便面,他打开电视,电视节目里的气氛却不同往日,播音员神情严肃,声音也较往日高了几分。

各个台正放着一个会议的开幕式,国歌奏起,人们全体起立,表情严肃;接着有一个人在做报告,掌声长久不息。小董看了看,觉得无趣,就到村里的常工家里去,常工正在跟几个人打麻将。他看了两圈麻将,又转回来,此时天已黑透,夜已静,小董悄悄地提着望远镜出了门。他来到白天选好的那堆杂树丛后,伏下身子,只见老钟家的灯亮着。端起望远镜,老钟家的一切就拉到了眼前。他竟然看到了奇怪的一幕。只见老钟和刘五朵两人已上了炕,和衣钻到了被窝里。老钟的枕头旁散乱地放着一沓纸,他正忙着拿笔写着什么。刘五朵被子上压着件大红袄,两只胳膊外裸着,给老钟指画着什么。两人头凑在一起说一阵,老钟就在纸上写一阵。老钟旁边还有一本厚厚的书,虽然看不清是什么,但小董猜测应该是本《现代汉语词典》。因为老钟时不时都要翻一下,似乎是查某个字的写法。看到这个情景,小董的心一下子提到了嗓子眼。他本是土生土长的农村娃,知道这些庄稼汉在旷日持久的劳动或劳累中早已忘记了读书是什么,即使小学或初中学过一些字,也早已在繁忙的劳作中忘记了,没有人会在夜深人静的时候看书。他们除了农闲偶尔喝几杯以外,娱乐主要就是看电视与赌博。而现在,在这样夜深人静的时刻,这两口子竟然在一起商量着,在查着字典,一笔一画地写着什么,这一切只有一种可能,那就是在写告状信,在写上访材料。

看来镇长说得没错,这两口子真的要上访哩。

在这样伸手不见五指的夜里,小董感到了自己肩上沉甸甸的担子。他学着副镇长的样子敲着自己的脑袋,一遍遍地给自己提醒道:小董呀小董,你这回可要操心了,这可是项政治任务啊!

第二天清晨,小董正在睡梦中,客车的喇叭声将他惊醒。他睁开眼睛,一时却不知身在何处。又听见几声客车喇叭的长鸣,他的意识才清楚了。这是路过烟山村的早班客车,每天12点的时候还有一趟,车到村里了,喇叭就会长鸣。小董听见了,忙穿衣起床,顾不得洗脸,就出了院子。只见客车停在村中央的一棵槐树下,喇叭声还在响着,他朝车里一望,见客车上有几个人影,都冷得缩着脖子。走近看,他发现靠窗的一个女的竟然穿着一件大红袄。他的心蓦地一沉,就想到了刘五朵的那件大红袄。

再走近了仔细看,车上坐的却并不是刘五朵,而是一个中学生模样的女生,身材不如刘五朵壮,脸盘不如刘五朵大。小董长出了一口气,转身往回走,但就在这当儿,听到背后有了声音,扭头看,却见刘五朵急急忙忙地从坡底上来了。她依旧穿着那件大红袄,身上赫然背着一个男式的黑皮包,一边走,一边嚷嚷着让客车等等她。不耐烦的客车司机瞅见了,发动了车,吆喝着让她快一点。刘五朵一边应着,一边碎步跑过去挤上了客车。却不想由于匆忙,人进去了,皮包却夹在了车门外,就叫喊着让司机开了门。这样,不一刻,客车就摇摇晃晃地从小董身边过去了。

担心的事情终于发生了,她还是要上访了!小董心里一沉,脑子一激灵,连忙先回到屋里,把被子叠了,拿上自己的包,锁好了门,发动摩托就往村子外奔。

在路上,他打电话把情况给孙副镇长做了汇报:刘五朵要进城了,刚在村里坐上班车,穿得比较齐整,背个男式黑皮包。

孙副镇长大约刚起床,先是迷迷糊糊的,后听到小董语气紧张,当即也紧张起来。他在电话中急急地说:赶紧监视,紧紧跟上,摸清她的动向,有情况及时汇报。

小董跨上摩托时,客车早已不见了踪影,他加大马力,沿着盘山公路往前冲。不一会儿,孙副镇长却打来了电话,问:客车什么时间到县里?车号多少?刘五朵什么长相?

脸盘大,个子比较高,留齐肩短发,穿一件大红袄。牙有点龇,笑起来牙龈外露。小董在电话中说。

你先跟上,到了县城马上和我联系。孙副镇长说。

摩托前行了有半个多小时,就追上了客车。小董不紧不慢地跟在客车后,因为客车村村都要停,为了监视刘五朵,小董也只得配合着客车,速度时快时慢。

客车走到阳湾村口的时候,又一次停了下来,这时小董的摩托已超过客车了,他就在前边一转弯的宽敞处停下来等客车。这时却意外地看见一个身着大红袄的人从车里下来了,踏上了去阳湾的路。会是刘五朵吗?等着班车晃晃悠悠地从小董身边再次擦肩而过时,小董注视着车里边,只见车内已不见了刘五朵,这样小董确定了刚才那个在阳湾下车的女人正是她。

瞅着大红袄走过一座小桥,拐进了阳湾村,小董再次拨通了孙副镇长的电话,向他进行了汇报。

孙副镇长在电话里听到这个消息,松了一口气,沉默良久,说:小董,你回村吧,继续监视老钟,这里你就不用管了。

听到这话,小董也长出了一口气。这时虽是清晨,小董却发现自己的额头竟然有了细细的汗珠,后脖颈处的头发竟然湿淋淋的。他抹了一把汗,放松心情蹲下来抽了一支烟。

大红袄消失在了阳湾村里。

紧张的心情松懈下来,小董有些懒散,在这里歇了一会儿,发动了摩托,准备回烟山村。但在他刚要起身的当儿,手机却响了,他一看,是一个陌生的号码。

快点过来接我。一个女人在电话里理直气壮地说。

你是谁啊?小董问。

春天。

哦,小董忽然明白了。春天是今年夏天和他一起招到双良镇的村干部,双良镇也只有他们两个,春天包的是阳湾村。两人虽在同一个镇工作,又是一起招的村干部,但由于不在一个片上,接触并不多。另外,在小董眼里,春天胖乎乎的,一张娃娃脸,长得并不好看,可她自我感觉却非常好,说话理直气壮,下乡开会总有发不完的短信、聊不完的天。现在这刘五朵进入阳湾村了,按照属地管理原则,自然轮到春天这个村干部出马了。

你在哪儿呢?

镇上啊,还能在哪儿?春天话里似乎有气。

那你等着吧,我就来。小董说。

都怨你,连个大活人都照看不住。她哪儿不能去啊,净往阳湾村瞎跑什么!春天在电话里抱怨着。

听了春天在埋怨他,小董面前马上就浮现出了她那张胖乎乎的娃娃脸来,不禁为她的孩子气感到好笑。

我都恨不能把她绑住呢。小董说。

小董一面这样说了,一面往镇里赶。在镇政府门口,他接到了春天,春天满脸不高兴,嘴噘得老高。她一路坐着小董的摩托,也不说话,离小董老远,屁股几乎坐到了行李架上,仅用一只手轻扯着小董的衣服,另一只手则紧捂在自己胸前,这架势似乎是故意不让每一次颠簸时自己的胸脯靠近小董。

小董小心翼翼地驾着摩托,一路上给她介绍着要监视的人的情况:她叫刘五朵,穿件大红袄,刚进了阳湾村子,至于干什么或去谁家都不知道,要密切监视她的动向。她有可能从这里再坐车到县城然后到北京去上访,也有可能从这里过黄河入晋界进京。有情况要及时汇报,要及时联系、及时沟通,这是政治任务,是一切工作的重中之重。

春天不吭声,小董身后只有一声声手机的短信声传来。

到了阳湾村口,摩托从柏油路上拐了出来,公路与村路连接的地方是土路,有很深的车辙。初冬了,车辙每一道棱都很硬,摩托一拐到上边,前后轮就陷在了不同的车辙里,乱晃着,小董一时把握不住,三晃两晃摩托就摔倒在地。摩托倒了,小董被摔在一旁,春天的右腿被压在了摩托后轮下,疼得直哎哟。小董起身将摩托熄了火,把春天的腿从摩托下拔出来,将她搀起来,又张罗着拍打她身上的土。从地上起来的春天显然生气了,瞪了他一眼,身子一扭,一瘸一拐地沿着乡村土路走了。小董将摩托扶起来,好在摩托只是轻轻摔倒了,油洒了一地,发出刺鼻的汽油味,其他的倒没大碍。他一时心急,发动着摩托去追春天,一会儿就撵上了。他对春天说:再坐上来吧,我送你到村里。春天不吭声,只自管自地走。这回我会小心的,保证不会再磕了。他又说。但春天依旧不吭声,只是脚下的步伐明显加快了,也瘸拐得更厉害了。看到这情景,小董知道她真的生气了,就不再自讨没趣,而是停下了摩托。这时他才发现自己的西服扣子掉了一个,右边袖子刚才也不知在哪里被撕开了,挥动胳膊的时候,扯开的西服袖子像乌鸦的翅膀来回扇动着。

二

春天不理小董,生他的气,他只能满心委屈地掉转摩托车头回烟山村。他一边骑一边嘟囔着:吊着脸,当谁欠你钱哩?派你来村里,也是镇长派的,又不是我要你来的,咋不跟镇长吊脸去?摩托摔倒了,你以为我愿意吗?还不是你惹的祸,那么胖、那么重,不紧靠着我,坐到行李架上,不把摩托头压翘起来才怪呢!

回到村里,他又一次路过老钟的地,只见老钟一人正在苹果地里忙着剪苹果枝,剪掉的长长短短的苹果枝在树下散乱着。树下放着一个戏匣子,正在播放着蒲剧。那条小狗本来围在他身旁,这阵儿见公路上来了摩托,就赶来跑前跑后乱汪汪。

小董和老钟本来就认识,这阵儿瞅见了老钟,小董便想和他搭讪搭讪。但他知道老钟这人平素古怪,说话阴阳怪气,不留情面,和村里许多人都没来往。他一时又怕令自己难堪,所以这时虽将摩托车停在了路边,但心里还一直在犹豫着。

摩托停住了,耳旁没了风声,地里戏匣子的声音就咿咿呀呀传了过来,是《空城计》,诸葛亮正在悠闲地唱着:

　　……
　　刘先主他将我搬下了山,
　　第一功博望坡用火烧散,

第二功在北合又用水淹，
　　第三功火烧坏新野小县，
　　过江东借东风火烧战船，
　　烧战船将曹营的人心搅乱，
　　烧坏了曹家的八十三万兵有千。
　　……

　　这里是黄河畔，隔河就是山西，抬眼可以望见山西莽莽苍苍的群山。由于距离近，所以这里的文化也深受晋文化的影响。早年本地人只务农，经商的都是隔河过来的山西人，俗称"河晋担担的"，多少年以后，随着晋商的增多与富裕，晋文化也顺理成章地传播到了这里，成了文化的主流。蒲剧从此成为当地人的所爱。经过长期的熏陶，这里的妇孺老幼都爱听蒲剧，人人都能哼上几句。

　　老钟在地里瞅见路旁的小董，就停住了手中的活，大声喊：董干部啊，北京正召开会议呢，你还有心情在这里闲转哩。你不给我们传达一下精神？

　　听到这种阴阳怪气的话，小董一瞬间就没了好心情，大声说：会传达的，一定会让你学习个够的。

　　哈哈，那就好，我有的是时间，正准备细心听讲哩。呵呵。说完，老钟得意地挤了两下眼睛。

　　小董见他挤眉弄眼的样子，自然没了说话的心情，直接骑着摩托就走。只是那小黄狗不解人情世故，汪汪叫着，撒欢似的跟了他好长一段路。小董一边走脑子里一边想着：老钟这人太狡猾了，先前有一次上访，镇上悄悄派了一个人跟着。可是在火车上，他一眨眼就不见了踪影。原来他一上车，就将头伸到这边的硬座下，脚伸到另一边，直接睡到地铺上，呼呼噜噜睡了一个晚上。害得跟他的人整车厢整车厢地找他，硬是找了一个晚上才找着了他。现在他还说想学习会议精神哩，鬼才相信哩！他的戏匣子里放的是《空城计》，诸葛亮正在戏弄司马懿，他又说这话，同时还得意地向自己挤眼睛，分明摆足了一副戏弄的架势嘛。老钟啊，你别小瞧我了，你别得意得太早了！小董心想。

这一夜小董一个人待在窑畔上，一直盯着老钟的家。也许因为老婆不在，老钟喂了两回猪，听了一回戏，然后一个人上炕钻在被窝里看电视，最后拉了窗帘，灯黑了。

老钟家没什么看头，小董就将镜头对准了隔壁的老光棍家，但老光棍家的窗子小，仅能看到屋里的一方天地，而这样瞅着瞅着，小董竟然发现了老光棍一个秘密。原来，在自己家里，老光棍总是赤身裸体。那老光棍吃了饭，就脱光了衣服，但显然睡不着，一会儿就起身干这干那的，比如提水壶倒水，比如捅炉子。他始终都是一丝不挂，赤裸着身子在屋里走来走去。

小董先觉得有趣，瞅了一通，就觉得无聊了，便返回村主任的家。

屋子里有些冷，他懒得生炉子，就开了电褥子，和衣钻到被子里。

打开电视依然是新闻，依然是铺天盖地的开会消息。

一个人闲待着，他蓦地想到了春天，不知道她现在会是什么样子，监视的刘五朵不知道在不在村里了。他又想到了那天她摔伤后孤零零的一瘸一拐的身影，心里就蛮内疚的。他想打电话问问她情况，但又怕她还在生自己的气，再说多一事不如少一事，反正她是组织上派到村里的，好坏都不关自己的事，自己何苦操那心呢！

就在这时，春天却发来了短信：睡了吗？

没。你那里情况怎么样？刘五朵在不在了？你的腿疼不疼了？小董发短信问她。

睡不着。春天很简短地发来三个字。

看到她发来的字少，小董想到她大概不想和自己说话，也就没了说话的兴趣。

你是在想你的女友吗？春天又发来了短信。

春天忽然发来的这句没头没脑的话把小董问住了。前一段时间，一个远房亲戚给他介绍了一个对象，叫菲菲，在电力公司上班。起先相处得还不错，但后来两人的矛盾越来越深。先是房子的问题，房子是菲菲妈先提出的，她轻轻松松地说：不买房子就别结婚，我可不打算让我的女儿住到大街上去。于是小董和菲菲两人就围着房子问题赌上了气。小董清楚地知道自己家里的情况：兄妹三人，都考上了大学，自己去年毕的业，小弟与小妹还在上学。多年来，家里为三人读书借了许多债，哪里还有钱买房子啊。

小董家里穷，菲菲是知道的，但菲菲始终不满意的是小董的态度。比如菲菲瞅下一套房子，三十三万，她说服自己家里出一半，另一半当然得小董家里出，但是小董死活不跟家里开口，甚至根本不愿意跟家里提。

咱们将来结婚，你家里总得承担责任吧？菲菲说。

小董不吭声。

你就试着说嘛，你不说咋知道你家里拿不出钱哩？菲菲说。

小董一声不吭。小董心里顶讨厌的就是菲菲这个腔调，她总是觉得是自己家里有钱故意不出。

要不，咱俩一起去跟你父母说？菲菲说。

不！小董只吐了一个字。

小董不会跟父母开口的，打死他也不会说。哪怕婚姻再拖几年，哪怕自己不结婚，他也不会对父母开口，让他们给自己买房子。因为他忍受不了父亲想满足他而又满足不了，觉得自己很窝囊的表情，他上学时曾多次看到过这种表情，足够他心底沉重一辈子，也让他心痛一辈子。

两人的关系就这么马拉松式地拖着。

但最令小董生气的还是提亲那天。小董跟着父亲正式到菲菲家去提亲，却发生了令小董怎么也想不到的尴尬一幕。他们将拿的礼放下，几个人坐下说话。这时菲菲妈提议让菲菲出去给小董买一身西服回来。在当地，有这个风俗，男方第一次上门，女方会送男方一双鞋。当时小董也没有多想，可等一会儿菲菲将衣服买回来后，菲菲妈竟然要求小董立即穿上。他和父亲事先都没想到这种情况，当时面面相觑。但在菲菲与她妈的督促下，小董只得脱了旧衣服，塞进了塑料袋里，将崭新的西服当面穿上了。尽管穿上了，但他心里一直别扭、不痛快。虽然菲菲和她妈有可能是无意的，但小董从心底里总觉得菲菲一家人嫌自己家里穷，嫌这个女婿今天上门穿的衣服寒酸、不体面，丢了她家的人。这一晚上，小董表面上敷衍着，但心里一直阴冷着。

事情完了，在回家的路上，他和父亲都不说话。分手的时候，父亲叹了一口气，说：唉，明天把礼提回来，把衣服还给人家吧。

就在这一晚上，小董也静下心来，仔细审视了自己与菲菲的关系，他发现菲菲一家人在自己面前自始至终都有一种优越感，当然也包括菲菲。而这一点，是自尊心极强的他所不能容忍的。

这一晚上后，他就有了想法，他不会去上门提回自己的礼物，但也不会去还衣服。

在这样的夜里,经过春天这么一问,小董才百无聊赖地想起了这些自己不愿意想的事。唉,说什么好呢?他给春天回了个短信,只发了三个字:鬼知道。然后关掉了手机,睡觉。

一夜无话,到第二天早上起床,小董打开手机,竟然看到了春天发的许多条短信,而时间显示有些竟然是深夜一两点、两三点发来的。

……

小董,你害死我了,我跟你一辈子没完!

上帝啊,你在哪里?求求你了,让天快明吧!

死小董,你睡得王朝马汉,姑奶奶我在这里却辗转难眠。我若有个三长两短,做鬼也饶不了你!

……

小董看见这些话,顿觉心惊肉跳,一时不知道春天那边究竟发生了什么事,是不是她的腿伤得过重?或者晚上又遇到了什么不测?或者和刘五朵发生了什么冲突?他连忙打电话给她,但春天的手机这时却关机了。小董想了一下,便从村医疗站买了一瓶红花油拿上,然后发动了摩托往阳湾村赶去。

初冬的天气,阳光看似温暖,实则清冷。小董骑着摩托,一会儿寒风就将衣服吹透了,他两只手瑟瑟发抖,只得停下摩托,在路旁生起一堆火取暖。这样,到阳湾村的时候已经11点多了。

阳湾村在川道里,一条新修的高速公路穿村而过。由于修公路占了地,家家得到了一笔赔偿款,村民就用这些钱在公路两旁建起了新房,有的还盖起了小楼,村子面貌焕然一新。

一进村子,小董一眼瞅见春天脖子上围着一条红围巾,像一只企鹅似的正站在村口的地塄上,缩着脖子,来回张望。

小董将摩托停在了她身边,问:你站在这里干吗?

还能干吗,监视人呗。都是你出的馊主意!春天噘着嘴说。

小董抬头看,果然见那一边的地头有几个人在掰玉米。

有你这样监视的吗?你这是拦羊哩。孙副镇长没跟你说吗?要保密,不能让本人知道,也不能让村人知道。说他们狡猾得很哩,如果知道了,说不定还会生出一些什么事哩。小董责备道。

照我看生事的就是你。哪里有上访哩、进京呀?我昨天都打问清楚了,这刘五朵就是给她二大帮忙收秋来了。

刘五朵她二大?她娘家不是在坡头村吗,怎么这里冒出个二大来了?小董问道。

我也是昨晚才问清的。春天没好气地说,刘五朵她大兄弟多,她二大原来也是坡头村的,可很小的时候过继给别人了,就到了阳湾村。她二大原来有一个儿子,前年儿子儿媳两口子到外地打工,年终往回赶时出了车祸殁了。这样,她二大身边没了壮劳力,只剩了一个孙子,这刘五朵跟老钟就时不时过来帮老两口做点农活,有时还帮忙照看他那个小孙子。

哦。小董应了一声。

都是你,什么上访啦,什么进京啦,还要越黄河入晋界呢,呸,虚张声势,见风就是雨,弄得跟真的似的,害得我昨晚一夜都没睡好。春天一说一溜串地责备着小董。

此刻,望着春天冻得通红的脸蛋,望着她生气的脸庞,以及胖乎乎的不断放在嘴边哈气的双手,不知怎么,小董第一次心里有了一种异样的感觉,觉得她非常单纯,也非常可爱。他想起了自己的妹妹,也是胖乎乎的,跟自己吵架了,一着急就跺脚,但自己有意无意地总爱逗着她玩。现在看到春天的这种神态，小董觉得非常亲切。春天如同自己的小妹妹一般，所有这些责备的话，在小董眼里，都成了一种撒娇，成了一种玩笑。

但对她谈到的核心问题，他却并不这么看。小董站上了地塄，望了半天，然后说：春天，你发现异常没？

发现了，异常是刘五朵上厕所的时间长，可能是便秘吧。哼。春天不无讽刺地说。

小董顾不得她话中的刺，只是问道：我问你个问题，这里的妇女上地背皮包不？

怎么了？

你注意到没，刘五朵是不是随时都背着皮包？你看，现在那个包还在树上挂着哩。小董指给她看。地头的另一边有一棵杜梨树，上面赫然挂着刘五朵的那个黑皮包。

那有什么，说不定装着干粮呢。春天不以为然。

现在是初冬，天日子短，有必要拿干粮吗？小董又问。

春天不吭声了。

你知道那个包里装着什么？

春天抬起头来疑惑地望着小董。

如果我没猜错的话，那里边一定装着上访的材料。小董肯定地说。

你怎么知道的？春天问。

你不相信可以找机会验证一下。——上访材料装在包里，成天又背在身上，这说明了什么？这只能说明一点，就是她随时都可能离开这里，随时都准备上访。

可是她昨天为什么不直接进城，却拐到了阳湾村呢？春天似乎有些信小董的话了,问道。

具体原因不知道,但很可能是她发现了我在后边跟着,就故意拐到这里来布迷魂阵。不过还有另一种可能,就是她来到这个村要等什么人或者还要和什么人联络。反正情况是很复杂的,我们绝不能掉以轻心。小董认真地说。

哦。春天似信非信地点了点头。

这是红花油,给你吧。你昨天伤得重不重?小董把红花油递给春天,关切地问。

春天接了红花油,但依然显得疑虑重重,问:那照你说,我们应该怎么监视她?

最起码应该躲在暗处。小董左右瞅了瞅,瞅见了地里堆放着的一堆堆玉米簇。一般到初冬这个季节,各家各户早已秋收完毕,颗粒归仓了,老百姓已在盼着过年了,但可能刘五朵她二大家缺劳力吧,所以到这个时段了,玉米簇依然堆在地里,俨然一座座碉堡。

小董走近一堆玉米簇,说:站在地畔上有过河风,也冷,我看这里倒是个好地方。说着他开始就近拨拉一堆玉米簇,一边拨拉一边说:小时候冬天我常钻玉米簇,有一次玩捉迷藏,我竟然在里边睡着了,害得家人找了大半夜。还有一次我在玉米簇里边发现了一根细铁丝,我就绕啊绕啊,绕了一大团拿回家了,谁知道第二天全村的广播都不响了。

不一会儿小董拨拉开一个口子。玉米簇呈圆锥体状,上边玉米秆紧靠在一块儿,下边比较松散,中间是空的,很容易就被拨拉开来。

小董钻了进去,里边很暖和。他尽可能地把里边的空间弄大了一点,对春天说:来,在里边避避风。

才不去呢。春天说。

里边暖和得很呢,也便于观察。小董说着,又将头伸出来说,地方也大哩。我小时候钻的玉米簇都是很小的,那是从玉米秆半中间割掉的,上边的掰了玉米棒以后还要铡成草喂牲口的,下面的半截要烧火的。现在不用喂牲口了,也不缺柴烧了,人们就不再从半中间割了。

春天犹犹豫豫地从玉米簇口子钻了进去。她身子胖,一进去里边的空间立马小了,她的身子几乎挨着小董的身子。刚进去,玉米簇里光线有些暗,但眼睛适应以后,里边的光线却并不暗,阳光从玉米秆的缝隙透了进来,从里边隐约可以看到地头上几个人活动的身影。

玉米簇里果然暖和了许多。小董坐下来,然后掏出一张纸铺在地上,示意春天也坐,但春天并不坐,只是站着。

小董说:你昨晚发短信,那么严重,我怕你有什么问题,就赶过来了。

春天一听到这个话茬,脸突然红了,说:睡不着呗,瞎骂人。

腿还疼吗?

嗯,早不疼了。

昨天的事也不全怨我,谁让你坐那么后呢?摩托是一个整体,你坐得太靠后,就把车头翘起来了,很容易摔倒。

那是……春天想说什么,又憋了半天,脸红着不说了,随即问他:你衣服袖子不是昨天扯了吗?

嗯,我不会缝,见桌上有几个订书针,就钉在一块儿了。小董说。

春天从没听说过用订书针钉衣服,觉得很奇怪,便蹲下身子说：我看看。说着她就扯过小董的袖子来看，果然见西服袖子上一摆溜排列着五六个歪歪扭扭的订书针。呵呵，你们男生啊，可真想得出来这些歪门邪道。春天说。

凑合呗，反正用不了几天就回去了。

春天放下了衣袖，蹲在小董身旁，问他：你今年工作怎么样，都完成了吗？

前几天写工作总结，打了二十口沼气池，养了五十头猪，拆了十五间房。

我跟你也差不多，不一样的是我还收缴了一大批罚款呢。

有了现在的经历，年终我们还要加上一条——当了一回侦察兵。小董说。

唉，在学校学的、想的可真和社会上大不一样啊。春天感叹着说。

在学校学的那些东西都没用。我学的是园艺，有一天咱们镇长对我说，你不是学园艺的嘛，咱院里的那个小花园，你弄一些玫瑰苗给栽上吧。哈哈，这就是我唯一用到了专业的地方……小董自嘲地说，唉，不说这些了，咱俩玩个游戏吧。

什么游戏？春天问他，我可只会两只小蜜蜂呀，飞到花丛中呀……春天说着，比画着，两只手像蝴蝶翅膀似的扇着。

是这样，你说出三样你喜欢的动物来，按喜欢的程度排列，然后我告诉你答案。

我嘛，一是喜欢梅花鹿，二是喜欢熊猫，三是喜欢小松鼠……春天一边想着一边说。

小董听她说完了，正要说什么，但在这时，忽然吱的一声，有一只硕大的老鼠竟然从一旁的玉米秆里钻了出来，很快从他们眼皮子底下钻到另外的玉米秆下了。老鼠！老鼠！春天大声叫着，然后不管三七二十一，疯了似的跑了出去。扑哧一声，她的头与身子一下撞到了玉米簇上，那些堆起的玉米秆瞬间被她撞倒一大片，紧接着，整个玉米簇像多米诺骨牌似的都倒了，倒下来的玉米秆横七竖八全压在了小董身上。

三

这一晚上，小董照例收到了春天的短信。

小董，村主任家的饭好难吃，如铡的草一般。

小董，刘五朵来了一趟，似乎是借什么东西，但我发现她说话吞吞吐吐，眼神在我身上转圈，似乎有侦察的意思，她会不会今晚顺着黄河走啊？

小董，天好冻，我还在外边来回转圈，刘五朵她二大家的灯还亮着。

小董，如果我要有个三长两短的话，记住，我肯定是冻死的。

村主任老婆打呼噜，鼾声如雷，有一种不可名状的穿透力。

刘五朵啊，神保佑你，要走就走吧，快离开阳湾到北京去吧，求求你了！

……

而这一晚上，小董却在张志学家里将炉子生得正旺，趴在被窝里放心地看电视呢。因为照他的逻辑，一个家庭，如果两口子都要出远门的话，那么就像地震前一样，总会有征兆的。比如说猪要交代，鸡要交代，家里的门也要交代，反过来说，老钟没有交代这些，那么顶大的可能性是刘五朵一人上访。

电视上还在播开会的消息，上面有个人说一阵话，下边的人就鼓一阵掌。看了一会儿，小董觉得无聊，就乱换台，换到了中央七台，里面正播《动物世界》。原来是动物园的饲养员见两只熊猫宝宝到了育龄期怎么都不发情，他们可急坏了，终于想出了个办法，把一公一母两只熊猫关在一个笼子里，又整天给它们放黄色录像看，没想到母熊猫终于怀孕了。小董看着，觉得特别有趣。熊猫宝宝憨态可掬，令人捧腹，也亏动物园的饲养员能想得出来这样的点子。有一时，他就想到了那个光身子在屋里走来走去的老光棍，就想着，如果把两个本不情愿的男女赤身关在一个屋子里，他们会不会最终走到一起呢？

春天短信中的话充满了孩子气，小董先是给她回短信，不外乎要她大处着眼，熬几天就过去了。回的短信多了，就没了话，打算关机，又觉得不合适，想打电话给她再嘱咐一下，又恐怕夜深了，她身旁有人。他这样有一搭没一搭地回着短信，一会儿睡意阵阵袭来，呼噜打起了鼾。

小董睡得深沉，可怜的春天这阵儿正被村主任婆姨的呼噜声折腾得生不如死。

早晨8点客车喇叭响，小董照例起身转了一圈，瞅见老钟家门帘高挂，老钟已起床了，出来进去地忙。他家的一头肥猪哼哧哼哧卧在墙角，一群麻雀落在猪身上啄食，忽然被什么惊动了，呼的一声都飞到窑畔上的圪针树里了。

吃过饭，眼瞅着老钟到地里去了，小董骑着摩托在村里溜达了一圈，见到村里的新规划已显端倪，一排排房屋整整齐齐的，有许多未建房的地基已用围墙圈起来，旁边都堆了许多新砖。偶尔碰见村民，有人问他待在村里还有什么工作。他说：北京正开会，县上要选学习示范点哩，镇上推荐了烟山村。大家信以为真，就都说：老百姓学啥哩，把自己的光景过好就行了。返回到村头，村里几个老汉凑在一起正在墙角"搁方"，一方拿石头蛋儿一方拿碎树枝，你不让我，我不让你，搁得热火朝天。"搁方"小董不在行，仅知道四个子摆成一个方阵就要掐掉对方一个子。他转来转去，百无聊赖，见村民常工也在这里蹲着，便要他拿了象棋出来，两人在墙脚开始厮杀。这样，两人一直杀到中午，各吃了一包方便面，又开始厮杀。但就在他们下得热火朝天的当儿，小董忽然发现老钟骑着摩托从坡底上来了，摩托突突突的，声音很大，到了塬上，老钟将摩托车头一拐，便疾速朝大路奔去了。

小董看见了，虽然不动声色，但内心不免着急。他又快速下了几步棋，就装作到一旁打电话，然后回来告诉常工，说有要事要先离开。可谁知这常工却是个棋痴，他今天输给了小董几盘，眼巴巴地单等着这局赢哩，小董此时要走，他自是挡住不让。

扭头看，老钟的摩托已从塬上下去了，小董真着了急，顾不得说多余的话，只说：好吧，好吧，算你赢了。他连忙扔下棋往村主任家走，一边走，一边打开了手机，本是要给孙副镇长汇报的，但他不确定老钟要到何处去，就先给春天打电话。

春天，你那边情况还好吗？刘五朵还在吗？我这边老钟骑着摩托上路了。

电话中，春天一听也着了急，忙说：那你赶紧跟上啊。他们夫妻会不会演调虎离山呢？刘五朵拖我守在这儿，然后老钟趁机离开。

暂时情况不明，上午我也没有发现他们全家要离开的迹象，我跟着看看。小董说。

那你快点啊，孙副镇长昨晚还打电话哩，说这两口子狡猾哩，上一次刘五朵实名买的火车票，可上车后她却转手将票卖给了没座的人，有座倒成了无座，害得跟她的人怎么也找不到。

春天，你不要着急。你盯着刘五朵就行，有情况我们随时联系。小董说。

小董，你千万要注意安全啊。

小董由于下棋耽搁，又返回院子推摩托、锁门，因此落在老钟的摩托后面一大截。一上路，尽管他将摩托骑得飞快，但始终不见老钟的影子。有一刻，在呼呼的风中，他在想着，要不要给孙副镇长打电话，让他派人在车站等着拦老钟，但最后想来想去还是作罢，等弄明情况再说吧。他骑了大约有四十分钟时，手机响了。风呼呼刮，手机响个不停，小董只得将摩托停在路边接电话。电话是春天打来的，她着急地问：你说的老钟是个什么样的人？

个子挺高的，有点驼背。小董说。

骑一辆什么摩托？

钱江125。小董说。

那你快点来吧，他来阳湾村了。春天在电话里说。

他到阳湾干什么去了？

不知道，他刚到这里，估计是来寻刘五朵的。春天说。

老钟到阳湾会干什么呢？尽管有一些疑问，但小董心里还是踏实了许多。他长出一口气，掉转摩托车头，就向阳湾方向赶去了。走在路上，他想着，老钟为什么要来阳湾村呢？想了一通，逐渐想通了，老钟如果要进京的话，自然会先来见刘五朵的，因为那些上访材料在刘五朵手里啊。

一会儿，小董赶到了阳湾村，在村口遇见了春天，她指给他看。还是昨天那个地块，但靠近路的一片，玉米棒已掰完了，地也腾开了，玉米秆一摞一摞压到了地塄上。那一片没有掰玉米棒的，玉米簇还完好着，依然如一座座碉堡。地头有几个人影在晃动。

总算有下落了。小董抹着头上的汗说：我差点给镇长打电话让人在车站拦截哩。

春天说：多亏我照看着，要不，你就闹笑话了。

两人正在这里叽叽咕咕说话，阳湾村的村主任却开个三轮车过来了，车厢里放着锯、剪子之类，看样子是要到苹果地里去。这两天春天住在他家里，所以他知道这件事的来龙去脉，他大约见他俩神神秘秘的，就停了三轮车，但并没有下来，说：两位村干部，你们不要瞎操心了，在屋里喝茶歇会儿吧。自刘五朵她二大家的娃和媳妇出了车祸后，过一段时间，老钟两口子都要过来给帮忙哩。

那一般得几天呢？春天马上想着自己什么时间可以回去。

那可说不来，有时两三天，有时三五天。说完，村主任就突突突开着三轮车走了。

听了村主任的话，春天在一旁先泄了气，说：看来我们白操心了，根本不存在调虎离山之说，也不存在空城计，什么上京呀、上访呀，都是我们在瞎折腾。他俩压根就没打算到北京去，而是实实在在给亲戚帮忙，女人先来，男人再来。

可为什么要背皮包呢？小董不死心地问。

爱背呗。城里人现在都时兴，刘五朵要赶时髦呗。春天说。

城里人上班包里要装东西的，你见过农村婆姨到地里背皮包的吗？并且皮包里还装的是上访材料。小董说。

才不信你的上访材料呢，让你的上访材料见鬼去吧！春天在一旁嘁着嘴说，说不定你看花眼了，就是卫生纸、卫生巾之类的，她大姨妈来了要用哩，我就亲眼见她昨天跑了几回厕所呢。待在这里真是瞎耽误工夫，盲人骑瞎马似的。

你不相信包里装着上访材料？

绝对不相信。春天说。

好，你跟我来，我们去看看她包里究竟装的是什么。小董说。

小董和春天两人一前一后走过去，一直走到地的另一头，走到了几个人的中间。只见玉米簸此时全部摊开了，所有的玉米秆散铺了一地，铺成了一个巨大的车轮状。刘五朵、老钟、她二大二妈四个人有坐着的，有蹲着的，正分头忙着掰玉米棒。每掰一个，便扬手扔向正中的空场地。

两人来了，几个人仍旧忙着手里的活。老钟看见了小董，点了一下头，算是打招呼，一旁的刘五朵则依旧阴沉着脸。小董发烟给老钟，他不抽。刘五朵翻起眼睛看了一眼他俩，没吭声，自顾自忙着。小董搭讪着说了几句话，见没人理，就坐下来帮忙掰玉米棒。而春天呢，径直走了过去，蹲在那棵杜梨树下假装着玩手机，她找了个合适的位置，头顶就是那个黑色的男式皮包。

几个人都不说话，各顾各忙着，老钟依旧爱听蒲剧，他身旁的戏匣子，正咿咿呀呀在放着蒲剧。这时唱的却是蒲剧《铡美案》：

> ……
> 带领儿女出了城关，
> 思前想后好不心酸。
> 寻找强人他不认，
> 把我母子赶出西关。

行走中途用目看,
又听后面有人言。
急急忙忙往前奔,
你追赶我究竟为哪般?
……

小董一边帮着掰玉米棒,一边注视着老钟几个人。两位老人都穿着棉衣,脸黑黝黝的,有一道道皱纹,跪在玉米秆上,掰一个扔一个。刘五朵盘腿坐在铺开的玉米秆中,低着头只顾自己干活。而老钟呢,背对着小董,身上沾了许多尘土,外套上有许多汗渍,白花花的,一圈一圈像娃娃撒上尿似的。他穿的灰衣服,头发也是灰的,衣服上沾了许多土,看起来灰头土脸的。他蹲着,掰几个玉米,便挪动一下身子,把身下的玉米秆往后拨拉一下。看到这些,不知怎么的,小董的心里有了几分怜惜,心头涌起一丝感慨,觉得人他妈的可真可怜,谁活着都不容易啊。

掰了一会儿,中间空地里的玉米棒就多了起来,金灿灿的一堆,老钟这时起了身,从旁提了两个筐过来,一个个捡进筐里,捡满两筐,然后拿起扁担担着往停在路边的三轮车上倒。

机会终于来了。

小董看其余三个人都在低头忙着掰玉米棒,没有人注意旁边的情况,便悄悄给春天使了个眼色,然后他直起身子来,撅着屁股掰玉米,每掰一个身子就来来回回晃动着,只是为了用自己的身子挡住刘五朵的视线。这个时候,他身后的春天会意了,她慢慢抬起了头,靠近了树上挂的皮包,先是小心翼翼地用手捏了捏,然后直起腰来,踮起脚,拉开了皮包上的拉链。

胡不归

不要动我的包！就在这时，刘五朵仿佛头上长了眼似的，发现了这一切，猛然喝了一句。听到这声呵斥，春天一下子愣住了，涨红了脸，尴尬异常。正在掰玉米棒的那两个老人此时也停住了手，惊愕地望着春天，不知道发生了什么事。只见这时的刘五朵噌地站起身，径直走过去，一阵风似的，把树枝上的包一摘，噌噌噌又回到原来的地方坐下来，把包一把搧在了自己怀里。别看她牛高马大，这一串动作却相当利索。

包里装的什么呀，和宝贝似的？春天尴尬地红着脸说了一句。

哼！刘五朵不信任地哼了一声。

小董看着场面有些尴尬，就打圆场说：春天你是饿了吧，寻烧馍馍吃？

春天说：可不，农村烧的馍馍可好吃了，多少年都没吃过了。

刘五朵阴沉着脸，时不时地翻起眼来瞅着他俩，满脸的不信任。

小董知道自己和春天的阴谋暴露了，两人已成为不受欢迎的人了，就说了几句话，然后扭头离开了。

出得地头，春天的情绪却异常兴奋，她的脸也因为激动而有几分红晕，她悄悄对小董说：看来你说得没错，应该就是上访材料。我初摸时感觉似乎是一个塑料包里装着什么，拉开拉链，只瞅了一眼，那确确实实是用钢笔写着字的一页页纸，厚厚的一大摞，一笔一画挺整齐，百分之百就是告状信。

你可瞅准了？

嗯。

所以说，我们千万不能掉以轻心，我们的监视对象狡猾得很呢。他们多次上访，有相当丰富的经验哩。小董说。

可是我真的没办法在村主任家睡觉了，他老婆的呼噜声极富穿透力，一整夜我都睡不着。春天嘟囔着。

忍忍吧，如果不出意外的话，我估计事情很快就会见分晓的。

我可受不了了，一天都受不了了。春天依旧嘟囔着。

两人说着话，回到了村主任家，这时村主任老婆已将饭做好了。小董和春天一起吃，春天这时还想给小董缝一下袖子，所以春天建议村主任老婆先到畔上看着老钟和刘五朵。

村主任老婆不知道事情的原委，可当了多年的村主任夫人，她知道有些能问，有些不能问，就点头答应了。

不一会儿，衣服缝好了，两人饭也吃得接近尾声，这时村主任老婆慌慌张张地回来了，说：快点啊，五朵和她掌柜的走了。

小董与春天一听，大吃一惊，忙问究竟。村主任老婆说：这四人收了工，把玉米棒拉进了院子，我估摸着他们无论如何总要吃饭吧，可谁也没想到，三轮车停到院子里，玉米棒还在上面哩，一转眼，老钟就发动了摩托，摩托后座上拉着刘五朵出来了。

小董一听，也着了急，出来在畔上一看，发现老钟正骑着摩托从桥上过呢。天色有些暗，傍晚了，河面上起了点雾，看不清楚人，但依稀能看见刘五朵穿的那件大红袄。

小董连忙发动摩托。

春天说：那我呢？

小董说：你待着吧。

春天说：不，我也走。

小董说：那好吧，我们一起走。

两人骑着摩托上了路，慢慢地跟在前边那辆摩托后面。可走着走着，谁知前边的摩托左转右转，竟然又驶上了回烟山村的路。

看来他们要回家了。小董说。

一定是发现咱们在后边跟着才掉转方向的。春天说。

那你呢？春天，你往哪里走？

现在天都这么黑了，还能走哪里啊？想回城，车都没了。春天失望地说。

那你回阳湾村去吗？

我才不呢，又是一个恐怖之夜。

……

那这样吧，咱们先到烟山村，一会儿再说。小董建议道。

春天不吭声，只是坐在摩托上，依旧扯着小董的衣服，和上一回不同的是一只手变成了两只手。

你靠近些，别像上一回那样离我那么远，这是山路，摔下来可不是闹着玩的。小董说。

春天在后边犹豫着贴近了小董。

春天一贴近，那两团软乎乎散发着热气的东西时不时就在小董的后背碰撞，小董的心莫名地跳了起来。

骑着摩托，小董心里有了一种怪怪的感觉，觉得有一根神秘的线已经把他跟春天穿在一起了。就像小的时候，他和妹妹知道了一个天大的秘密，可是大人们都不知道，于是他俩就将这些压在心底，一起瞒着大人。两人的一举一动、一个眼神，只有彼此能心领神会。他这样想着，心里就觉得他与春天在心理上有了一种亲近感。

此刻，从春天贴靠自己后背的动作中，他感到了春天对自己的信任。他想到了小时候念书时，家里虽然穷，但每到星期天，母亲总会用草木灰给自己烧一个馍馍。而他呢，总也舍不得吃，总会藏在衣服里，享受着那暖烘烘的感觉。那温暖的感觉来自烧馍馍，也来自他内心。

天黑了，两辆摩托，一辆在前，一辆在后，都开着灯，沿着半山腰弯曲的山路前行，一圈绕过又是一圈。经过一个垭口，风大了起来。这里靠近黄河畔，石头完全沙化了，风吹起来的不再是尘土，而是细碎的沙砾，打在脸上，生生地疼。

小董跟着前面那辆摩托，把摩托骑到了塬面上，但就在此时，他与春天忽然惊奇地发现前边的摩托不见影儿了。本来两辆车，两束灯光，在这漆黑的夜里来回转圈，呼哧呼哧倒平添了些热闹，忽然有一束光不见了，剩余的这束光顿显孤单起来。

这时的春天不知什么时候已经由扯衣角变成搂住小董的腰了。

前边的摩托不见了。春天说。

应该就在前边，这里没有岔路口的。小董说。

那会不会出了什么岔子呢？他们会不会掉下悬崖呢？春天说。

没听见响动，应该不会。小董说着，将摩托速度减了下来，耳旁的风声顿时小了许多。

我看见他们了，他们把灯灭了，停在路边。又转过一个弯，春天忽然说。

不要管，咱们走咱们的，不要让他们以为咱们在监视他们。小董说。

小董和春天都看到停在路边的摩托旁站着两个人，正是老钟与刘五朵，他们将摩托停在路边，黑暗中正一动不动地盯着小董与春天。

我看见他俩了，就站在路边，眼睛和狼似的，直盯着咱们。他们一定对咱俩怀恨在心，没有人愿意在别人眼皮子底下生活。我这心里直发毛哩。春天说。

不要怕,有我哩。你注意着,仔细瞅着,看他们的摩托跟来了没。

哦,他们发动了摩托,灯着了,好像跟来了。春天在后边贴着小董的耳朵说。

……

四

两人回到烟山村,村主任家的门却开着,原来是村主任从城里回来了,这让小董略有一丝失望。张志学诧异地打量着春天,满眼都是疑问。小董简单地介绍了一下。

张志学将火炉生着,炉子里呼呼响着,屋子里顿时暖烘烘的。三人在房间里待了一阵,说了一阵闲话。内容还是老钟上访的问题,村主任极力在撇清自己,说当初修路要占老钟家的地是镇上决定的,要拆老钟家果园里的三间房子,他也是上报了镇上的,不赔钱是因为那是违章建筑,压根就没有手续。只是这补地的事,村里已没有多余的地可补,他当然也想不出办法来。可是谁想到,这老钟两口子越闹越大,竟然连自己一块儿告了,还捏造了一大堆贪污之类的事,自己这可是躺着也中枪啊,实在是冤枉。

关于这件事的来龙去脉,小董是知道一些的,也是非常同情老钟两口子的。夫妻俩一连几年宅基地批不下来,就在果园里盖了三间房子,可谁想到修路不只把地占了,也把房子给拆了。如今是地没了,果树没了,房子没了,钱没了,至今没个说法,搁谁身上谁不气啊?只是现在当着村主任的面他不好说什么,村主任在位一天,他小董作为包村干部就得和他打一天交道,再说这件事镇上包片镇长及管政法的镇长都处理过几次了,但各说各的理,并且牵扯的事也越来越多,至今几年了,来来回回仍没个结果。

张志学唠唠叨叨地撇清自己,春天不知此事的来龙去脉,就问了几句话。小董一声不吭,装作看电视。待了一会儿,小董看看天色已晚,就揣了望远镜,拉了春天悄悄出了门。出得门来,天已黑透了,满天的繁星。

小董领着春天来到了老钟家对面的窑畔上。

你看,亮灯的那一家,就是刘五朵与老钟的家。小董指着对面的窑洞说。

家家都搬到塬面上,住上平房了,他们家怎么还住在窑里啊?春天问。

唉,还不都是上访折腾的,来来回回几年,攒得一点钱都花在路上了,真是可惜了。小董说着坐了下来,然后拉了一下春天。春天屏住呼吸,紧挨着他也坐了下来。

一坐下,春天马上发现杂树丛中露出的"心形"恰好正对着老钟家的三孔窑洞。你可真会选地方。春天高兴地说。

我那天在这里还发现了一只小松鼠呢,它也看见我了,可并不躲开,小眼睛骨碌骨碌转着,在枝条上来回跳。小董说。

竟然有松鼠,我喜欢哩,你没逮住?春天好奇地睁大了眼。

哪里逮得住啊,它在这些枝条上乱蹦呢。但我当时就想着,如果我每天没事喂喂它,说不定三两天就喂熟了,还能和它成为伙伴呢。这样,我一个人待着,孤单了,身旁也有个伴。小董一边说着,一边从怀里掏出了望远镜。

哈,望远镜!你竟然还有望远镜!春天愈发惊奇了。

是在学校时买的,学校有天文爱好者兴趣小组,我是核心成员。小董一边说着,一边打开了望远镜,放在眼前,一边拧着旋钮调着焦距,一边对春天说:看见没,对面窑里一共两家,靠上面亮灯的是老钟家,下边的一家是村里的一个老光棍。今天不知怎么哩,灯黑着。

老光棍?春天疑问道。

嗯,他有四十多岁,可是头溜光溜光,看起来足有五十岁。你还不知道哩,你猜我前天看见什么了?小董呵呵笑着说,那个老光棍竟然在家里赤身裸体走来走去。

赤身裸体?有病,肯定是变态。

哪里有病了?可能是他觉得自己家里没女人,也没个村里人来,索性就无所顾忌了,全裸着身子。小董一边说着,一边把望远镜递给了春天。

春天接望远镜的时候手不小心碰着了小董的手,但她马上躲开了。她学着小董的样子一只手拿着望远镜,一只手调着焦距,不一会儿,对面窑洞里的一切就尽收眼底……看来老钟和刘五朵已吃过饭了,还挺快的啊。这刘五朵做饭还真麻利啊。呵呵,真好,看得真清楚,电视搁在桌子上,炕上有三床被子,铺着条床单,上面是一朵一朵的牡丹花……刘五朵从桌子上拿了个东西,她上炕了,坐在了灯下,手里拿着什么?是盖被子的单子?哦,不是,是块十字绣,原来她要绣十字绣了。哦,真没想到,她人这么强壮,手还蛮巧的嘛。老钟呢,直挺挺地躺着,睡得跟一尊佛似的,他照旧在听戏匣子。电视好像也开着,看不清画面,只看见光一闪一闪的……

春天看了一通,然后将望远镜递给小董,说:咱们这样偷窥人家,算是犯法吧?

小董听了，无奈地叹了一口气，说：按道理说算。不过，这也是没办法啊。镇上下达的死命令，不让上访。我们至少得弄清楚他们的些微动向啊，像兵法上说的，知己知彼，才能够百战不殆啊。要不然的话，他们不声不响走了，那我们就死定了。你说是不？

春天听了，一时也没话了，唉地叹了一口气。

小董调着望远镜的焦距，然后仰起头望着密匝匝地缀着许多星星的夜空，说：在学校，我是个天文爱好者，我们有一大帮人呢，定期聚会。看金星、木星、火星、太阳黑子，还有银河。我还拍了许多照片呢。现在我们看见的这些星星其实都是有颜色的，是五彩缤纷的。

星星还有颜色？春天惊奇得不得了。

当然啦。星星就是一个个星球啊。有的是蓝色，有的是黄色。蓝色的最妖艳，红色的最为炽烈，还有弥漫在太空中的星云，和天上的云彩似的，也都是有颜色的。

那你看过流星雨吗？春天问，据说下流星雨的时候许愿都能实现的。

当然看过。小董说，那是大一的冬天，我和同学们一起看过双子座的流星雨，像下雨似的，一颗颗流星拖着长长的尾巴划过天空。当时星星满天，流光熠熠，一颗颗流星像焰火似的，那景象可真是醉人啊！小董沉浸在自己的思绪里。就从那时起，我爱上了天文，每天我都着急地等着黑夜的来临，然后一个人上山找个僻静的地方端起望远镜一动不动地望着天空。时间长了，天上的那些狮子座啊、猎户座啊、处女座啊，我都认识，甚至叫得出每一颗星星的名字。我望着它们，有时会情不自禁地对它们说话：喂，老伙计，你还好吗？你和我捉迷藏啊？瞧，你比昨天又多往北移了半尺啊。

它们一个个也都认识我，对我眨巴着眼睛说：我很好啊，你呢，你还在地球啊？快来跟我们一起飞翔吧。每到这个时候，我就觉得自己也变成了一颗小星星，飞离了地球，和它们一起在夜空中飞啊飞啊，飞到一个遥不可及的地方。

那后来呢？还在飞吗？

哪里还飞得动啊！小董不以为然地说，毕了业了，就什么都看不到了。先是就不了业，我在工地上还打过一段工，就是盖高楼大厦的那一种，我当电工，成天铺管子穿电线装灯，整天累得死去活来的，哪有心思看这些？后来考上村干部了，有天晚上，我动了心思，拿起望远镜悄悄上了咱镇政府的楼顶，也是这样的天，黑咕隆咚的，天空中有一些星星。我打开望远镜，长时间地观望着，可是怎么也看不到五彩的星星了，看不到往日多彩的宇宙了。只觉得四周冰冷冰冷的，周围世界一片漆黑，陌生的星群离我是那样遥远，我只觉得世界就像一个无边无际的黑窟窿，我自己在其中不断坠落着、坠落着，没个底，也不知道自己要落到什么地方。我很孤单，也很害怕，内心充满了恐惧。从那以后，我就把望远镜收起来了，藏在箱底。

其实我有时也在问自己，当初决定来到这地球，到底是对还是错呢？春天不无感触地说。

两人正说着，春天的手机传来 QQ 消息提示音，春天看了一眼，就扭头回复。小董想看是谁给她发的，可春天不让，将身子扭到一边去，专心致志地回复着。春天的身子胖乎乎的，长长的黑发，脖子上围着一条红围巾，活脱脱一个 QQ 的图标。小董再看看自己，一袭黑装，正襟危坐，和她坐在一块儿，两人完完全全像一对 QQ 男女图标。

他对春天说：我觉得我们像一对QQ。

什么QQ？春天回复完了转过身子。

小董拽过春天的胳膊，又把自己的手机掏出来，把两个手机并排一放，说：你看吧，我们俩像不像QQ的两个小企鹅呢？QQ用来传达信息，有了信息就咳一声，我们何尝不是这样呢？随时在收集着信息，然后又把收集到的信息传给领导。

才不跟你一对呢！春天忸怩着说，扯回了自己的手。

两人静了片刻。

春天忽然问小董：你前段时间是不是谈了个女朋友？

提起这些事，小董就想起了菲菲与她妈，一时心里烦，就敷衍着说：唉，世上有一类人，自我感觉好得不得了，丝毫不会顾及他人的感受，不会顾及他人的尊严，总是以自我为中心地活着。我小的时候，我妈常说一句话，说驴拉磨转圈时，这次在这里碰一下头，下一圈过来，它就会避开。可生活中就有那么一类人，碰上十回壁都不会避开的。

自我感觉好并不是缺点。春天说。

可是，好得不得了呢？好得过头了呢？好得伤害了他人呢？比这更要命的是他们竟然完全意识不到这一点。在他们心里，别人都是错的，从来都是别人的不对。小董话中有了气。

春天不吭声了。

小董烦乱地中止了谈话，然后将望远镜拿过来，漫无目的地张望着。向天空望，天空黑茫茫一片，那么辽远而深邃；朝四周望，到处是黑乎乎的一片，仿佛密不透风的塑料包围着自己。转了几圈，他又将望远镜对准了老钟的窑，他专注地瞅了半天，然后惊奇地咦了一声，便把望远镜递给了春天。

春天接过望远镜一看,原来老钟夫妻两人正在炕上逗着趣。原本老钟躺着,刘五朵坐着绣十字绣,大约男人百无聊赖了,要将脚伸到女人的怀里去。女人不让,一掀,男人再伸,女人就再掀到一边。如是三番,女的就作势拿一根针要扎,男的虽有所害怕,但却并没有放弃,而是两只脚在空中围绕着女人乱蹬着躲针。这样戏耍了一刻,女的手落下了,男的双脚也自然落在了女人怀里。这时女人不再掀开了,而是让男人的双脚就那么放着。那老钟躺着,脚高高跷在刘五朵怀里,悠闲自在地听着蒲剧。刘五朵坐着,依然在绣十字绣,但因为怀里多了一双脚,所以每缝一针都要将十字绣举得很高……

春天看到这一幕,受了触动。她喃喃地说:他们还是十分幸福的……说着将望远镜递给了小董。

小董接过望远镜,凝望着老钟与刘五朵逗趣。

春天说:你刚才说到了过去的星星与月亮,环境不一样,人的想法就不一样了。我在学校时认为最幸福的事就是收到鲜花和生日蛋糕。我曾经经历过一件最浪漫的事,是我们系的一个男生向我求爱,你知道他做出了什么举动吗?有一天,他在我们宿舍楼前的空场里放飞了九十九个气球,每一个气球上都写着"我爱春天"。气球五颜六色,缓缓地升向天空。这场求爱当时在学校引起了轰动,我自己也被感动得一塌糊涂,觉得这是天底下最浪漫的事,我就是全世界最幸福的人。可参加工作以后,反而觉得这些事轻飘飘的了。

哦?

我啊,昨晚被村主任婆姨折腾得翻来覆去睡不着,想了许多,你知道我想到什么了?春天扭头问他。

什么？小董扭头凝视着她。

春天咬着嘴唇，仿佛费了很大的劲才说道：想到了你送我的红花油……还有……你那只破了的衣袖……此时，不知是有意还是无意，她的小手指小心翼翼地碰到了小董的手，但只微微地一碰，马上就缩回去了。

听着春天的话，黑暗中，小董觉得她的脸肯定涨红了。听见她这么说，这么在意自己，顿时，小董心里舒坦多了，情绪也好了许多。再说，这几天里，他也在不断地改变着对春天的印象。她质朴、单纯，在他眼中，她就像一泓碧绿的池水，绿汪汪的，一眼能看到底，但却对他充满了诱惑，他对她的好感在不断地增加着。他说：我这几天也想了许多，想起晚上的那些短信、那堆玉米簇，以及我们的探险行动，觉得充满了神奇，好像冥冥中有一种神奇的力量早给我们安排好似的，浪漫也罢，幸福也罢，看来都是可遇而不可求的。

你真这么觉得？春天扭过头望着他。

难道不是吗？小董也扭过了头。

两人头对着头，离得很近，小董能感觉到她扑面而来的气息，甚至有几根头发在他的脸上轻轻拂过。小董感到了她那双黑眼睛在凝视着自己，在渴望着什么，或者诉说着什么。小董不自觉地伸出手去，在黑暗中摸索着，但在触碰到春天手的那一刻，两人都感觉到如同碰到一堆火似的，缩回手来。随即他们各自扭开头去，春天掩饰性地拿起了望远镜。

在这个夜里，在与春天这些来来往往的点滴中，小董有种奇怪的感觉，觉得两个人仿佛黑暗里的两个小怪兽，相互小心地试探着对方，又小心地躲闪着；又仿佛是处于黑暗中的两条鱼，彼此满怀激情地游向对方,不知对方在何处,但当知道对方就在身旁,终于碰见了,又哧溜躲闪开去,然后又开始新一次的摸探。

这种游戏是如此刺激,充满了诱惑,令人乐此不疲。

对面,戏匣子的声音忽然大了起来,咿咿呀呀地唱着蒲剧《收姜维》:

> ……
> 小周郎心不服毒计用上,
> 他命我聚铁山上去劫草粮。
> 有山人接令箭出了宝帐,
> 我笑他年幼人用兵不强。
> 因此事把令箭追回宝帐,
> 他不该极端行事把我伤。
> ……

春天举着望远镜,望着天空,天空黑漆漆的,许多星星在眨着眼,仿佛正在对她密语着什么。朝四周望,夜黑得像幅巨大的绸子似的,睡在上边能压出许多褶皱来。乱看了一通,她又将镜头对准了老钟家。

快看,他们又要写了!春天举着望远镜,忽然发现了新情况。

望远镜里,刘五朵已放下了十字绣,却将黑皮包拿了出来,扔给了老钟。老钟从被子上起了身,然后打开皮包,从包里掏出厚厚的一沓纸来,随即,两人便趴在炕头,头抵在一起似在商量着写东西。

小董也看到了,就揶揄说:你看看,他们总不会每天都在记账吧？

嗯，肯定是告状信，我在乡上就见过许多告状信，都是这样的，字写得歪歪扭扭，写在稿纸上，一页又一页，揉得皱得不成样子了。春天说。

看来这几天他们不会让我们轻松的。他们怎么盘算的，我们都不知道。我们要小心，千万不能出乱子，要一起小心地把这件事做好。小董一边这样说着，一边小心地伸出了手。

这一次，小董终于握住了春天的手。春天似乎躲了一下，但随即就不躲闪了，而是任他握着。他感觉到她的手热乎乎的，食指在微妙地跳动着。

五

第四天就这样结束了，小董也在村主任家的墙上画了四个蓝道道。

新的一天，三人分头起了床，小董、春天、张志学一起做饭吃。春天是女人，自然就张罗着忙前忙后。她炒菜还马马虎虎，只是不会蒸馍，所以三人只能烙饼子吃。

到了10点钟，饼子全烙好了，厚厚一摞，米汤熬了一大锅。春天炒了两个菜，是洋芋丝与粉条豆腐，又炒了村主任家的一碟腌酸菜。小董自到村里就一直没吃过这么可口的饭菜，于是一边大口吃着，一边称赞春天的手艺好。春天得到了夸奖，自是喜上眉梢，走起路来脚步也轻快了许多。

吃过饭，张志学要到镇上去，春天听了也打算跟他一块儿回去，因为老钟两口子又回村了，按理说，她就没必要再留下来了。

小董舍不得让她走，便试图说服她再待一两天，到后天了，两人一块儿回镇政府去。但春天执意要走，小董看看烟山村也不是春天的久留之地，再说，说不定春天还有其他什么想法呢。另外两人在一个镇上工作，要交往日子有的是，也不差这一天半天，就答应了。小董送她上了张志学的昌河车。

两人都走了，又剩下小董一个人，他的任务还没完成，哪怕他心急如焚，他还得待在这里。

小董站在窑畔上，看见老钟正跟刘五朵一起在院子里靠墙根的地方打萝卜窖。他们先靠墙根挖个小坑，老钟钻在里边挖土，刘五朵把一筐筐土提着倒在畔上。望着老钟打的那个半圆形的萝卜窖，小董忽然就觉得和墓窑没什么两样。有一刻，他忽然想到再过上一百年，不，五十年，还有人会记起今天这些事吗？还会有这样的事发生吗？

在小董百无聊赖地胡思乱想的时候，忽然那只小松鼠不知从哪里冒了出来，出现在他眼前。它拖着蓬松的尾巴，在杂树丛中蹦来蹦去，黑豆一样的小眼睛不停地眨巴着。小董来了兴致，从身上掏呀掏，掏出了半块馍片，蹲下身子，放在手心唤松鼠来吃。小松鼠看见了，不跑了，也不蹦了，停在树丛中望着他却并不过来。小董知道它害怕，就将馍片放到地上，然后自己站起身来，离得远远的，关注着它。这样过了好大一会儿，小松鼠来回绕了一阵圈，似乎觉得没什么危险了，便一跃从树丛中跳到地上来，叼了那块馍片快速地跑了。

小董再看老钟家，老钟依旧在窑里面挖着土，刘五朵在外边将递出来的土倒掉，然后又将空筐递进去。有一刻大约她发现小董了，就站在畔上朝小董的方向一动不动地张望着。这个神态让小董想到了他与春天一起去"探包"的情景,想到了昨晚老钟两口子将摩托停在路边在黑暗中盯着他与春天的情景。他们肯定知道自己在监视他们,心里一定充满了愤恨,就像春天说的,"没有谁愿意在别人的眼皮子底下生活",但是愤怒就愤怒吧,后天下午会议就要闭幕了。从这里出发,三个钟头到镇里,再走两个钟头到县里,然后再坐车到市里,再坐十二个钟头火车到北京,最快也得二十个钟头,也就是说,如果明天能坚持下来,他小董就可以刀枪入库、马放南山了。

白天就这样结束了。小董懒洋洋的,心里边总感觉缺了点什么,有点不踏实,有点魂不守舍的样子。到了晚上小董开了电视,电视里依然是铺天盖地的开会新闻。小董胡乱换着台,乱看着。看着看着,想起了春天,就打电话给她,可要不没人接,要不就是不在服务区打不通。打了几次,小董气馁了,叹了一口气,心里就开始想春天。他一个人躺着把近几天发生的每一个细节回忆了一遍。他想,春天其实是单纯的、可爱的,只是自己平素怎么没发现呢?这样想来想去,时间长了,他就开始发困,眼皮直打架。但在这时,传来了短信声,小董打开来看,是春天发来的:你还在村里吗?

在。看到春天的短信,小董欣喜若狂。

那两人今天有动静没?春天又问。

没发现异常。

这两天是最后的机会,他们很可能会出行,你要多加注意。春天说。

你还好吗?我打不通你的电话,着急死了。小董发着短信,想知道她更多的情况。但春天却不知什么原因,再也没有回他的短信。

　　春天的短信提醒了小董,待了一会儿,看看夜已黑透,小董又一次提起望远镜出了门。但是这次的感觉却和昨晚完全不一样了。昨晚和春天一起前行,他觉得他正在带她探索一个神秘的迷宫,正在进入一个激动人心的探险世界,心里就有一种企盼着的激动。而今天,他一个人悄悄地走着,想起了春天说的"偷窥"这个词,心里第一次有了一种羞耻感,觉得自己正在干一件偷偷摸摸的勾当,但同时又觉得这件事是一种诱惑,每到夜深人静,远方好像有一种神秘的力量像磁场一样吸引着他、呼唤着他。到了这时,他的腿脚似乎已不属于自己了。

　　就这样,他一边走,一边忐忑着,又一次来到监视点上,打开了望远镜,但看到的却是令他吃惊的一幕。老钟家,刘五朵可能累了,睡在炕上,而老钟在专心致志地磨一把短柄斧子。一条长凳放在脚底,长凳的一头装着块磨刀石,老钟分开两腿骑在凳子上,一下一下地磨着。磨一会儿,他就从边上的碗里往斧刃上撩一点水,有时还会用手指头肚来试试斧刃。试的时候有那么一瞬间,斧子刃来回忽闪着,在灯下发出了明锃锃的光,这时小董的心就莫名地跟着颤抖。

　　……

　　春天,老钟正在磨斧子。他发短信给春天。他把斧子磨亮了。

　　春天,他磨完了,开始试斧子。小董一边观察着一边继续发短信。

　　春天,他将斧子磨完了,用一块布子来回擦拭干净了,然后将斧子放在了床头。

　　……

在这个漆黑的夜里，小董把自己观察到的一切都清楚无误地告诉了春天。他内心有种感觉，觉得春天似乎也正在盼着知道这些秘密，而自己也正想把这些秘密说给人听。这如同两个小孩子深入一个神秘的、黑乎乎的洞穴，他走在前边，春天拉着他的手跟在后边，每走一步，她都会问他，你看见什么或发现什么了。而他，则心甘情愿地把自己看到的或猜测到的全部告诉她。而两人想要探索这黑乎乎的神秘未知世界的心情是如此迫切，在小董的大脑里，感觉到这种探知秘密的欲望犹如他母亲种的一畦韭菜，正在蓬勃而充满朝气地生长着。

老光棍家的门忽然开了，人影闪了一下。

小董依然将望远镜对准老钟家，一动不动地观察着，这时，他竟然看到了令他瞠目结舌的一幕。

老钟扔了斧子，上炕，拉被子睡觉。他将自己的被子拉下，却并不往里钻，而是要趁机钻到刘五朵被窝中去。刘五朵似乎不让，一面佯装睡觉，一面用胳膊肘压着被角。试探了几回，老钟似乎气馁了，只见他脱光了衣服，钻进了自己被窝。但他并不拉灯睡觉，而是整个人像蛇一样往被子脚下游弋，好像在被子底下摸索，终于在刘五朵的脚底处找到了突破口，弯腰钻进了她的被窝。一会儿，他竟然像耍魔术似的，头从刘五朵的被子里钻了出来。这时的刘五朵似乎不再拒绝，而是抱住了老钟。老钟也不再犹豫，翻身"上马"，开始动作起来。

这一系列的动作看得小董是如此心旌摇曳。小董感觉到自己全身热血沸腾，欲火难忍，下身甚至有几分膨胀起来，他伸出舌头，一遍遍地舔着干燥的嘴唇。

他情不自禁地给春天发短信：春天，他们正在做爱……

发完这句话,他的心头有一种恶作剧般的快乐,但蓦地又想到,春天毕竟是女孩,会不会生他的气?会不会觉得他轻浮呢?想到此,小董充满了担心。

对面窑洞里,激情澎湃的老钟夫妻正在大动"干戈"。这时,他们似乎才记起了关灯这回事,刘五朵伸出手来,啪地拉灭了灯。

但在那一瞬间,端着望远镜的小董竟然意外地发现,老钟家的窗口有个光溜溜的男人脑袋闪了一下。那男人先前似乎将身子贴在窗户一角,一动不动,所以小董一直没有发现他,直到刘五朵拉灯,似乎惊动了他,他晃了一下身子,接着蹲到了窗台下。而只这么瞅了一眼,小董就认出他是谁了。

他马上又发短信给春天:春天,你猜我看到什么了?老光棍竟在偷窥老钟两口子的房事……哈哈!他觉得十分有趣。

镜头里一片黑暗。显然一对男女正在酣战,那个老男人还在津津有味地偷听。

小董放下望远镜,放眼四周,感觉夜像一床巨大的毛茸茸的鸭绒被,温暖而舒适,仿佛睡上去就会做一个温馨的梦。

这样静悄悄地过了七八分钟,小董的手机竟然响了,春天发来了短信:完了吗?

什么完了?小董看了不由得愣了一下,翻看了一下自己发的短信,他明白了,这个圆脸女生竟然是在问刘五朵与老钟做爱完了没有。想到这里,小董不由得笑了起来,觉得春天这个女孩真是可爱,行为处事处处都出乎他的意料。

小董的热情来了,在这个寂寞而又激情澎湃的夜里,他迫切需要对谁来抒抒情,把满腹的知心话儿说给人听。

他一时来了兴致,诗兴大发,开始抒情,开始给春天发短信:

……

依旧是星空满天,依旧是杂草遍地,依旧面对如心形的窗口,我依然在这里,可是你呢?春天,你在哪里?

在这漆黑的夜里,我感觉到我对你的思念如春草一般疯长,如一条涨满春水的河流奔腾不息。

春天,打开窗户吧,看看窗外,那满天的星光就是我对你思念的碎片。

我想你,我爱你,在这激情燃烧的夜里,春天,如果要给这句话加上一个补语,那就是"一万年"。

……

早点睡,别感冒了。

在这个寒冷的夜里,面对小董发去的大量抒情短信,春天只发来这么一句话。但就这一句话,依然令小董心潮起伏,温暖着他处于瑟瑟寒风中的脆弱心灵。

他呆呆地站着,幻想着那个胖乎乎的可爱的小春天正坐在自己身旁,她围着一条红围巾,和昨晚一样正在这里和自己亲密地说着话,两人亲密如一对恩恩爱爱的男女 QQ 图标。

他就这样想着,这样发着呆,一直待到塬里不见一丝灯光,整个世界黑得像个无底洞,这才回了家。

第二天早上,小董还在睡觉,大门口传来了急促的敲门声。小董忙起身开门,来人是常工。

常工是个高中毕业生,爱下棋,凡事爱动脑子,和小董两人脾气相投。小董下乡了,总爱跟他在一起,天长日久,两人就成了好朋友。

什么事吗,这么着急?小董揉着眼睛。

常工的表情神秘异常,他环顾左右,并不开口,而是搂着小董的肩一直回到屋子,才对他说:你不是在监视老钟两口子吗?

谁告诉你的?小董大吃一惊。

我不知道你为什么监视,但我知道你确实在监视。常工肯定地说。

那又怎样?

我跟你说,今早起来,老钟将门上钥匙给了他三妈,将狗也给人了,还有猪和鸡都托付别人喂了。一切迹象显示,他们两口子要出远门了。

小董一听,吃了一惊。真的?他们要到哪儿去?

肯定是先进城,至于到哪儿就不知道了,说不定要出远门呢。他跟他三妈说,多则十几天,少则七八天。

你是怎么知道的?

就兴你当神探狄仁杰啊?告诉你,我当初在学校的时候也特爱看《福尔摩斯探案集》哩。常工得意地说。

好吧,我知道了。

小董打发走了这位热心的大侦探,却丝毫不敢大意。因为,从理论上来讲,现在从村里出发,进城,再到市里,如果赶上晚上8点的火车,明天早晨9点钟就可以站到北京街上。谁敢保证他们不会在所有与会代表参加完闭幕式出门的时候突然以一种大张旗鼓的姿态出现在代表们面前呢?

小董顾不得洗脸,匆忙出门,装作随意地在村口瞎转悠,但眼睛一直直勾勾地盯着老钟家的坡口。果然没过多久,老钟两口子就从坡里上来了。两人打扮一新,老钟骑着摩托,婆姨坐着,她怀里依旧搂着那个黑皮包。而摩托后面的物架上,赫然绑着一把磨得明锃锃的斧子。老钟看见小董了,但他有恃无恐,故意耀武扬威似的,摩托在小董身边画了个大圆圈,然后呼的一声,顺着大路走了。

看来一切的较量都从暗处走到明处了。小董这样想,老钟的动作明显是在示威。他们要进京,知道他要阻拦,于是就磨利了斧子带在身边。那情形,明白无误地在告诉小董:我的事你别管,如果你惹我,我会毫不客气地对付你。

小董的心情有些紧张,他想到了春天,连忙打电话给她。

春天,老钟和刘五朵骑摩托出村了,他们打算出远门,背着皮包,拿着斧子。

要不要我给镇长汇报?春天问。

暂时不要,我要跟上,有情况我随时通知你。

好的,你快跟上,你要加倍小心,点点点点点点。

春天发短信不发省略号,遇上省略号了,就直接打六个点。而这时从她嘴中出来的这点点点点点点,使小董心里温暖了许多,胆也壮了许多。他推出摩托,锁好了门。

春天,我要出发了。小董发短信。

你要注意安全,千万要小心,他带有斧子,有可能是专门对付你的。春天回来了短信。

我不怕,春天,我背后有政府,并且还有你。小董说。

带斧子有可能只是吓唬,是用来壮胆的,他们不敢伤害你,你是在执行公务。春天继续发短信。

我不会害怕的,春天。

小董,你要见机行事,千万不可莽撞,记得有人在牵挂着你!

春天发来了最后一条短信。

最后这条短信像寒夜里张志学主任家里的火炉一样散发着热乎乎的光,温暖着小董的心。

站在村口,一阵寒风吹过,四周落叶乱飞,三毛家外墙上贴着的一张化肥广告招贴画在风中呼啦呼啦地摇摆。小董心头涌起了一种悲壮,他想起了"风萧萧兮易水寒,壮士一去兮不复还"的诗句。

他戴正头盔,拉紧拉链,发动摩托,踏上了新的征程。

天空阴沉沉的,小董骑着摩托出村时,天上似有若无地飘起了雪花。由于摩托速度快,不久小董头盔上的玻璃面罩就布满了一股一股泪水一样的细流,他眼前有些模糊,索性把面罩推了上去。

路上行人很少,只有两辆摩托。一辆在前,一辆在后,缓缓沿着山路前行。山路崎岖不平,如一根带子似的来回在半山腰盘绕着。脚下是村级柏油路,宽度只能容一辆车通过,有些路段因载重车反复碾轧,脱了沥青,路基露出来了,碎石子儿一块块凸显着。小董骑着摩托,沿着山路前行,此刻他脑子里只有一个念头,就是别让前边的车甩掉自己。

又转过几个弯,到了林区,这时雪有点大起来了,周围的山崮远望白花花的。寒风夹杂着雪花扑面而来,不停模糊着小董的视线。他只好一边骑一边腾出一只手来抹掉脸上的水珠。就在一个转弯时,对面忽然出现了一辆三轮车,没等小董反应过来,三轮车已到了眼前,小董只是下意识地将摩托车的头往左边一扭,轰的一声,摩托车一滑,倒在了地上,小董的头也重重地撞到了路面上,他只觉得眼前一黑,顿时失去了知觉。

一天后，从昏迷中醒来的小董睁开了眼睛，这时他已经躺在县医院的病床上了。

他胳膊上打着吊针，一条腿骨折了，打上了石膏，架在床尾，床尾吊着一块秤砣样的东西。腿一动弹，全身就钻心地疼。

泪眼婆娑的春天坐在他的床头，她怜惜地一遍遍用手抚摸着小董缠着纱布的头。

看见小董睁开眼了，春天忙起身倒了小半杯水，轻轻吹了几下，递给他。

小董摇了摇头，看见春天在身旁，就问：春天，我怎么会在这里？

春天满眼疼爱地说：你骑摩托出事了，都昏迷了一整天了。

哦。那你呢？你怎么也在这里？小董问。

我打你电话，老打不通，着急死了。我都跟你说了，要你小心点，可你就是不听。春天噘着嘴说。

小董动了一下身子，由于全身剧烈疼痛，他不由自主轻轻地呻吟了一声。

你不要动，不要说话，一会儿就会好的。春天安慰着他。

小董努力地回忆着，但脑子如针刺一样地疼。他所能记起的是：自己一路骑着摩托，起了点微风，有雪花扑面，这时对面有三轮车过来了，他就将摩托车方向一转，随即什么印象都没了。

那老钟两口子呢？停了一下，小董问道。

刘五朵到教堂里去了，今天是礼拜天，她去祷告了。

她没去北京？她背的上访材料呢？小董问。

那不是上访材料，是老钟给刘五朵抄的耶稣歌。春天忸怩了一下，悄声说道。

不可能吧？小董睁大了眼睛，迟疑道。咱们亲眼见他们成天晚上抄啊抄，旁边还有一本《现代汉语词典》的。

那不是《现代汉语词典》，是一本《圣经》，昨天我全看到了。春天有些沮丧地说。

哦。小董长长地舒了一口气，然后问：那老钟呢？他人呢？

他们两口子救的你。他们听见背后有声响，就停了摩托返回来看，见你倒在路旁，头碰在一块石头上了，老钟就拦了辆三轮车把你送到了县医院，并给镇政府打了电话。他现在赶着招呼他二大的孙子去了，说严冬来了，二大家没生炉子的柴，要赶着去给劈柴哩。

哦。小董若有所思地闭上了眼睛。

一会儿，他睁开眼，说：春天，你扶我起来吧。

医生说不能动弹的。春天说。

稍微起来一下，我难受得厉害，胸口憋得慌。小董一边说着，一边挣扎着想要坐起身子。

春天看到这个情形，就扶他坐了起来，然后把靠在床头的被子拉了过来，垫在了他的身后。

坐起来的小董似乎还十分痛苦，脸部表情有些扭曲。他闭了闭眼，问：春天，今天星期几了？

当然是星期天啊。哦，对了，我已经给孙副镇长汇报了具体情况，他说要按工伤处理的。

春天，你先出去吧，我想一个人待一会儿。小董说。

嗯。春天应了一声，随即飞快地在小董的额头轻吻了一下，然后往外走。春天快到门口了又返回来，说：你还没有告诉我那天游戏的谜底哩。

哪天？

就是我们在玉米簇里做游戏的那天，你要我按顺序说出三种动物。

那只是个游戏，不要在意。春天，你先出去吧。

好的。春天应了一声，悄悄地走出去了。

春天走了，房间里安静了下来。倚在床头的小董看着对面墙上的电视，电视只有图像没有声音。电视上，正在播放着一场大会的闭幕式。一个穿西服的人正在致闭幕词，台下坐满了人，个个正襟危坐。过了一会儿，穿西服的人高声说了一句什么，台下的人听了这话便都个个站起身来，齐声鼓着掌。

望着电视上的画面，想到自己这几天与春天的所为，小董心里涌起一股难言的痛楚，有沮丧，有窝囊，也有懊悔，而更多的是一种被愚弄的感觉，但这种感觉却非常微妙，他不知道是谁愚弄了他。就像一个小孩子，觉得自己很委屈，但却不知道是谁让他这样委屈，只是很窝火，心在隐隐作痛。他这样想着想着，忍不住握紧了拳头，一下一下砸向自己的脑门……